KB243046

그녀는
나의
발가락을
보았을까

그녀는 나의 발가락을 보았을까

초판 1쇄 인쇄　2009년 10월 16일
초판 1쇄 발행　2009년 10월 21일

지은이　박금산
펴낸이　강병철
주간　정은영
편집　이수경, 임홍열
디자인　배형원
제작　시명국, 김상윤
영업　조광진, 곽문석, 오영민, 김영웅, 박대성, 이금성, 조윤희

펴낸곳　이룸
출판등록　2001년 5월 8일 제20-222호
주소　121-840 서울시 마포구 서교동 395-172 상록빌딩 2층
전화　편집부 02. 324. 2347 ｜ 총무부 02. 325. 6047~8
팩스　편집부 02. 324. 2348 ｜ 총무부 02. 2648. 1311
이메일　erum9@hanmail.net

ISBN　978-89-5707-466-4 (03810)

그녀는 나의 발가락을 보았을까

박금산
소설집

이룸

차례

이국종 고양이의 방

귓가에서 빌딩이 자라나는 소리가 들려왔다. 아버지의 짐과 어머니의 짐이 차례로 빠져나간 뒤였다. 두 분은 각방을 썼다. 이혼을 한 뒤두 달 만에 재결합을 했는데 이상하게도 그것을 보자 귀에서 소리가들리는 것이었다. 방들이 꿈틀거리며 말을 했다. 사람이 필요해요, 당신이 원하시면 우리가 키를 키울게요, 하는 소리였다. 나는 웹사이트에 동거인을 모집한다는 공고를 냈다.

주로 궁핍한 20대들이 입주를 신청해 왔다. 전세를 살 수 없는아이들이었다. 나는 여러 전화 통화를 거치면서 내가 거절하기에 좋은 위치에 있다는 사실을 알게 되었다. 그래서 방에 사람을 들이는일을 인테리어 소품 고르는 일로 여기게 되었다. 빌딩이 자라는 이상한 소리는 계속 들려왔다. 나는 그 소리를 참으며 내 몸에 어울릴만한 연륜과 품위와 교양을 지닌 세입자가 찾아오길 기다렸다. 인테리어 소품이 아니라, 내 몸 전체를 차지해버려도 좋을 그런 사람이필요해진 것이었다. 나는 인터뷰를 요구했고, 전화 목소리가 마음에들지 않으면 방들이 모두 나갔다고 심드렁하게 얘기했다.

두 계절이 지나갔다. 우울했던 가을. 추웠던 겨울. 상투적이게도나는 외로웠다. 봄이 오고 있다는 사실이 무언가 새로운 것을 해야만 한다는 생각을 하게 만들었다. 계절이 있다는 건 불편한 일이었다. 나는 세입자 기다리는 것을 포기하기로 했다. 방을 갤러리로 꾸며보면 어떨까 하는 생각을 하고 있을 무렵이었다. 캐서린이 전화를걸어왔다. 포리너도 가능합니까? 외국 여자의 서툰 억양이 묘하게나를 흥분시켰다. 나는 아파트 주소와 호수를 가르쳐주면서 약속 시각을 잡았다.

캐서린은 약속했던 시각에 맞춰 방을 보러 왔다. 나는 안방을 말끔히 치워놓고 있었다. 남자가 오면 아버지가 쓰던 방을 보여주고, 여자가 오면 어머니가 쓰던 곳을 보여줄 생각이었다. 변기는 살이 닿는 물건이었다. 화장실을 함께 써야 한다고 하면 좋아할 여자가 없을 것 같았다. 캐서린은 방과 임대 조건이 아주 마음에 든다고 했다. 나는 그녀가 원하면 월세를 깎아줄 생각을 하고 있었다. 그녀는 흥정에 관심을 두지 않았다. 궁핍해 보이지 않아서 마음에 들었다. 그녀가 돌아간 후 나는 웹사이트에 접속해서 임대 공고를 삭제했다. 빈방이 하나 더 있었지만 그곳을 사람으로 채우고 싶은 마음은 없었다. 캐서린을 들이기로 하자 왠지 모를 허전함이 있던 자리에 흥분이 꽉 차오르는 것이 느껴졌다.

그녀가 짐을 가져왔을 때 나는 주차장으로 내려갔다. 탑차에 이런 단어가 적혀 있었다. Relocation(이사), For Foreigners(외국인을 위한), Real Property(부동산). 괄호 속의 한글은 내가 편의상 넣어보았다. 영어 알파벳만으로 디자인돼 있던 그 탑차는 나로 하여금 새로운 택배회사 브랜드를 떠올리게 만들었다. 상상력이 미진한 편이었다. 외국인 상대를 전문으로 하는 부동산 중개업소와 이사 업체가 있으리라고는 생각하지 못했다. 짐은 의자 세 개, 침대, 스탠딩 옷걸이, 책상, 옷상자 세 개가 전부였다. 이 정도의 짐이면 이삿짐 트럭이 아니라 택배를 이용하는 편이 훨씬 더 저렴할 것이라고, 나는 그녀에게 말해주고 싶었다. 안방에는 붙박이장이 있었다. 별도의 가구는 필요하지 않을 것이었다.

세 개의 의자는 각각 다른 용도를 가지고 있는 것으로 보였다. 어떤 용도의 의자를 몇 개 정도 가지고 있느냐가 생활의 품격을 나타낸다고 소월이가 그랬다. 할아버지가 손자에게 의자를 만들어주는 이야기. 할머니가 손자를 안고 흔들의자에 앉아 퀼트로 만든 무릎담요의 조각조각에 얽힌 사연을 이야기해주는 이야기. 소월이가 좋아하던 동화였다. 시인 이름을 받아서인지 그 애는 어려서부터 안데르센을 존경하더니 노르웨이로 휙 날아갔다. 그런 매력적인 스토리를 만들려면 그런 곳에서 그런 삶을 살아야 한다고, 거기서 여자를 만나 결혼을 한 다음 거기에서 거기 이름으로 동화책을 낼 거라고 했다. 이민 갈 곳을 안데르센의 나라 덴마크가 아닌 노르웨이로 결정한 건 느닷없어 보였다. 여기에서는 책을 안 낼 거니? 하고 물으면 그 애는 말했다. 번역본으로 내겠어! 나는 웃었다. 그래 잘 해봐라. 그게 통하게 될지. 뭔가 좀 어림없어 보이는 것이었다. 그쪽 나라들에서는 아이가 자라나 걸어 다닐 수 있게 됐을 때 어른들이 아이에게 의자를 만들어준다고 했다. 의자는 입식 생활에 필요한 물건이었다. 인부가 캐서린의 지시에 따라 가구를 배치했다. 캐서린은 침대를 나처럼 벽에 딱 붙이지 않고 방 한가운데에 두도록 지시를 했다. 나는 침대를 보고 있기가 민망해서 이런 말을 했다.

"캐서린, 그냥 우리 신발 신고 다니기로 할까요?"

"왜요?"

"그게 캐서린한테 편하지 않나요?"

덧붙이지는 못했지만 이런 말이 내 목에 걸려 있었다. 그게 아메리칸 스타일 아니니? 그녀는 네바다에서 온 백인이었다. 한국에 온 지 2년이 됐다고 했다. 그녀는 생각하는 기색도 보이지 않고, 네가 그런 걸 요구하면 난 이렇게 말하기로 이미 결정해뒀어, 하는 식으로 빠르게 말했다. 반은 영어, 반은 더듬거리는 한국말이었다.

"아뇨. 전 이게 편합니다. 미국에서도 하이클래스는 포치에서 실내화로 갈아 신어요. 도시의 아파트에서는 많이 그렇게 하고요. 그게 발 건강에 좋습니다."

인부가 침대 배치를 마치고 방에서 나갔다. 얼굴이 화끈거렸다. 박하향이 퍼질 때 그런 속도로 퍼질 것 같았다. 머리끝에서 발끝까지 통째로 짓밟히는 기분이었다. 웰빙을 추구하는 건 선진국에서 시작된 문화였다. 발 건강까지 운운할 건 뭐냐. 나는 그녀의 키가 너무 크다는 생각을 했다. 머릿속에서 한 글자 이름의 동물들이 휙휙 스쳐 갔다. 뱀, 개, 쥐, 닭, 곰. 창피해서 도저히 함께 있을 수가 없었다. 나는 방으로 들어가 문을 닫았다. 침대에 누웠다. 이자벨 아자니와 소피 마르소가 보였다. 그녀들은 천장에 붙어 있었다. 그 순간 자살을 하면 꽤 멋있을 거라는 생각이 들었다. 결혼은 이혼을 위해 있는 것일 수 있고, 약속은 파기를 위해 있는 것일 수 있고, 동거는 별거를 위해 있는 것일 수 있고, 삶은 자살을 위해 있는 것일 수 있었다. 그냥 안 되겠으니 나가라고 해버릴까.

나는 『해리포터』 영문판을 읽다가 지루해져서 캐서린에게 갔다. 자장면이라도 함께 시켜 먹자고 말하고 싶었다. 그녀는 문을 닫아놓고 있었다. 노크를 했다. 그녀가 문을 열었다. 그리고 아주 직업적인 말투로 물었다.

"왜 불렀습니까?"

나는 민망함을 감추기 위해 가스레인지 사용법, 보일러 사용법, 폐기용 쓰레기와 재활용 쓰레기를 분류하는 방법에 대해 이야기했다. 그리고 세탁기에 대해 이야기했다. 세제를 따로 구입해서 쓴다면 얼마든지 사용해도 좋다고 말했다. 밥을 같이 먹자는 말은 입 밖으로 나오지 않았다.

나는 가구의 배치를 살폈다. 캐서린은 어머니가 화장대 놓았던 자리에 책상을 앉혀놓고 있었다. 침대 양쪽에 의자를 하나씩 놓아두고 있었다. 모양을 자유자재로 바꿀 수 있게 되어 있는 솜뭉치 의자가 탐이 났다. 캐서린은 그것을 붙박이장과 침대 사이에 놓아두고 있었다. 호텔 분위기가 났다. 그녀는 책상 앞의, 팔걸이 없는 의자로 돌아가 앉아 있었다. 그런 게 진정한 입식 생활이었다. 호텔을 떠올렸다는 것 때문에 나는 더 적극적으로 사무적인 태도를 보여야 할 것 같았다.

"월세는 선불로 해도 좋고 후불로 해도 좋아요."

내가 말을 하자 그녀는 의자에서 일어났다. 그녀는 붙박이장을 열고 외투에서 봉투를 꺼내 내밀었다. 미리 준비해온 것 같았다. 나는 돈을 받는 것이 민망했다. 그래서 밥을 사주겠다고 말하고 싶었다. 그녀가 말했다.

"영수증을 주시겠습니까?"

나는 방으로 들어가 영수증을 만들었다. 백지 위에 2007년 3월 치의 세를 정히 영수함, 이런 식으로 쓴 후 내 이름 위에 사인을 했다. 캐서린은 다시 방문을 닫아놓고 있었다. 노크를 했다. 그녀가 고개를 내밀었다. 나는 영수증을 내밀었다. 캐서린이 이상한 말을 했다. 그 영어가 독특하니까 그냥 그대로 옮겨보자면 이런 것이었다.

"디스 이즈 베리 이너슨트 폼, 이즌트 잇?"

innocent form……. 순진한 양식이라는 뜻이었다. 기분이 나빴다. 순진하다는 말은 성인에게 좋은 수식어가 아니었다. 사람들은 내가 만만해 보일 때 순진하다거나 순수하다는 말을 하곤 했다. 나는 망설였다. 그래서, 어떻게 하라구? 내가 망설이자 그녀가 말했다.

"음, 치누얼, 시티뱅크 어카운트 있나요?"

"왜요?"

"렌탈 페어를 오토매틱 트랜스퍼링으로 하려고요."

"그냥 밥이라고 불러요. 영어 학원에서 쓰는 이름이에요."

나는 시티은행 계좌를 적어주었다. 소월이한테 자잘하게 송금할 일이 있어서 만들어놓은 것이었다. 거기 계좌를 이용하면 국제간 송금 수수료를 내지 않아 좋았다. 다국적 기업이라 좋은 점이 있었다. 캐서린은 함께 사는 동안 나를 치누얼이라고 불렀다. 꼭 치와와라고 부르는 것 같았다. 진월은 영어권 사람들이 발음하기에 불편한 이름이었다. 소월이는 그쪽 사람들이 자기를 쏘울, 영혼이라고 부른다고 좋아했다. 캐서린에게 계좌번호를 적어준 그날 이후 1년 동안 우리는 방세나 영수증과 관련된 대화는 한마디도 하지 않았다. 월세는 자동으로 이체되었다. 이체 내역이 영수증이 되었다.

여름에 어머니가 왔다. 지나다 들른 길이라고 했는데 뭔가 이유가 있는 것 같았다. 나는 일부러 전철역으로 마중을 나갔다. 밖에서 만난 다음 헤어지고 싶었다. 어머니는 굳이 집을 봐야겠다고 고집을 부렸다. 부엌을 어떻게 지저분하게 해놓고 있는지 봐야겠다는 것이었다. 나는 사람을 쓰고 있고, 밥을 안 지어 먹으니까 부엌은 부담스러울 정도로 깨끗하다고 말을 했다. 하지만 어머니는 고집을 굽히지 않았다. 어머니가 현관에서 말했다.

"이것 때문에 밖에서 만나자고 했니?"

어머니는 캐서린의 부츠와 단화와 샌들을 가리키고 있었다. 여름이라 샌들이 하나 늘어 있었다. 어머니가 말했다.

"저건 뭐니?"

어머니가 가리킨 것은 방방마다에 달린 스타게이트 전자 자물쇠였다. 나는 안에 외국인이 살고 있으니 조용히 하자고 했다. 외국인이라고? 어머니의 목소리 톤이 높아졌다. 나는 어쩔 수 없이 들였다는 말을 하면서 아파트 상가의 '플랑드르'로 어머니를 끌고 갔다. 나는 크림소스 스파게티를 주문했다. 어머니는 토마토소스 스파게티를 주문했다. 어머니가 스타게이트에 대해 물었다. 나는 외국인 교수한테 잠만 자는 방을 세줬는데 그녀가 내 물건에 손을 댈까 봐 자물쇠를 달았다고 했다. 어머니는 돈이 필요해서 잠만 자는 방을 세냈느냐고 물었다. 나는 아시다시피 돈 때문이 아닐 건 빤하지 않으냐고 말했다. 어머니는 또 돈이 필요하면 언제든 말하라고 했다. 내가 천장에 소피 마르소와 이자벨 아자니를 붙이던 때를 떠올리는 듯한 표정이었다. 어머니는 다시 스타게이트를 이야기했다.

"화장실에까지 달았더라? 그건 좀 심한 거 아니니? 불이라도 나면 어떡하려고 그래?"

아차. 미처 생각하지 못한 것이었다. 불이 나면 우린 정말 끝장이었다. 그 뒤 어머니의 그 말이 생각나 문을 살짝 열어놓고 잠을 잔 적 있었다. 캐서린에게도 그러라고 말하고 싶었다. 불이라도 나면 어쩌려고 그래요? 그러나 나는 말하지 못했다. 가끔 내가 방문을 살짝 열어놓고 잠들었을 때, 그 틈으로 드나들었던 건 수컷으로서의 내가 가지고 있던 음모뿐이었다. 그녀가 슬쩍 들어올 거라는, 저주스러운 환상 같은 것.

토요일 오전, 그녀가 이사 온 지 일주일이 되는 날이었다. 캐서린이 컵을 씻기 위해 방에서 나왔다. 나는 거실에서 신문을 보고 있었다. 그녀가 잘 만났다는 듯이 말을 꺼냈다.

"치누얼, 우리 계약서 만들 수 있어요?"

"무슨 계약서?"

"렌탈 컨트랙트."

나는 문화적 차이를 실감했다. 일주일 적응을 해보았으니 이제 정식으로 살고 싶다는 마음이 들었는가 보다고 나는 생각했다. 그녀는 랩스커트를 입고 있었다. 몸매가 날씬해 보였다. 나는 생각했다. 월세를 올리지 않겠다는 약속을 받고 싶어진 거로구나.

"그래요. 얼마나 지내실 건데요?"

"예. 우선 일 년 하고, 그 뒤에……."

"일 년으로 하면 되는 거죠? 그렇게 써 올게요."

나는 방으로 들어가 컴퓨터를 켜고 문서를 편집했다. 기간과 월세를 적자니 임대인, 임차인, 이런 법적인 말이 등장하고 있었다. 다정이 계약에 의해 추방당하는 것이 서운했다. 어떻게든 다정해지고 싶어서 나는 한글 옆에다 영어를 타이핑했다. 출력을 해서 내 이름 위에 사인을 해서 들고 나갔다. 캐서린은 식탁 의자에 앉아 기다리고 있었다. 사인을 해달라고 두 장을 볼펜과 함께 내밀었다. 캐서린은 내가 월세 영수증을 내밀었을 때 했던 그 영어를 반복했다.

"디스 이즈 투 이너슨트 폼……."

투 이너슨트 폼(too innocent form). 이 경우 역시 이너슨트는 순진하다고 해석해야 맞는 것이었다. 짓밟히는 기분은 아니었지만 슬그머니 기분이 상했다. 틀린 말이 아니었다. 그 계약서는 너무나 순진했다. 캐서린이 이번에는 그대로 받아들이지 않고 빠르게 말했다.

그녀는 내가 영어를 좀 할 줄 안다는 걸 눈치채고 있었다.

"정식적인 계약서가 필요해요."

나는 방으로 들어갔다. 인터넷에 접속해서 임대차계약서 양식을 다운받아 거기에 몇 가지를 입력할 계획이었다. 그런데 그녀가 한국말로 공증 운운하면서 나를 돌려 세웠다. 기가 막혔……다. 미국놈들은 곧잘 수(sue)를 건다고 했다. 화낼 이유가 전혀 없었다. 하지만 나는 수모를 당한 것 같아 화가 버럭 났다. 그리고 이상하게도 도대체 나를 뭘로 보는 거야, 하는 막지 못할 생각을 하게 되었다. 내가 그렇게 위험한 인간이야? 무슨 잘못을 할 사람으로 보이기에 네가 이러는 거지? 나를 뭘로 봐? 말을 하려고 보니 그녀는 너무나 태연했다. 나는 이마를 훔쳐 땀을 닦았다. 그래, 너희 식으로 해보자. 나는 눈을 내리깔면서 말했다.

"공증을 받으려면 법무사 사무실에 가야 해요. 수수료가 들 거예요."

"오브 코스. 비용은 내가 낼 수도 있어요."

"무슨 말이에요. 반반씩 해야지."

우리는 그 길로 법무사 사무실에 갔다. 수수료를 반반씩 내자고 한 건 얕잡아 보이지 않으려고 한 말이었다. 그때 캐서린은 발끈하는 나를 보며 진정으로 얕잡아 보았을 것이다. 법무사 사무실에 가서 공증실을 소개받고, 대서소에 가서 계약서를 쓴 다음 공증실에 가서 공증 도장을 받는 데에 든 수수료는 2만 원이라는, 상상하지 못할 정도로 사소한 금액이었다. 나는 적어도 10만 원은 들 거라 예상했다. 그녀는 공증 절차와 비용에 대해서도 알고 있었다.

나는 아파트 명의를 이전할 때 일을 보았던 법무사 사무실에서 멀리 떨어진 곳으로 캐서린을 데리고 갔다. 아는 사람에게 내가 잠만 자는 방을 세놨고 젊은 외국 여자를 끌어들였다는 사실을 밝히고 싶지 않았다. 그리고 뭐 이런 사소한 서류를 가지고 공증을 받으려고 하느냐고 말하면서 얕잡아 볼 것 같아 창피했다. 어머니가 아버지와 재결합하는 기념으로 아파트 명의를 가져가라고 했을 때 일을 시키고 지불한 법무사 수수료는 50만 원이었다. 아버지는 이혼하자마자 시골에 주택을 사서 서울을 떠났다. 어머니는 불쑥불쑥 여행을 떠났다. 어느 날은 제주도였다. 어느 날은 대만이었다. 어떤 날은 도쿄였다. 체력도 좋았다. 마치 여행을 하고 싶어서 이혼을 선택한 젊은 여인 같았다. 여행의 끝은 아버지가 새로 얻은 시골집이었다. 아버지가 공항에서 기다렸다가 어머니를 끌고 갔을 수도 있었다. 과정이야 어찌 되었든 둘 중 한 사람은 자기가 더 비굴하다고 여겼을 것임이 틀림없었다. 두 분은 정년퇴직 기념으로 전격 협의이혼을 했고 2개월 만에 초스피드로 동사무소로 가 다시 혼인 신고서를 썼다. 법이란 건 참 허망한 약속일 뿐이었다. 혼인 신고서를 내면서 지었을 두 분의 표정은 가히 상상이 되지 않는다. 주소지를 옮겨 간 시골에서 했으니 민망함은 덜했을 것이다. 이혼 서류를 접수했던 직원은 둘 중 누군가가 파산 신청을 하기 위해 법적 이혼 절차를 밟는 거라고 생각했을 수도 있었을 것이다.

노후를 전원에서 보내는 거라고 했지만 그분들 속셈에 부동산 투기가 없다고는 장담할 수 없다. 거기에 새로 신도시가 만들어질 거라고 뉴스에서 말하고 있다. 어머니도, 아버지도, 재수가 우연을 만들었다고 말한다. 상속이 결정될 때쯤, 그러니까 두 분이 돌아가

시게 될 즈음이 되면 새로 샀을 때보다 적어도 열 배는 뛰어 있을 것이다. 아파트는 내가 물려받았으니까 거긴 소월이한테 줄 생각이다. 그런데 소월이 녀석, 동화는 잘 돼가고 있을까? 잘 됐으면 벌써 연락을 해왔을 것이다.

아버지와 어머니는 아침상에서 밥 먹다 미역국 흘린 걸 가지고 싸우기 시작하더니 점점 싸움을 키웠다. 평교사로 정년퇴직을 한 후, 한껏 심심했던 모양이다. 왜 벽걸이 티브이를 사지 않느냐는 다툼이 중간에 끼어들었다. 이혼이라는 단어가 누군가의 입에서 갑자기 튀어나왔다. 이런 식이었다. 그럴 거면 이혼해요! 뭐? 이혼? 내가 못할 줄 알고? 두 분은 서로 할 수 있느냐 없느냐를 중심에 놓고 실랑이를 벌이더니 가능성을 시험하는 것처럼 서류를 꾸미고 결국엔 도장을 찍었다. 키 작은 사람들의 자존심은 때로 할 수 있느냐 없느냐라는 문제로 시비가 걸리면 투명한 깊이의 웅덩이라도 안에 있는 물을 다 퍼내고 바닥을 확인해버리고 마는 것으로까지 잘 부풀었다. 정년퇴직을 하기 전에도 두 분은 같은 나이의 같은 과목 선생님들이어서 어지간히들 서로를 가르치려고 들었다. 두 분에게서 유전된 자존심이 결국은 나로 하여금 방방마다에 스타게이트를 달게 만들었지만 캐서린이 나가고 난 다음엔 그것이 에로테스크한 (erotic+grotesque) 인테리어 소품이 되었다.

명의를 바꾸는 절차는 상상 외로 복잡했다. 어머니 것을 내 걸로 하기로 했는데 그걸 나라에다가 신고를 해야 하는 것이었다. 그리고 세금을 내야 하는 것이었다. 나는 세금을 피하기 위해 상속을 생각했다. 상속은 세금이 쌀 것 같았다. 알아보니 우리는 상속을 할 수 있는 존재가 아니었다. 상속이 이루어지려면 어머니가 죽어야 했다. 항간에 알려져 있던 조기 상속이란 말은 법적인 용어가 아니었다. 죽지 않으면 상속은 이루어질 수 없었다. 나는 매매를 떠올렸다. 모자지간, 부자지간에도 얼마든지 물건을 사고팔 수 있었다. 각자의 세금을 각자가 내기만 하면 되는 일이었다. 사는 사람이 취득세를 내고, 파는 사람이 양도세를 내면 정상적인 거래로 통과되었다. 계약서와 매매 증서가 있으면 법적으로 생길 문제가 아무것도 없었다. 매매. 모자지간에 그럴 수야 없는 일이었다. 더 다정한 방법은 없을까? 생각해보았지만, 이래저래 법이 권하는 건 증여였다. 법무사가 권한 것도 그것이었다. 증여를 받기로 하자 내가 내야 할 세금은 공시 가격의 20퍼센트가 훌쩍 넘는 액수였다. 이건 내 소유다, 이걸 말하려니 국가가 필요했다. 세금을 내고 보니 국가가 달라 보였다. 국가는 재산 지켜주는 값으로 세금을 걷는 것이었다. 누가 와서 내 아파트를 자기 거라고 우기면 어디에 가서 확인을 받을 수 있겠는가. 나라가 있어야 했다. 세금만 내면 국가는 외국인의 재산도 지켜줬다. 그렇지만 세금을 내는 건 아까웠다. 그래서 다시 매매를 생각했다. 내가 어머니한테 100만 원 내고 매입한 걸로 꾸미면 될 일이었다. 하지만 그 방법을 알아보니 그것은 적나라한 세금 포탈 행위였다. 그래서 공시 가격이라는 것이 있었다. 제도란 위대한 것이었다. 제도는 우리가 빠져나갈 수 있는 모든 구멍을 차단하고 있었다. 나는 세금 내는 절차가 복잡하고 번거로워 보여서 법무사를 고용했다.

　법무사 사무실에 들어서자 여자 직원이 인사를 했다. 나는 눈짓으로 캐서린을 가리키면서 직원에게 말했다.

　"계약을 하려고 하는데 공증이 필요해서요."

　외국인이라 독특하죠? 이렇게 시시한 걸로 공증을 받으려고 하고? 캐서린이 화장실에라도 갔으면 나는 대놓고 그렇게 말했을 것이다. 그런데 여직원은 뜻밖에도 이런 말을 했다.

"공증요? 우린 그거 안 해요. 공증 사무실로 가셔야죠."

"거기가 따로 있어요?"

"그럼요. 따로 있죠. 법원 앞에 가면 많이 있어요."

"비용은요?"

"글쎄요. 전화번호 하나 드릴까요?"

나는 직원이 일러주는 전화번호를 받아 적었다. 캐서린에게 가자고 하니 그녀는 선선히 나를 따라나섰다. 법무사 사무실을 나와서 나는 전화를 걸었다. 잠만 자는 방을 세놨는데 계약서 공증이 필요하다고 했다. 그쪽에서는 금액이 얼마냐고 물었다. 나는 보증금 없이 30만 원이라고 대답했다. 그쪽에서는 계약 기간이 몇 년이냐고 물었다. 나는 1년이라고 대답했다. 그러자 계약서와 수수료를 가져오라고 했다. 수수료는 2만 원 정도라고 했다. 아뿔싸. 2만 원? 캐서린! 너 이걸 알고 네가 내겠다고 한 거야?

택시를 타고 공증실로 갔다. 직원은 공증받을 계약서와 신분증을 요구했다. 나는 계약서를 써주는 거 아니냐고 말했다. 직원은 계약서를 써서 오라고 했다. 거래 금액이 사소해서 귀찮아하는 거라고 나는 생각했다. 뜻대로 되는 게 없었다. 피곤해서 그냥 캐서린에게 말하고 싶었다. 네 나라로 돌아가! 아파트로 돌아가서 계약서를 쓸까 하다가 대서소를 발견했다. 공증 수수료가 2만 원밖에 안 된다는 사실을 알았으므로 대서소에 가서 지불할 돈의 크기에는 겁먹을 필요 없었다.

대서소에 들어가 계약서를 쓸 때, 캐서린은 특약 사항을 넣어달라고 했다. 전기세, 수도세, 가스 요금 등이 임대료에 포함되어 있다는 내용이었다. 그것은 그녀가 집을 보러 왔을 때 말해준 것들이었다. 캐서린은 또 이런 것을 적자고 했다. 서로의 실수로 불미스러운 일이 생겼을 때 계약은 효력을 상실한다. 그때는 상위의 법을 적용하여 해석하기로 한다. 해약은 한쪽에서 임의로 할 수 없다. 정당한 이유 없이 해약을 하고자 할 때는 서로 간의 합의에 따르기로 하나 합의가 이루어지지 않을 경우 임차인은 최대 3개월 치까지 임대료를 지불하지 않을 수 있고 임대인은 최대 3개월 치의 임대료를 임차인에게 요구할 수 있다. 이것은 캐서린이 그렇게 해도 되냐고 물었고 내가 그거 괜찮다고 말하면서 동의한 것이었다. 어차피 1년이 지나면 갱신이었다. 내가 원하지 않는데 나가겠다고 하면 나는 그녀에게 3개월 치 방세를 요구할 수 있었다. 나는 합리적인 자세로 마음을 다스렸다. 우린 장차 1년간 계약으로 묶이는 것이었다. 계약 동거에 들어가는 기분이어서 은근히 가슴이 뛰었다. 캐서린은 계약서 내용을 읽은 후 외국인 등록증을 내밀었다. 됐으니까 외국인등록번호와 이름을 적으라는 뜻이었다. 과연 프로다웠다.

캐서린은 서울출입국관리소장 인이 찍혀 있는 외국인등록증을 가지고 있었다. 외국인등록을 해놓으면 그 번호로 건강보험증도 발급받고, 산재보험에도 가입하고, 고용보험에도 가입할 수 있다고 했다. 4대보험 중에서 국민연금은 어떻게 되나 모르겠다. 국민이 아니니까 그걸 내지는 않을 것이다. 790618-6030***. 외국인등록번호는 주민등록번호와 생긴 게 똑같았다. 캐서린은 79년 6월 18일 생이었다. 당해년도 만 나이 28세. 뒷번호의 앞자리가 6이면 외국인 여자, 5면 외국인 남자였다. 1이나 3이면 한국인 남자, 2나 4면 한국인 여

자. 그 뒤의 숫자들은 주소지 정보, 이를 테면 서울 어떤 구 어떤 동, 그리고 일련번호 등이었다. 궁금해지면 나는 쓸모없는 것일지라도 찾아서 알아보는 버릇이 있었다.

　캐서린은 대서소 옆에 있는 번역 사무실에 가서 영어 번역본을 만들어달라고 했다. 번역 수수료는 자기가 냈다. 우리는 계약서를 들고 다시 공증실에 갔다. 거기서는 신분증을 확인한 다음 간단하게 '공증합니다'라는 서식이 들어 있는 도장을 찍어주었다. 그걸로 끝이었다. 거래 금액이 적었으므로 공증 절차도 간단했다. 영문판 법률 시디롬을 컴퓨터에 넣고 검색어로 'foreigner'를 입력하면 자기에게 필요한 모든 법을 찾아볼 수 있다는 사실을 캐서린은 나중에 말해주었다. 동생의 사연을 얘기할 수 있게 되었을 때쯤이었을 것이다.

　다시 토요일이 되었다. 지난 토요일에는 계약서를 썼으니까, 무슨 말이라도 해주겠지, 주말 오전이 찾아온 것이 은근히 반가웠다. 뭘 요구하든 우린 뭔가를 함께 하면서 대화라는 걸 하지 않았는가 말이다. 그러나 그녀가 나타나지 않았다. 거실에서 신문을 보고, 주간지를 보고, 『해리포터』를 읽고 있어도 그녀는 나오지 않았다. 베란다로 나가 창을 기웃거리는 것은 그녀에게 불쾌한 짓일 것이었다. 노크를 하고 불러 불편한 점이 없는지를 묻는 것도 수작처럼 보일 것 같았다. 나는 영문판 『해리포터』를 읽었다. 영어 학원에서 얘기할 주제였다.

　우리는 한 주 동안 거의 말을 안 하고 지냈다. 그녀의 부츠는 언제나 현관에 있었다. 부츠는 그녀였고, 그녀는 부츠였다. 나는 늘 그것을 보면서 출근을 했다. 퇴근하고 돌아가면 그녀의 부츠가 현관에 있었다. 혹시 다른 신발을 신고 나갔나 해서 문을 두드리면 캐서린은 문을 닫은 채 "아임 인(안에 있어요)" 들릴 듯 말 듯 말했다. 잘못 들은 것 같아 심하게 큼큼거리면 그녀는 살짝 문을 열고 내다보며 이렇게 인사했다. "하이." 영어 참 쉬웠다. 그래서 나도 말을 걸지 않고 방법을 바꿨다. 잠깐 라디오를 틀어서 볼륨을 높였다가 낮추는 게 퇴근 인사가 되었다. 신문을 펼쳐본 흔적도 없었다. 인터넷도 안 하는 것 같았다. 네바다에 전화를 거는 것 같지도 않았다. 그녀는 언제나 방에만 있었다.

도대체 무슨 일을 하는 것일까. 그녀의 사생활이 궁금해지면 나는 좀 못된 상상을 하곤 했다. 약을 할지도 모르지. 엑스터시 같은 걸 먹고 픽 쓰러져서 누워 있을지도 모르지. 마리화나를 할지도 모르지. 어떤 영화에서 그랬던 것처럼 안방에서 대마초 화분을 키우고 있을지도 몰라. 캐서린이 온 뒤 김진숙 씨가 전화를 한 번 걸어왔다. 봉투에 넣어 신발장에 넣어둔 페이를 잘 받았다는 전화였다. 네 살, 다섯 살, 두 아이의 엄마였다. 그녀는 내게 혹시 함께 사는 사람이 생겼냐고 물었다. 나는 캐서린이 낮에 뭘 하는지 들어볼 수 있을 것 같아서 "왜요?" 하고 물었다. 김진숙 씨는 현관에서 여자 슬리퍼를 보았다고 했다. 본 것이 부츠가 아니고 현관에서 갈아 신는 슬리퍼니까, 캐서린은 외출을 한 것이었다. 나는 그냥 아무 일도 아니라고 얼버무렸다. 페이를 올려줄 테니 캐서린의 방까지 치워줄 수 있겠냐고 부탁을 할까 했으나, 김진숙 씨가 먼저 안방 문이 잠겨 있어서 청소를 못 했다고 알려왔다. 나는 비상용 열쇠를 떠올렸다. 캐서린이 뭘 하는지 정말 궁금해지면 외출했을 때 몰래 문을 따고 들어가서 확인하면 될 일이라 생각했다. 열쇠를 떠올리자 여유가 찾아왔다.

    나는 영어 학원 가는 걸 포기하고 그녀와 얘기를 좀 해볼까 했다. 그러나 그녀는 방에서 나오지 않았다. 노크를 해서 불러낼 특별한 용건도 없었다. 할 말 없다고 "한국엔 왜 왔어요?" 하고 묻는 건 더럽고 치사한 짓이었다. 어디나 먹고 사느라고, 밥그릇 채우려고 움직이는 거지 기막힌 사연이 있어서 움직이는 건 아니었다. 회화 강사 스티브 녀석은 이혼을 하고 왔는데, 우리한테는 한국이 너무 좋아서 왔다고 늘 거짓말을 했다. 동료들과 나누는 대화를 들었는데 그들한테는 딸 양육비를 대기가 너무 벅차 생활이 지긋지긋하다고 말했다. 월급을 달러로 받는 게 아니니까 당연히 그럴 것이었다.

    제발 왜 온 거냐고 안 물었으면 좋겠어. 내가 서울로 다시 돌아간다면 그 질문이 지겨워서일 거야. 형도 앞으로 외국인 만나면 왜 왔느냐고는 묻지 마. 그러면 친절해 보여. 소월이의 말을 요약하면 그렇다. 자기는 꿈이 분명했으면서도 자기가 이민 간 목적을 거기 사람들한테 얘기하지 못하고 있는 모양이었다. 왜에 대해서는 오래 생각하고 싶지 않았다. 떳떳하지 못하다는 것이 느껴졌다. 안데르센의 나라 덴마크를 존경하다가 무슨 장점이 있어서 선택한 건지 모를 노르웨이로 간 것부터가 그랬다.

    입사 지원서에 쓸 스펙(요즘은 이력이나 약력 대신 이런 용어를 쓴다)이 빈약하여 낙방을 반복하다가 불쑥 저지른 일이라는 걸 나는 알고 있었다. 키 때문일 수도 있지만 걔는 나보다 10센티나 더 컸다. 그래 봐야 159. 나랑 네 살 차이가 나는데, 어머니의 각고의 노력 덕분에 10센티를 얻었다. 내가 중학교를 졸업하고, 더 클 거라는 희망이 무너졌을 순간에 어머니는 동생의 키를 커버해주기 위해 각종 성장 센터를 방문했다. 어머니는 145, 아버지는 152. 나는 149. 우린 참 단란한 가정이었다. 키에 관심을 보이는 사람을 만나면 어렸을 때 성장판을 다쳐서 그렇게 됐다고 나는 말했다.

소월이가 입사 준비를 할 때 해줬던 농담이 기억난다. "장래 희망이 뭐냐고 물으면 유엔에 가서 키 작은 사람들의 인권을 보호하는 일을 하겠다고 해. 키 작은 사람들도 사회의 마이너리티잖아." 광고회사에 인터뷰를 갈 때 해준 말이었다. 끼를 보고 뽑는다고 알려진 데가 광고회사였다. 훌륭한 인터뷰가 될 것이었는데 소월이는 거기에서 떨어졌다. 걔는 면접관들이 장래 희망을 물어보지 않아서 자기가 떨어졌다고 농담을 했다. 캐서린의 방문을 두드리자니 더럽고 치사해지는 것 같았다. 나는 더럽고 치사해지지 않으려고 학원으로 갔다.

영어를 하고 있으면 신바람이 났다. 어느 유명한 방송국 피디의 강연회에 간 적이 있었다. "좋은 피디가 되려면 영어를 열심히 하세요." 그는 유익한 말을 했다. 나는 영어가 좋았다. 대학에 다니는 동안 내 꿈은 피디가 되는 것이었다. 나는 그의 말을 듣고 영어 공부에 매달렸다. 그러나 취직하려고 보니 키도 크면서 영어도 잘하는 애들은 너무나 많았다. 지금 다니고 있는 학교에 취직이 된 것도 영어 덕분이었다. 하지만 영어가 아니었으면 캐서린을 들이지 않았을 것이다.

키 작은 우리는 독창적인 일을 하거나 돈 만지는 일을 해야 해. 소월이의 이념이었다. 나는 독창적인 것에 자신이 없어서 영어를 했다. 돈 만지는 일을 하면 우린 테러당하기 가장 쉬운 사람들이라는 게 나의 이념이었다. 영어랑은 인연이 그렇게 맺어졌는데 그 영어는 나한테도, 캐서린한테도, 열쇠가 있는 감옥을 만들어버렸다. 열고 나가려면 나갈 수 있지만 그냥 닫고 갇혀 사는 감옥 같은 것. 캐서린이

'잇츠 어 제일(지옥이야)' 말하면서도 서울을 떠나지 못했던 건, 아픈 동생까지 불러들일 수밖에 없었던 건, 그녀가 가지고 있는 영어 때문이었다.

회화 학원에 가서 사람들을 만나고, 전화 영어로 하루에 10분 정도를 이야기하면서 한 주를 흘려보냈다. 누구는 주말마다 조기 축구회에 나가고 달마다 경기를 한다는데 키가 작은 나는 영어 학원에 나갔고 두 달에 한 번 토익을 봤다. 토익 점수는 990점 만점이 나올 때도 있었고 10점이 다운될 때도 있었다. 내가 시험을 보았던 곳은 H여고라고, 여자 화장실을 남자 화장실로 개방하는 곳이었다. 거기 가서 시험을 보고 있으면 책상도 내 키에 어울렸고 모두가 낮아 보였다. 나는 시험을 리드했고, 토익 학원 웹사이트에 들어가 문제와 정답을 알려주기도 했다. 영어 학원에서의 이름인 밥은 거기서 꽤 유명한 아이디였다. 영어는 이제 필요에 의해 하는 게 아니라 우울을 달래는 취미가 되었다.

암센터 직원으로 일하는 지니는 잠정적인 프러포즈의 대상이었다. 한국 이름은 한정희, 이메일 아이디는 아룬다티(arundhati). 30대 초반의 여성이었으므로 잠정적인 프러포즈의 대상인 셈이었다. 우린 6개월이나 같은 반에서 회화를 하고 있었다. 그녀는 암센터에 외국인 양성자 치료기 기술자들이 많이 오고 있어서 영어를 시작했다고 했다. 해리포터가 회화 수업 주제였던 그날, 나는 프리토킹 시간에 지니에게 물었다.

"무슨 글이든 경험이 중요하다고 하죠. 조앤 롤링의 경험이었다고 하지 아마. 해리포터가 살았던 방. 혹시 친척 집에서 살아본 적 있어요?"

지니는 고개를 저었다. 그리고 말을 했는데 뜻밖에도 잠만 자는 방에서 살아본 경험을 가지고 있었다. 룸, 온리 포 슬리핑. 지니가 말했다.

"잠만 자는 방에서 살아본 적 있어요."

나는 갑자기 신이 나서 큰 목소리로 물었다.

"그래요? 뭐가 제일 좋았어요? 뭐가 제일 불편했어요?"

"오래 안 살았어요. 아파트였는데, 주인들이 밥 같이 먹자, 티브이 같이 보자, 이딴 식으로 너그러운 게 제일 싫었죠."

그녀는 말을 마치면서 다리를 떨었다. 궁픕이 느껴졌다. 나는 캐서린을 생각하면서 그녀를 프러포즈의 대상에서 삭제했다. 생긴 게 얌전해서 들일까 하다가 아파트에서 살아본 경험이 없다는 걸 트집 잡아서 탈락시킨 촌아이의 얼굴에서 느꼈던 그런 궁픕과 같은 것이 느껴졌다. 나는 마법사의 말투를 패러디해서 속으로 주문을 걸었다. 주인의 마음을 너무 모르는 너는 이제 지금으로부터 영원토록 나의 관심권 밖으로 밀려난 곳에서 살게 될지어다. 가난도 원해서 그렇게 된 사람들은 멋있었는데 거기서 벗어나려고 발버둥치는 사람들을 보면 지겨웠다. 지니는 사생활 얘기는 그만두자고 하면서 해리포터의 판매 부수를 이야기했다. 의사 부부는 아이들 얘기를 했다. 대학생은 마법의 힘에 대해 얘기했다. 스티브는 우리 영어가 많이 늘었다고 칭찬을 했다. 관심이 다르니 하는 말들이 다 달랐다.

현관문을 열고 들어갔다. 캐서린의 부츠와 나의 슬리퍼가 보였다. 그 곁에 전단지 몇 장이 흩어져 있었다. 우유 구멍으로 들어온 것들이었다. 아무도 없는 집에 불쑥불쑥 전단지가 들어와 있는 것이

불쾌해서 막았던 것인데 캐서린이 우유를 배달받아야 하니 다시 열어둘 수밖에 없었다. 외출을 한 다음 돌아오면 전단지가 수북이 쌓여 있는 날도 있었다. 캐서린은 우유만 챙겼다. 전단지에는 손을 대지 않았다. 자기 것이 아니다 이거였다. 출근할 때, 퇴근할 때, 캐서린의 부츠가 현관을 차지하고 있는 걸 보면 내가 꼭 세 든 사람처럼 느껴졌다. 나는 외출할 때는 습관적으로 슬리퍼까지 신발장에 넣어서 현관을 깔끔하게 했었다. 그런데 캐서린 때문에 습관도 바뀌었다. 슬리퍼를 단정하게 거실을 향해 놓아두게 된 것이었다. 그녀가 온 후 현관이 아주 분주해진 느낌이었다.

구두를 벗고 실내화를 발에 꿰었다. 나는 습관적으로 안방 문을 바라보았다. 어? 안방을 통째 가로막고 있는 자물쇠가 눈에 들어왔다. 현관용 디지털 스타게이트였다. 그것은 눈에 잘 띄게 반짝반짝 빛나고 있었다. 상가에 있어야 할 철제 셔터가 내 집으로 옮겨 와 있는 듯한 느낌이었다. 배신감이 치밀어 올라왔다. 영수증, 계약서, 이런 걸 쓸 때와는 비교할 수 없는 기분이었다. 은색 바탕에 초록색 테두리가 있는 스타게이트. 나는 발가벗겨진 기분이 되었다. 화가 났으나 곧바로 화를 낼 수가 없었다. 흥분해서 날뛰면 그대로 저질스런 야만인이 되는 것이었다. 비상용 열쇠가 있으니 따고 들어가면 된다는 생각을 했다는 사실이 나를 날뛰지 못하게 만들고 있었다.

나는 방으로 들어가 라디오를 켰다. 비트 강한 가요가 나왔다. 볼륨을 높여놓고 거실을 서성거렸다. 너 나와봐. 지금 이 갸륵한 순간에마저 "하이" 이렇게 말할 건가? 너? 볼륨을 조금 더 높이고, 일부러 큰 소리로 큼큼거리며 거실을 서성거렸다. 그녀는 문을 열지 않았다. "하이"조차도 이젠 귀찮아진 거란 말이야? 기분이 아주 너

덜너덜해지고 있었다. 화가 나니까 겁이 사라졌다. 나는 그녀를 불러내기로 했다. 그런데 목소리는 무척 나직하게 나왔다.

"캐서린! 안에 있어요?"

대답이 없었다. 3초 정도 기다렸다가 같은 방식으로 다시 불렀다. 대답이 없었다. 현관을 보니 부츠와 실내화가 함께 있었다. 실내화가 있다는 건 외출을 했다는 뜻이었다. 그래도 모르는 일이었다. 혹시나 하고 베란다로 나갔다. 창을 열기 위해 나간 것처럼 베란다로 나가서, 안방 창으로 눈을 흘끔 주었다. 기가 막혔다. 창살이 쳐져 있었다. 튼튼한 하얀색 철책이었다. 그녀가 안에 있을지도 모를 일이었다. 나는 창을 조심스럽게 들여다보았다. 커튼 사이로 침대가 보였다. 캐서린은 안에 있지 않았다. 철책을 잡고 흔들어보았다. 꿈쩍도 안 했다. 나는 아래를 내려다보았다. 7층 아래에서 아이들이 공을 차며 놀고 있었다. 밖에서 들어올지 모르는 도둑을 염려한 창살로는 보이지 않았다. 나는 혹시나 하는 마음으로 창문을 두드렸다. 대답이 없었다. 방에 없다는 게 확인되자 목소리가 커졌다.

"캐서린! 야! 캐서린!"

나는 거실을 서성거리면서 열 번 넘게 불렀다. 안에 없는 게 확실했다. 스타게이트를 열기 위해 현관 비밀번호와 같은 번호를 눌러보았다. 어림없는 일이었다. 열리지 않았다. 계약서를 꺼냈다. 거기에 적혀 있는 외국인등록번호 뒷자리 일곱 개를 시험해봤다. 통하지 않았다. 도대체 뭘 하는 거야. 그녀의 전화번호를 눌러보았다. 그것도 통하지 않았다. 도대체 나를 뭘로 아는 거냐. 아뿔싸. 이 일을 어찌하면 좋을까. 도대체 나를 뭘로 아는 거냐는 생각이 머리를 스쳐가던 순간이었다. 가늠할 수 없이 빠른 속도로 나는 치한이 되고 도둑이 되고 말았다. 내가 널 강간이라도 한다는 거야? 도대체 내가 뭐야? 내가 널 불편하게 한 게 있어? 불쾌해서 계약서를 찢고 싶었으나…… 그건 나도 남자다, 왜 나를 남자로 안 봐주는 거야를 외치는 노총각 히스테리 증상이었다. 도대체 나를 뭘로 보는 거야? 이런 생각이 하루에 고정적으로 세 번 이상 찾아오면 의사들은 그걸 병이라고 부른다고 했다. 나는 노총각이 아니었다. 키가 작았을 뿐이었다.

해 질 무렵 캐서린이 들어왔다. 나는 그녀가 뭐라고 인사를 하는지 들어볼 양으로 식탁 의자에 앉아 팔짱을 끼고 있었다. 그녀가 변함없는 말로 인사를 했다.

"하이."

"응. 오랜만이네."

"예. 고맙습니다."

캐서린은 곧장 자기의 방, 자물쇠를 달고 철책을 치고 나니 저절로 거긴 그녀의 방이 되었다, 거기로 들어갔다. 그녀는 책을 잔뜩 든 채로 꾹꾹꾹꾹 꾹꾹꾹 비밀번호를 눌렀다. 속도가 매우 빨랐다. 손가락 끝에서 만들어지는 키 톤 음향은 음악이 될 정도였다. 미국에서 쓰던 번호였을 것이다. 문을 밀고 들어가면서 그녀가 말했다.

"외출 즐거웠어요?"

말투가 지나치게 자연스러웠다. 뭐라고 대답을 할까. 단어를 고르고 있을 때, 그녀가 사라졌다. 사라진 그녀 뒤에서, 차라락 자물쇠가 자동으로 잠기는 소리가 들려왔다.

만인 대 만인의 투쟁의 장인 이 시장의 세계에서(애덤 스미스) 만인은 만인의 거울이었다. 캐서린은 내게 수모를 줬던 여자들을, 오슬로에서 새로 여자를 만났다는 소월이를 자꾸만 떠올리게 했다. 쫓아내려면 3개월 치의 방세를 위자료로 지불하기로 되어 있는 계약서를 떠올리게 했다. 천장에 붙여놓은 소피 마르소, 이자벨 아자니.

"오빠, 어떻게 사람이 키 때문에 헤어질 수가 있겠어? 정말이야. 키 때문은 아니야."

걔는 그렇게 나를 떠났다. 유일하게 키스까지 해봤던 여자였다. 만날 때든 헤어질 때든 내 뜻을 알리기 위해서는 넌 어떤 사람인데? 물어야 한다. 장애든 인종이든 몸의 개성을 인정하고 나면 어떤 퍼스낼리티를 가지고 있느냐는 문제가 최종으로 남았다. 나보다 작은 사람이 없으니 걔가 건너간 다른 남자는 무조건 나보다 클 수밖에 없다고 할지라도 걔가 날 떠난 건 키 때문이었다. 걔가 새로 만난 남자는 나보다 키가 많이 컸다. 헤어진 다음에도 키 얘기를 반복했더니 걔는 이렇게 말했다.

"오빠 때문이 아니라…… 내 키가 작아서 그래……."

정말 바닥을 친 거였다. 그녀는 먼 곳으로 물러나 버렸다. 끌어당길 수 있는 미끼가 존재하지 않았다. 더 이상은 어떤 타협도 있을 수 없었다. 키가 작았기 때문에 손가락도 짧았던 우리는 서로를 위로하면서 잘 지냈다. 같은 사람들끼리는 오래 못 간다고 하는 말들을 비웃었다. 하지만 많은 사람들이 그렇다고 하는 데에는 그럴 만한 이유가 있었다. 나는 사람들이 의외지만 많다고 하는 경우에 기대를 걸기로 했다. 자신을 위로하기 위해 내가 키 큰 여자와 인연이 맺어질 거라고 생각했다. 다시는 키 작은 여자에게 다가가지 않기로 했다. 키 큰 여자가 스스로 다가오기만을 기다리면서 3년을 보냈다.

꽃이 피어서 정신이 나갔었다. 한껏 무료해 보이는 여자에게, 이

색적인 경험이라도 한번 해보지 않겠느냐는 뜻으로, 물론 당시엔 사랑하고 싶었는데, 단도직입적으로 프러포즈를 한 후 매일매일 귀찮게 했더니 그 여자는 "내가 만만해 보여요?" 하고 굿바이 멘트를 날렸다. 영어 독해 시간 강사를 9년 동안 하고 있던 여자였다. 나는 변화할 가능성이 별로 없어 보이는 그녀의 지위가 만만해 보였던 것도 사실이라 그녀 앞에서 슬픈 표정을 마음껏 짓지 못했다. 소피 마르소와 이자벨 아자니는 내가 그때를 기념하기 위해 내게 사준 선물이었다.

캐서린과 함께 살게 되면서 나는 소월이에게 자꾸만 전화를 걸었다. 소월이는 귀찮아 죽겠다는 듯이, 동화를 쓰면 꼭 노르웨이 국적으로 책을 낼 거라고 말했다. 원하는 게 잘 안 되고 있다는 뜻으로 들려서 나는 흐뭇했다. 무슨 일에 대해서든 잘되고 있는 일에 대해서 반복해 말하는 사람은 없었다. 마냥 리버럴하게 살고 있는 척하고 있긴 하지만 곧 돌아올 모양이지? 그런 생각이 들었다. 그 애가 빵집에서 만난 여자와 잘돼가고 있다는 말을 할 때는 부러웠다. 그런데 그 여자가 많이 뚱뚱하다는 얘기를 듣자 기분이 날아갈 것 같았다. 미안하지만 불행해 보여서, 어쩔 수 없이 그러고 사는 게 짠해 보이기 시작하니 기분이 좋아지지 않을 수 없었다. 영화 〈안나 카레니나〉의 소피 마르소를, 〈카미유 클로델〉의 이자벨 아자니를 침대 맡 천장에 붙이게 했던 두 여인네에게도 전화를 걸어보고 싶었다. 틀림없이 불행하게 살고 있을 것이었다. 그들의 불행을 눈으로 보고 싶어 죽을 지경이었다.

스타게이트를 보면 가슴이 턱턱 막혔다. 전기를 흐르게 해서 고장을 내버리고 싶었다. 그러나 그녀는 언제나 집에 있었다. 나보다 출근이 늦었고 퇴근이 빨랐다. 밥은 밖에서 해결하는 것 같았다. 빨래도 바깥 세탁소에서 해 오는 것 같았다. 그녀가 나에게 부탁해올 일이 전혀 없었다. 그래서 불쾌가 해소될 기미가 보이지 않았다. 그날은 일요일이었다. 나는 학원 끝나는 시각에 맞춰 예매해둔 영화 티켓을 챙겨서 집을 나섰다. 엘리베이터를 타고 내려가 중앙 현관을 나섰다. 경비실에서 양복 입은 사람이 나왔다. 그가, 실례합니다, 하고 나를 부르더니 이렇게 말했다.

"저…… 캐서린 교수가 그 댁에 살아요?"

함께 있던 경비 아저씨가 가르쳐줬다고 했다. 나는 말했다.

"누구신데요?"

"그냥 아는 사람입니다."

그는 양복을 입고 있었다. 키가 늘씬했다. 40대 초반으로 보였다. 교수? 처음 만나 직업을 물었을 때 그녀는 잉글리시 티처라고 했었다. 나는 학원 강사를 하고 있다는 얘기로 들었다. 이사를 온 뒤에는 학원 강사가 아니라 근처 초등학교 원어민 강사일 거라고 생각했다. 부츠가 언제나 집에 있었기 때문이었다. 캐서린 교수라는 말은 낯설었다. 교수가 맞느냐고 물었더니 그 남자는 학교 이름을 댔다. 내가 근무하고 있는 학교였다. 무슨 교수일까. 젊은 애가 교수도 쉽게 된다. 교수면서 잉글리시 티처라고 무료하게 대답했단 말이지? 처음 만나 직업을 물었을 때 그녀가 보였던 반응, 내가 학원 강사로 그녀를 넘겨짚은 것, 그랬을 때 급격히 줄어들던 신비감 등이 차례로 떠올라 배신감이 느껴졌다. 나는 남자에게 말했다.

"예. 제가 세를 줬습니다."

"아 예. 고맙습니다. 지금 안에 있나요?"

"없어요."

나는 흥, 코를 풀듯이 대답했다. 현관에서 부츠와 단화를 보고 나온 길이었다. 전화를 걸어 손님이 왔다고 말해줄까. 그냥 가볍게 무시하기로 했다. 네가 알아서 해. 손님 들여서 거실을 어지럽혀놓으면 꼬투리 잡고 내쫓을 테니까.

그날 나는 크림소스 스파게티를 먹고 집에 들어가 조니워커 한 병을 아주 느린 속도로 음미하며 마셨다. 그리고 캐서린을 불러놓고 몇 가지 얘기를 했다. 조금 슬픈 얘기였는데 나는 웃음이 났다. 그녀를 불러놓고 얘기를 했다는 것도 어쩌면 취중에 겪은 환상이었을지도 모르겠다. 왜 나의 아파트에 오게 됐느냐고 물으니 그녀는 내 키가 작아서 안심이었다고 대답했다. 사채업자에게 고리의 달러를 빌려 쓰고 1년 치 월급을 차압당한 채 살아가고 있다는 말을 할 때 그녀는 무척 무료해했다. 나는 속으로 웃었다. 미국 사람이나 한국 사람이나 어쩜 그렇게들 거기서 거긴지…… 동생의 병원비 때문에 빚을 냈다는 것도 그랬지만 어쩜 그렇게 불행의 조건들은 인종을 초월해서 비슷한 것으로 가지고들 있는지 웃음이 났다. 동생은 선천적으로 피에 철분이 부족한 몸을 타고났다고 했다. 그녀가 무료하게 자기를 잉글리시 티처라고 소개한 데에는 이유가 있었다. 그녀는 전공 교수가 되고 싶어서 온 거지 영어 교수가 되려고 온 건 아니라 했다. 어떻게 하다 보니 러브콜을 받고 면접을 보러 왔다가 실패한 다음 영어 회화 교수가 된 거라 했다. 그녀의 전공은 나노 과학이었다. 나는 경영대학의 학사지원부 직원이었다. 영어 점수가 좋아서 취직이 된 곳이었다. 나는 그녀를 못 보았지만 그녀는 나를 간혹 보았다고 했다. 키가 작아서 쉽게 눈에 띈다는 것이었다.

　1년 동안 그녀는 네바다로 돌아갈 준비를 했다. 그러나 실패했다. 여기에서의 영어 교수 경력이 그쪽 학교 취직에 도움이 될 수는 없는 일이었다. 그녀가 내 집을 떠나면서 동생을 불러들인다고 했을 때 왠지 나는 기분이 날아갈 것 같았다. 나만 함정에 빠져 허우적거리는 생을 살아가는 게 아니라는 것이 분명하게 느껴졌다. 나는 그녀를 붙잡을 수도 있었다. 캐서린은 동생이 와서 적응하게 될 때까지 계약을 연장하길 원하는 것 같았다. 나는 궁핍이 싫었다. 몸의 개성을 인정하고 나면 남는 고려의 대상은 궁핍의 정도였다. 1년이 지났으니 월급 차압은 끝난 상태였다. 병자를 끌어들이면 아파트가 구질구질해질 것이었다. 그녀를 따라 하는 것 같아 자존심 상했지만, 나는 그녀가 나간 뒤 침대를 그녀처럼 방 중앙으로 옮기고 양쪽 공간에 의자를 놓았다.

　남자가 경비실로 다시 돌아가는 걸 보면서 나는 학원으로 갔다. 회화 수업의 주제는 자유 선택이었다. 의사 부부는 여름에 미국에 간다는 얘기를 했다. 대학생은 유학을 가고 싶다고 했다. 광고회사 직원은 그리스에 가고 싶다고 했다. 지니는 대학원에 가서 공부를 하고 싶다고 했다. 다들 어딘가로 가고 싶어 했다. 나는 가고 싶은 곳이 없었다. 누군가 찾아왔으면 좋겠다는 막연한 외로움만 있었을 뿐. 나는 캐서린을 이야기할까 하다가 느닷없이 그녀를 일본인으로 바꾸어 말했다. 적나라해지고 싶지는 않았던 것이다.

　"내 친구가 일본 사람한테 방을 내줬는데, 그 사람이 자물쇠를 바꾸고 창문에 철창을 쳤대요."

대학생이 처음으로 반응을 보였다.

"정말? 그 사람 특이하다……."

나는 기분이 좋아졌다. 거기 사람들이 내 화를 풀어줄 것 같았다. 남남이지만 내 얘기를 잘 들어주는 사람들이었다.

"그 사람이 이상한 거죠? 그렇죠?"

"내가 아는 일본 사람은 안 그러던데. 사람마다 다 다른 거 아닌가요?"

의사 남편은 그렇게 얘기를 꺼냈다. 그리고 자기가 알고 있는 여러 외국인을 이야기했다. 나는 다시 주제를 캐서린 쪽으로 돌리고 싶어서 스티브를 물고 늘어졌다.

"스티브, 미국 사람은 어때요? 만약 그렇게 하면?"

"사람마다 다 다르죠 뭐. 혹시 비용을 반반씩 내자고는 안 했어요?"

스티브의 말을 가장 열심히 들었는데 개도 똑같았다. 비용 얘기를 들으니 진정한 미국인이다 싶었다. 스티브는 자기 같으면 기분 나쁘지 않을 거라고 했다. 자기는 만약 기분이 나쁘면 직접 묻는 성격을 가지고 있다고 했다. 왜 그랬는지. 모두들 사람마다 다르다는 쉬운 동의를 향해 날렵하게 달려갔다. 만약 내가 캐서린에게 잠만 자는 방을 세줬는데 그 미국인이 그랬다고 하면 누구나 당연하다고 말할 분위기였다. 나는 앞으로 관심을 끊기로 했던, 지니한테 말을 걸었다.

"지니, 잠만 자는 방에서 살아봤다고 했죠. 지니 생각은 어때요?"

“두 달밖에 안 살았어요. 그 사람 마음 충분히 이해돼요. 난 화장실 갈 때도 문을 잠그고 다녔어요.”

“여자라서 그런 건가? 그 사람도 여자라던데.”

“남자들은 안 그래요? 주인이 치근대니까 그런 거 아니에요? 일본 여자들 좋아하잖아요, 한국 남자들.”

“한국 남자들? 사람 나름이지 뭘 그래요. 주인 입장에서는 기분 나쁘지 않을까요?”

“뭐가 기분 나쁜 건데요?”

“잘 모르겠어요. 걔네 집에 가봤는데 왠지 화가 버럭 나더라고요.”

“왜 당신이 화가 나죠?”

“글쎄. 주인 친구니까 그런가?”

“자기 나라가 아니어서 더 철저하게 그런 것일 수도 있죠. 우리가 외국 나가서 살면 그렇게 할 수도 있지 않겠어요? 거기다 여자라면서.”

콱 쥐어박아줄까. 네가 캐서린이냐.

“아니…… 자물쇠가 엄청 크거든요. 현관에나 다는 디지털 스타게이트를 방에다 달았다고요. 아파트 방에다. 그리고 창문에다가는 방범창을 달았어요……. 주인이 강간범이야?”

스티브가 웃었다. 마지막 말 때문이었을 것이다. 스티브는 친구들 얘기를 했다. 남자 넷이 뮤지션인데 가난해서 다가구주택 반지하에서 산다고 했다. 밤에 연주를 하고 싶어지면 걔네는 기타 줄에 수건을 채워 넣고 소리 안 나게 호흡을 맞춘다고 했다. 생활비는 영어 강사 월급으로 버티면서 말이다. 의사 부부는 그들이 백인이냐고 물었고 스티브는 오브 코스 했다. 그때 내가 아침에 만난 사람이 캐서린의 거주를 확인하러 온, 사채업체의 직원이라는 걸 알았다면, 스티브의 말에 맞장구를 쳤을 것이다.

50분이 지나자 각자들 바쁘게 교실에서 빠져나갔다. 나는 영화 티켓을 꺼내 시간을 확인했다. 저 사람들처럼 바쁜 몸짓으로 빠져나가 볼까. 그러다가 예매를 취소하기로 했다. 영화 볼 기분이 아니었다. 왠지 앞에 키 큰 여자가 앉아서 시야를 줄곧 방해할 것 같은 마음이 들었다. 그러잖아도 짜증 나는 계절이었다. 잎들은 새로 올라오고, 캠퍼스의 1학년들은 아무것도 아닌 일로 쿡 찌르면 톡 터뜨리듯 소리 내서 웃고 다니고, 도로엔 겨울 피해 들어가 있던 폭주족들이 나와서 떼를 지어 다니고, 내 곁에는 아무도 없고……. 잠만 자는 방 공고를 보고 전화를 걸어오는 사람도 이젠 없고, 누군가가 나를 찾아올 일이란 없고.

오랜만에 잉글리시 존으로 들어갔다. 모든 게 영어여서 먼 데 와 있는 듯한 기분을 주는 곳이었다. 영어 회화 동호회 사람들로 보이는 그룹이 많았다. 동영상 강의로 유명한 토익 강사도 있었다. 혼자 밥 먹기에 제일 좋은 곳이었다. 메뉴를 고르다가, 문득 집에 들어가 청국장을 끓여 냄새로 캐서린의 정신을 교란시켜볼까 싶어졌다. 하루 세 끼를 다 바깥에서 해결하니 부엌에서 장 냄새가 사라진 지 오래되었다. 청국장으로 캐서린을 쫓아 보내? 잠깐 이성을 잃을 뻔했다. 다시 합리를 찾았다. 그런 치사한 짓이 아닌 신사적인 방법을 찾기로 했다. 계약에 위배되지 않는 어떤 쌈빡한 방식이 있을 것이었다.

어떻게 하면 이 불쾌를 쾌로 전환시킬 수 있을까. 메뉴를 정하면 불쾌가 사라질 것 같았다. 메뉴를 앞장에서부터 뒷장까지, 식사에서 음료까지를 죽죽 훑어보고 있었다. 김진숙 씨한테서 문자메시지가 날아왔다. 참으로 왜들 그러는지 모를 일이었다. 그녀의 문자메시지는 나를 걸고 자기의 슬픔을 토로하는 내용이었다. 문장을 읽고 있으려니 가슴이 쿵 무너지는 느낌이었다. 오래 생각한 뒤에 썼다는 티가 너무나 역력했다. 생이 비참해지는 건 한순간이었다. 답장을 기다리며 애를 태우고 있겠지. 김진숙 씨의 마음이 이해되었지만 곧장 답장을 줄 수가 없었다. 그녀의 문자메시지는 이런 것이었다. '자물쇠 저 때문에 그렇게 하신 건가요? 집에서 뭘 잃어버리셨나요? 제가 의심스러워서 그래요? 답변 바랍니다.' 슬픈 문장이었다. 나는 뭐라고 할까 하다가 답을 주지 않았다. 그 방은 절대로 건드리지 마세요. 이렇게 답하자니 너무 캐서린한테만 유리한 답장이었다. 마음에 들지 않았다. 그리고 딴생각에 팔리기 시작했다. 뭘 잃어버리셨나요? 문자메시지에 김진숙 씨의 목소리가 없었다. 자꾸만 없었다. 속이 콱 막히는 기분이었다. 나는 현관문만 잠그고 다녔다. 방문을 잠근 적 없었다. 내가 집에 없는 사이에 캐서린은 마음대로 내 방에 들어갈 수 있었다. 메뉴가 결정되지 않았다.

크림소스 스파게티로 결정을 내렸을 때 다시 문자메시지가 도착했다. '그만 오라는 뜻인가 보군요. 그동안 감사했습니다.' 김진숙 씨는 나를 생각하게 했다. 어쩜 이렇게 나의 방식 그대로일까. 김진숙 씨의 메시지는 연애를 구걸하게 만들었던 두 여자와, 끝난 줄 알았으면서도 그녀들에게서 그 끝의 정당한 이유를 자꾸만 확인하려고 했던 때의 나를 떠올리게 만들었다. 아니야, 우리 헤어지는 거……, 그때의 그 말은 실수였어……. 그녀들이 그런 말을 해주길

바라면서 내가 먼저 돌아서기로 결정했다는 것처럼 보냈던 여러 문자메시지가 떠올랐다. 김진숙 씨는 그런 가장된 단호함을 보여주고 있었다. 혼자이지만 자존심이 세서 좋은 엄마였다. 나는 나의 결정에 의해 몇 개월의 삶이 달라질 수 있는 그녀가 있다는 사실에서 큰 위안을 받았다. 어떤 사람이냐고 묻지도 않고 방을 허락해버린, 캐서린과의 첫 만남을 떠올렸다. 내가 왜 허락했더라……. 그녀는 내 몸 전체를 차지해도 좋을 거라고 직감했었나? 김진숙 씨에게 미안해졌다. 완전히 발가벗겨진 기분이 되었다. 구질구질해지면 곤란한데 이거……. 몇 분 후 김진숙 씨에게서 다시 메시지가 왔다. '안녕히 계세요.' 아주 간결했다. 대답을 하지 않으면 김진숙 씨는 이제 아파트에 오지 않을 것이었다.

답변을 할 수밖에 없었다. 나는 문장을 입력했다. 김진숙 씨에게 보내는 것이었지만 나에게 하는 답변 같았다. 수치심을 잠재우는 데에 오랜 시간이 걸렸다. '늦게 얘기해서 미안해요. 안방에 세를 줬으니 그 방에는 손대지 마세요. 1년 동안 거긴 제 방이 아니에요.' 이것은 캐서린에게만 유리한 대답이었다. 하지만 어쩔 수 없었다. 상상력이 빈약하여서, 김진숙 씨의 자존심을 치켜세울 수 있는 다른 말을 찾을 수가 없었다. 보낼까 말까. 망설이는 사이에 화면이 저절로 꺼졌다. 나는 버튼을 눌러 다시 내용을 확인했다. 미진함투성이였다. 확 결혼하자고 해버릴까. 남편이 없다고 하던데…….

나는 미진함을 날려 보내기 위해 다음의 문장을 추가로 입력했다. '불로소득이 생겼으니 페이를 5만 원 올려드리겠습니다.' 순간 많은 생각이 스쳐갔다. 모든 경제활동에는 세금이 부과된다. 그런데 나는 세금을 내지 않게 되어 있었다. 나답지 못한 발상이었다. 올려주는 페이 액수가 캐서린에게서 방세를 받고 내는 세금이라는 생각을 하게 된 바로 그 순간이었다. 묘안이 떠올랐다. 그래! 그러는 거다! 나는 다짐이 흐트러질까 봐서, 머릿속의 계획이 훌쩍 떠나가 버릴까 봐서, 이 문장을 빠르게 입력했다. '오늘 내 방에는 더 큰 걸 달 건데 비밀번호는 내일 알려드리겠습니다.' 그리고 주저함이 찾아오기 전에 냉큼 보내기 버튼을 눌렀다. 와…… 이 환해진 기분을 뭐라고 부를까. 아파트 상가 스타게이트 대리점에 가서 현관 자물쇠와 똑같은 것, 캐서린의 것과 똑같은 것으로 여러 개 주문할 생각을 하니 비로소 내 집을 찾은 것 같은 기분이 들었다. 나는 그 기분을 타고 크림소스 스파게티가 나오길 기다리며 조니워커 스트레이트를 한 잔 마셨다.

아파트 상가 스타게이트 대리점에 갔다. 나는 캐서린의 것과 브랜드는 같지만 훨씬 더 큰 것으로 네 개를 골랐다. 캐서린 것은 은색 바탕에 초록색 테두리가 있는 것이었다. 그것으로 통일할까 싶었는데 단조로우면 미적 감각이 천하다고 얕잡아 볼 것 같았다. 나는 색색으로 섞어서 골랐다. 점원은 설치를 도와주겠다고 말했다. 나는 내가 직접 하겠다고 말했다. 아파트의 방방마다에 그렇게 해달라고 하면 정신이상자로 쳐다볼 것 같았다. 나는 설치 방법을 잘 메모한 다음 공구 가게에 가서 드릴을 샀다.

캐서린이 어쩌다 열고 들어갈 가능성이 가장 많은 곳은 화장실이었다. 나는 내 키에 맞춰 스타게이트를 달았다. 캐서린이 드릴 소리를 듣고 거실로 나왔다. 그녀가 먼저 말했다.

"하이."

“응? 응. 하이.”

나는 스타게이트에 집중했다. 캐서린은 나의 작업을 보면서 민망하다는 뜻인지 야비해서 참을 수 없다는 뜻인지 모를 표정을 지었다. 만약 그녀에게 사연이 없었으면, 자기가 먼저 나간다고 말하기 위해서는 방세 3개월 치를 내야 한다는 계약이 아니었으면 ‘야, 이거지야’ 말하면서 아파트에서 나가버리지 않았을까? 알게 뭐냐. 나는 드릴로 구멍을 뚫고 자물쇠를 장착했다. 캐서린은 뾰로퉁한 표정을 지으면서 방으로 들어간 다음 다시 나오지 않았다. 기분이 날아갈 것 같았다. 나는 방방마다 다른 비밀번호를 세팅하면서 키 톤의 볼륨을 최대한으로 높였다. 그리고 조니워커 병을 꺼냈다.

17층 아래의 나뭇잎—현기증

곧 A가 들어올 것이었다. 나는 아프리카풍의 쿠바 음악을 틀어놓고 있었다. 거실에는 소파가 많았다. 많은 소파들 사이로 아프로쿠반 음악이 아프리카와 쿠바, 그리고 체 게바라로 나뉘어 떠돌고 있었다. 나는 체 게바라를 생각하고 있었다. 비어 있는 소파들을 보면서 나는 생각했다. 모든 것이 제자리를 잡았으면 좋겠다. 그럴 거라고 예측했던 시각에, 초인종이 울렸다. 나는 등받이 없는 소파를 골라 몸을 누이고 다리를 뻗었다.

6일은 혼자 지내기에 긴 시간이었다. 그녀가 어느 나라 해안에 점을 찍고 올지 궁금할 때가 있었다. 그녀에게 동행이 있을지도 모른다는 생각을 할 때도 있었다. 경찰이나 항공사 직원을 통하면 탑승객 명단을 뽑아볼 수 있다고 했다. 법적인 절차가 필요한 일이었다. 그녀가 누구와 갔는지 확인해야겠다는 생각이 들면 입안에서 구태여라는 말이 맴돌았다. 치사하고 구차해지는 것 같았다. 그런 일은 생각도 하기 싫었다. 하지만 궁금했다. 누가 그녀를 데리고? 누구를 그녀가?

정원 쪽 현관문이 열렸다 닫혔다. 전등이 그녀를 감지하고 자동으로 불을 밝혔다. 현관은 잠수함의 해치처럼 이중으로 되어 있었다. 간유리 현관문에 A의 실루엣이 비쳤다. 소리는 들리지 않았다. A가 마치 문틈으로 몸을 녹여 들어온 것 같았다. 그녀와 나는 신발장을 따로 썼다. 그녀는 왼쪽 나는 오른쪽이었다. 그녀가 내 신발장을 여는 것 같았다. 그리고 곧 닫는 모습이 보였다. 그녀에게는 신발장의 신발 수를 세어보며 나의 상태를 확인해보는 버릇이 있었다. 그녀는 나의 6일을 확인하는 것이었다. 그녀가 거실 쪽 문을 여는 순간이었다. 나는 몸을 돌렸다. 눈에 음반 재킷이 들어왔다. 흔들의자 위에 세워둔 것이었다. 나는 생각했다. A가 다가와 먼저 보는 게 나의 등일까, 여가수의 사진일까. 잠든 척하기 위해 눈을 감기로 했다.

A는 병을 달래러 나갔다 오는 길이었다. 처음에는 일본이나 태국 같은 가까운 곳으로 가려 했다. 그런데 항공사들이 그녀의 욕구를 충족시키지 못했다. 출발하고 싶은 시각에 맞는 티켓이 없었다. 반환될 예정에 있는 것도 없었다. 그녀는 마음을 바꿨다. 티켓이 구해지는 대로 비행기를 타기로 한 것이었다. 대기 순번이 가장 빠른 것은 프랑크푸르트행 노선이었다. 그녀는 그곳을 선택했다. 말은 짧았다. "바다에 좀 다녀오려고." 프랑크푸르트. 내가 따라갈 수 없이 먼 곳이었다. 그녀는 프랑크푸르트에서 티켓을 다시 끊을 거라 했다. 시간만 맞으면 대서양이든 지중해든 가리지 않고 출발할 거라 했다.

나는 실눈을 뜨고 A를 바라보았다. A는 마루에 배낭을 벗어놓고 옷방으로 들어갔다. 옷방 안에서 실내화를 끄는 소리가 오래 들려왔다. 나에게 들려주려고 그녀가 소리를 만들어 내보내는 것 같았다. 나는 옷방 문을 보면서 생각했다. 음악을 바로크 것으로 바꿔야겠다. 구차하지만 물어봐 버릴까. 너 누구랑 갔다 온 거야?

내게 야트막한 고소공포증이 있다는 사실을 나는 미리 얘기했었다. A와 지금의 생활을 시작할 때였다. 그녀는 동거와 결혼 사이에 있는 생활을 시작하는 기념으로 해외여행을 가자고 졸랐다. 나는 조금 재치 있는 말로 그녀의 제안을 거절했다.

"나한테 뭐가 있어. 비행기를 탈 수는 있겠지만 어떻게 되는지 몰라. 죽을 수도 있거든."

A는 내 남방셔츠 속으로 손을 넣고 내 등을 간질였다. 여름이었다. 나는 말했다. 여드름이 있으니까 너무 세게는 긁지 말아줘. 그녀는 잘 웃었다. 그리고 나를 잘 믿었다. 나는 말해주었다. 말하자면 혈소판이 혈관 벽을 긁는 소리 비슷한 거야. 상상의 소리일 수도 있어. 심해지면 고막 근처에서만 반복적으로 그런 소리가 들려. 물을 반쯤 채운 풍선을, 무거운 물풍선을 뒷덜미에 붙이고 걸어간다고 생각해봐. 걸을 때마다 휘청휘청 흔들릴 거 아니니. 그럼 머리통이 어떻게 되겠어? 내가 밟고 간 땅이 나를 잡아당기는 거야. 확! 확! 부정기적으로 머릿속이 꿀렁, 꿀렁, 하는 거야. 파도 만난 배의 앞머리처럼. 높은 건 쳐다만 봐도 그래. "그래서?" 그녀가 물었다. 나는 말해주었다. 추락공포증인지 고소공포증인지 잘 모르겠어. 하여튼 바닥에 바짝 엎드리면 괜찮아져. 배가 땅에 닿으면 안심이 되는 거야. 그러면 물풍선을 배로 안아 터트린 것처럼 온몸이 땀에 젖어 있곤 해. 그녀가 말했다. "난 네가 나한테 배를 대면 어지럽더라."

그 뒤로 그녀는 17층 자기 아파트로 가자는 말을 꺼내지 않았다. A는 정원에 있는 거미줄을 걷어달라고 했다. 나는 사람을 사서 정원을 정비했다. 집이 아주 말쑥해졌다. 대략 200평 정도 된다고 했다. 정확한 넓이는 구청 민원실에 가서 건축물대장을 뽑아보면 알 수 있을 것이었다. 외동인 어머니가 외할아버지로부터 물려받은 집이었다. A는 아파트에 전세 세입자를 들여놓고 내 집으로 왔다.

그녀는 헌법재판소 타이피스트였다. 입대를 앞두고서 나는 헌법소원을 생각한 적 있었다. 이런 마음이었다. 고소공포증을 가진 사람은 군인이 될 자격이 없다. 나를 장애인으로 등록해달라. 안 그러면 헌법소원을 내겠다. 정상 국민으로서의 자격을 반납할 테니 국가는 나에게 지웠던 의무를 제거해달라. 나는 면제를 받아야 한다. 그런데 나에게는 이상한 사회주의자의 기질이 있었다. 소원을 떠올리자 금방 다른 장애인들에게 미안해지는 것이었다. 스스로 집을 구할 수 없는 자들. 스스로 수저를 들지 못하는 자들. 국가가 헌신해야 할 대상은 바로 그들이었다. 고소공포증은 국가의 도움을 받아야 할 정도로 심각한 중증 장애가 아니었다. 살 길이 있겠지 싶은 생각이 나를 찾아왔다. 나는 입대를 하기로 마음을 바꿔 먹었다. 못 참겠다 싶어지면 관심 사병이 되어주자는 대안이 있었다. 아버지의 계급도 떠올랐다. 아버지는 육군 원 스타였다.

뜻밖의 순간에 희망이 찾아왔다. 첫날 군복과 전투화를 지급받고, 사제에서 입고 간 옷을 벗었을 때였다. 기분이 최고조로 달아올랐다. 벗어놓은 옷은 내 삶과 무관해 보였다. 이건 완전히 껍데기네……. 전쟁 나가 죽은 게릴라의 유품 같네……. 옷을 소포로 싸서 그 위에 어머니 주소를 적었다. 새로운 생이 열릴 것 같았다. 그 기분이 상큼해서 나는 그냥 군 생활을 열심히 해보자는 쪽으로 마음을 굳혔다. 하다가 안 될 것 같으면 아버지께 연락을 할 것이었다. 자발적으로 앞일을 생각하면서―나한테는 굉장히 드문 경험이었다. 20대 초반에 앞날을 자발적으로 생각한다는 것 말이다―훈련소에서의 첫 아침을 맞았다.

국기 게양식으로 하루가 열렸다. 예복을 입은 위병 셋이 경건한 자세로 나타났다. 한 사람은 함을 들고 빳빳이 서 있었다. 두 사람이 함에서 태극기를 꺼냈다. 두 사람은 줄에 태극기를 매달았다. 모든 게 절도 있는 동작이었다. 그들이 호흡을 맞춰 깃대의 줄을 당겼다.

깃발이 창문의 블라인드처럼 출렁, 출렁, 하면서 올라갔다. 가슴이 먹먹해졌다. 자연스럽고 유연하게 잡아당길 수는 없는 걸까. 왜 저런 이상한 방식으로 줄을 당기는 거지? 국기가 중간 이상으로 올라가기 시작했다. 뒷머리에서 물풍선이 출렁거리기 시작했다. 깃대 끝에 달린 철제 도르래는 위병들이 줄을 잡아당길 때마다 뻑뻑 호루라기 소리를 질렀다. 깃발은 하늘로 펄럭, 펄럭, 올라가면서 내 눈을 잡아당겼다. 가슴이 철렁, 철렁, 내려앉았다.

줄이 휙 하고 내려왔다. 무언가가 내 목을 휘감고 몸을 공중으로 던졌다. 참을 수가 없었다. 나는 땅을 잡기 위해 거수경례 자세를 풀었다. 무릎을 구부리고 바닥에 앉았다. 오바이트가 나왔다. 눈꺼풀이 깃발처럼 펄럭! 펄럭! 거렸다. 코끼리 열차를 타고 놀이공원 옆 미술관으로 가던 도중에 그런 적이 있었다. 놀이공원에 들어가는 아이들이 롤러코스터 철길을 올려다보며 탄성을 질렀다. A와 두 번째 만났을 때였다. 나는 A 옆에서 오바이트를 했다. 쓰러질 의도는 아니었다. 일어나보니 두 시간이 흘러 있었다. 침상 머리맡에 내가 내 손으로 쌌던 소포 뭉치가 놓여 있었다. 의무실이었다. 한 사병이 말했다. "군복 벗어놓고 집에 가." 나는 어리둥절해져서 옷을 갈아입었다. 운동화는 굽이 매우 낮게 느껴졌다. 도대체 이 귀가는 뭐냐. 터덜터덜 위병소를 통과할 때였다. 클랙슨 소리가 짧게 울렸다. 어머니가 기다리고 있었다. 내가 무슨 짓을 했든 그 시각 즈음에는 귀가 조치를 받기로 누군가와 약속이 되어 있었던 모양이었다.

내게 돈이 있으니까 자기를 방해하지 않을 거라고 그녀는 여겼을 것이다. 그렇다고 그녀가 돈을 바라는 속되고, 속되고, 또 속된…… 그런 속물인 것은 아니었다. 그녀도 넉넉했다. 다른 나라에서 살고 있는 아버지로부터 매달 달러를 입금받고 있었다. 그녀의 아버지는 그녀가 중세식으로 우아하게 살길 원했다. 그래서 사람을 부리라고 돈을 넉넉하게 부쳐주었다. 그녀는 그 돈을 받아서 자기를 부리고 다녔다. 여행지에다 자기 몸을 갈고 다니는 것이었다. 돌아오면 녹다운이 되는 여행은 내가 보기에 소모적인 행위였다. 그녀는 공무원이라 휴가 날짜를 미리 계획해서 결제를 받아야 했다. 그런데 왜 그러는지 모를 일이었다. 날짜는 두어 달 전에 정했으면서 목적지는 꼭 휴가가 코앞에 닥쳐야 결정을 내리는 것이었다. 이번의, 프랑크푸르트행 티켓을 구매할 때에 그랬던 것처럼 말이다. 왜 그렇게 막무가내냐고 물었을 때 그녀는 이런 말을 했다. "어디론지는 중요하지 않아. 가는 게 중요한 거야." 그 말은 멋있어 보였다. 그녀가 원하면 나는 카드를 빌려주었다. A는 카드를 빌려서 쓰고, 아버지에게서 달러가 오는 날이거나 월급날이 되면 내 통장에 자기가 쓴 액수만큼을 이체했다.

그녀가 물었다. 새 생활을 시작하는 기념으로 등산을 하고 내려왔을 때였다.

"고소공포증. 언제부터 그런 거야?"

"왜?"

"언제부터였냐고."

그녀는 약간 따지고 싶다는 눈치를 내비쳤다. 해외여행을 거절하던 때의 나를 떠올리고 있는 것 같았다. 나는 망설였다. 병이라고 말해도 좋을지, 갈피가 잡히지 않았다. 그래서 병인지 아닌지 모를 그 공포증은 나로 하여금 이렇게, 철학적인 말을 하게 만들었다.

"그걸 내가 어떻게 알아? 언제부터 인생이 피곤해지기 시작했는지 그 시점을 콕 집어 말할 수 있나, 우리가?"

그녀는 절벽 위에 서 있는 나를 봤다고 했다. 나도 의심하고 싶은 것이 그럴 때의 내 몸이었다. 나는 그녀에게 말했다. 내 심장은 이상해. 바람이 만들어준 것들 위에서는 정상으로 뛰어. 파도가 만들어준 것들 위에서도 그래. 그러니까 산이나 바다의 절벽에서는 그게 안 나타난단 말이야. 참 이상한 일이야. 왜 그러는지. 산에 매달린 케이블카, 바다 위의 현수교, 이런 건 거기 매달린 줄만 봐도 땅이 흔들리고 무릎이 꺾여서 오바이트가 나와. 왜 그러는지 알 수가 없어. 텅빈 에스컬레이터를 두고 계단으로 걷는 사람을 보면 오래된 친구 같아 말을 걸고 싶어져. A가 물었다.

"병원에 가면 진단해주니?"

"몰라. 안 가봤어."

A는 내게, 정말로 고소공포증을 앓는 것 맞느냐고 계속해서 물었다. 약간 지겨웠다. 그래서 비행기를 타자고 해버렸다. 그 상황에서 벗어나고 싶었던 것이다. 바보 같은 짓이었다. 나는 이렇게 말했다.

"수면제를 먹고 타볼까? 잠을 자버리면 될 거잖아."

그녀는 들떴다. 고함을 질렀다.

"해볼래?"

티켓은 그녀 아버지가 직항노선 비즈니스 클래스를 예약해주었다. 나는 문득 문득 어지러웠다. 그리고 이상하게도, 나를 테스트해보고 싶은 마음이 점점 크게 자라났다. 내게 있는 이상한 병인지 아닌지 모를 그것의 실체를 그녀에게 증명해 보여주고 싶은 마음도 있었다. 그녀는 이런 말을 했다. 비행긴 혼자 죽는 게 아니야. 사고 나면 전멸이야. 너도 죽고, 나도 죽고. 그러니까 덜 억울하지. 예전에 어머니가 외국으로 가자고 할 때 했던 말과 똑같은 말이었다. 그녀는 전망 좋은 고층을 버리고 내게 왔다. 그러니까 나도 그녀를 위해 무언가를 희생해야 하는 것이었다.

공항에서 출국 수속을 마친 다음이었다. 남들이 면세점에서 쇼핑을 하는 동안 우리는 소파에 앉아 있었다. 나는 A가 담아 온 물로 수면제를 먹었다. 멀리서 비행기들이 뜨고 가라앉고 있었다. 마치 입체영상 관람용 고글을 끼고 스크린을 바라보고 있는 것 같았다. 짧게 시간이 흘러갔다. 롤러코스터 철길을 볼 때처럼 심장이 굳어갔다. 나는 눈을 감았다. 껌을 씹으면서 탱고를 들었다. 수면제 효과는 아주 느리게 다가오고 있는 중이었다. 보지 않기로 하자. 안 보면 될 거다. 그렇게 생각했는데 자꾸만 눈을 뜨고 싶어졌다. A에게 부탁했다.

"약국에 가서 잠잘 때 쓰는 안대 좀 사다줬으면 좋겠어."

A가 빠르게 뛰어가는 소리가 들려왔다. 어지러웠다. 나는 소파에 엎드려 배를 댔다. 잠은 오지 않았다. 소파 평면에 경사가 생겼다. 그러더니 경사가 점점 가팔라졌다. 공항 건물 바닥이 서서히 일어서면서 나를 자꾸만 미끄러뜨렸다. 나는 떨어지지 않으려고 손톱 끝으로 소파의 단추를 잡았다. 비행기가 뜨고 가라앉는 소리가 이어폰 사이로 들려왔다.

A가 와서 나를 흔들었다. 나는 눈을 감은 채로 A의 도움을 받아 수면용 안대를 했다. 눈의 근육은 자유롭게 움직일 수 있었다. 모든 것이 암흑이었다. 눈앞의 검은 공간에서 실체가 보이지 않는 검은 사람들이 내 앞을 스쳐갔다. 귀로 하이힐 소리, 신사용 구두 소리가

섞여 들려왔다. 시디플레이어의 볼륨을 높였다. 언젠가 나는 기차역 계단에서 20여 분 동안 운 적이 있었다. 거구의 남자가 쿵쿵거리며 나를 앞질러 뛰어 내려갔을 때였다. 남자는 장난으로 그러는 것 같았다. 계단은 공사 중이었다. 작은 구멍으로 빛이 들어왔다. 아래가 내려다보였다. 남자의 몸무게가 만드는 진동이 발바닥으로 전해져 왔다. 나는 그 자리에서 털썩 주저앉았다. 남자가 쿵, 쿵, 뛰는 소리가 계단을 무너뜨리고 나를 붕붕 날려 보내고 있었다. 너 때문에 내가 죽겠다. 난간을 잡고 싶었다. 거기엔 녹이 너무 많이 슬어 있었다. 나는 주저앉아 계단을 잡았다. 눈물이 났다. 기차가 도착했다가 출발하는 게 보였다. 정신이 서서히 들었다.

"가자. 이제."

A가 말했다. 그녀는 팔을 사뿐히 건네 왔다. 나는 안대를 한 채 그녀에게 걸음을 맡겼다. 비즈니스 클래스는 앞쪽 입구에서 가까웠다. A가 앉으라는 자리에 앉았다. 엉덩이에 시트가 닿았다. 목숨이 10년쯤 연장되는 기분이 찾아왔다. A가 말했다.

"창문 가리개 내렸어. 바깥 안 보이니까 안대 벗어도 돼."

"아니야. 괜찮아."

나는 안대를 그대로 두고 그녀의 손을 꼭 쥐었다. 음악의 볼륨을 좀더 높였다. 잠시 후, 안전한 출발을 위해 휴대용 전자기기를 꺼달라는 안내 방송이 나왔다. A가 내 손을 쓸면서 말했다.

"시디플레이어를 꺼야 하는데 어떡하니?"

나는 기기를 끄고 이어폰을 귀에서 떼었다. 안대는 계속 하고 있었다. 호흡이 급작스럽게 빨라졌다. 심장이 벌떡벌떡 뛰면서 식도를 통해 올라오고 있었다. 침을 삼킬 때마다 심장이 툭 침을 튕겨내면서 목구멍으로 올라오려고 했다. 나는 이를 악물었다. 비행기가 움직이기 시작했다. 프로펠러의 굉음과 활주로의 노면이 온몸으로 느껴졌다. 덜컹거리는 기차에 타고 있다는 생각이 들었다. 가슴이 오그라들었다. 몇천 미터 상공에서 기차의 속도로 달린다면 우리는 그대로 추락한다……. 떨어지기 전에 얼른 날아가 다른 지점으로 이동해 있어야 한다는 게 비행의 원리이다. 기차의 속도는 추락의 속도보다 더 느리다. 수면제는 도대체 내 몸 어디로 사라진 거란 말인가.

정상 항로에 올랐으니 안전벨트를 풀어도 좋다는 안내 방송이 나왔다. 나는 의자에서 내려왔다. 바닥에 배를 대고 엎드렸다. 땅이 없으니 바닥에라도 배를 대야 했다. A가 스튜어디스를 불러 담요를 달라고 했다. 그녀는 나를 덮어주고, 남은 담요를 접어 깔고 내 옆에 앉았다. 나는 몸을 돌려 그녀의 무릎을 벴다. 그녀는 부모님을 오랜만에 만난다면서 치마 정장을 입고 있었다. 손을 뻗으면 그녀의 여기저기를 쓰다듬을 수 있었다. 안대를 벗어도 좋을 것 같았다. 나는 그녀에게 안대를 벗겨달라고 했다. 아. 사랑이란 그런 것이었다. 비어 있는 우리 좌석이 보였다. A는 편리와 호화로움을 버리고 나를 위해 낮은 곳으로 내려앉은 것이었다. 나는 비어 있는 우리 좌석을 보면서 A의 무릎을 만지작거렸다. 그녀는 내 이마를 쓰다듬어주었다. 비행기가 하늘을 나는 동안 가끔씩 그녀가 내 손을 끌어가 자기 배를 쓰다듬게 했다. 긴장이 현저히 누그러들었다. 그녀가 임신을 했고, 내가 그녀의 뱃속으로 들어가는 기분이었다.

수면제의 효과가 나타났다. 잠이 눈에 잡힐 듯한 형체를 이루어 우리 자리에 와서 앉는 게 보였다. 이건 마치 기차처럼 덜컹거리는구나. 기분이 편안해졌다. 그때의 기차는 바다 위도 달리고 우주도 나는 전천후 만능 기차였다. 기류와 선체의 만남에서 만들어지는 덜컹거림을 등으로 느끼면서 나는 까무룩 잠이 들었다. 사랑은 그런 것이었다. 나만 죽는 것이 아니라 너도 죽는다는 신념에서 위로를 받는 것. 살아남아서 나를 기억해달라고 하는 건 사랑이 아니라 혁명적 정치일 것이었다.

　　2박 3일간의 리조트 휴가가 끝났을 때 우리는 돌아와야 했다. A의 휴가 기간이 짧았기 때문이었다. 그녀는 공무원이라 정해져 있는 스케줄이 많았다. A는 자기가 직장에 다닌다는 사실을 숨겨달라고 했다. 그녀 아버지가 더 머물렀다 가라고 했을 때 그녀는 "저 사람이 한국에서 좀 바빠요" 하면서 내 평계를 댔다. 나는 잘려도 걱정 없는 백화점 방송실 일을 하고 있었다. 아르바이트로 시작했는데 백화점에서 나를 계속 원했다. 나는 기분에 따라 음악의 종류를 골라 층마다 다르게 틀었다. 그것이 매출에 도움이 되는 모양이었다. 매출액의 변화와 상관이 없었을 수도 있었다. CEO가 음악 마케팅 이론을 새로 공부하고 있는 중이었다면 충분히 가능한 일이었다. 주말에 쉬지 못한다는 것을 빼면 나쁠 게 없는 직장이었다.
　　나는 A의 부모님이 사는 집에 가서 그녀의 아버지가 운영한다는 쇼핑몰의 규모와, 집안의 품격을 눈으로 확인하고 싶었다. 수면제를 먹어보자는 농담을 실현시키기 위해 A가 자기 부모님과 여러 통화들을 할 때, 기왕 가기로 했으니 그때 신나게 간섭을 좀 했으면 좋았을 일이었다. 나는 비행을 걱정하느라 일정 따윌 신경 쓸 여력이 없었다. 리조트의 음식과 시설은 여기의 그것들과 전혀 다를 바가 없었다. 즐기는 사람의 종류와, 방을 치우는 사람의 인종과, 눈앞에 펼쳐진 바다만 달랐다. 내가 보고 싶었던 건 그런 것이 아니었다.

　대화가 끊어지면 우리는 나의 고소공포증에 대해 얘기를 했다. A의 어머니는 한번 해봤으니까 두 번째는 쉬울 거라고 했다. 나도 돌아가는 길엔 비행을 즐길 수도 있을 것 같다고 주제넘게 말하곤 했다. 간혹 돌아갈 길이 걱정이었다. 수면제가 두 번째는 말을 안 들으면 어떡하나 하는 생각이었다. 어머니 아버지가 내게 날아왔으면 좋겠다는 생각이 들었다. 부모님도 그 나라에 살고 있었다. 비행기로 두 시간 거리에 있는 도시였다. 나는 함께 사는 여자의 부모님을 만나기 위해 생애 첫 비행을 감행했다고 말하기가 민망해 전화도 못한 상태였다. 어머니가 많이 실망할 것이었다.

　아버지는 원 스타로 제대를 했다. 군에서 무슨 일을 했는지는 알 수 없었다. 별치고 높은 자리에 있었던 건 아니었다. 제대를 한 다음 해외로 자유롭게 갈 수 있었던 걸 봐도 누설할 만한 국가 기밀을 가지고 있거나 하지도 않은 것 같았다. 사병도 기밀문서를 다룬 사람이면 제대 후 몇 년간 해외여행에 제한을 받는다고 들었다. 아버지는 새 생활을 외국에서 하나 국내에서 하나 마찬가지일 거라고 판단했다. 연금을 사기당하기는 외국에서나 국내에서나 마찬가지일 거라 했다. 외국에서는 교포에게 당할 것이고 국내에서는 인척들에게 당할 거라는 것이었다. 아버지의 말이 맞았다. 사업을 제안해 오는 인척이 있었다. 사면 좋을 주식을 포트폴리오로 만들어 오는 사람도 있었다. 아버지는 외국을 선택했다. 망해도 모르는 사람 많은 데서 망하겠다는 것이었다. 나는 비행기 때문에 남기로 했고 어머니는 내가 다 컸으니 기꺼이 아버지를 따른다고 했다. 가끔 의심이 들 때가 있었다. 아버지가 아직도 비밀리에 군대 일을 하고 있는 건 아닐까.

그러거나 말거나 나는 스키장에 가지 못했다. 케이블카를 타지 못했다. 스케이트 날 위에서도 가끔 심장 판막이 뇌수로 옮겨 가 펄럭이는 느낌을 받았다.

이름도 꺼내 부르기 싫은 그 나라 남쪽 도시의 공항에서 우리는 A의 부모님과 헤어졌다. 나는 떠날 때와 같은 방식으로 수면제를 먹었다. 출국 수속을 마친 다음이었다. 공항 시설은 몇 가지 사소한 점이 달랐다. 개인용 팔걸이들이 소파를 칸칸으로 나누고 있었다. 그래서 몸을 눕힐 수가 없었다. 1인용으로 구획 지어져 있는 소파에 앉으니 보고 싶지 않은 창을 마주하게 돼 있었다. 눈 아래에서 화물차들이 컨테이너를 싣고 분주하게 오가고 있었다. 뜨는 비행기, 가라앉는 비행기, 선회하는 비행기들이 장난감처럼 보였다. 바람이 불면 휙 날개가 꺾일 것처럼 약해 보였다. 그것을 보면서 앉아 있을 수 있을 정도로, 나는 첫 번째에 비해 많이 노련해져 있었다. A는 안대 필요하지 않느냐고 말하면서 나를 놀렸다.

비행기에 타야 할 시각이었다. 나는 A와 팔짱을 끼고 게이트로 들어갔다. 기절할 일이 기다리고 있었다. 기내로 이어질 줄 알았던 게이트의 끝에서 환한 빛이 들어오고 있었다. 나는 빛을 보며 걸었다. 그리고 그 끝에서 주저앉을 뻔했다. 땅으로 내려가는 계단이 나타난 것이었다. 계단 아래에 있는 땅을 보자 머리가 어지러웠다. A는 나의 반응을 눈치채지 못하고 있었다. 비행기를 타고 난 다음에 문제가 생기는 것이라 생각했지 타는 과정에서 어떤 발작이 진행되리라고는 생각하지 못하고 있었다. 나는 심장이 뛰기 시작해서 어쩔 줄을 몰랐다. 참는 수밖에 없다고, 죽는 수밖에 없다고 생각하며 A의 손을 꼭 쥐었다. 거기서 또 버스를 타게 될 줄은 진정 몰랐다. 저상형

버스를 타고 나니 드넓은 활주로가 보였다. 그리고 비행기 바퀴가 덜컹거리는 게 눈에 보였다. 가까운 거리에서 바라보니 바퀴는 너무나 허술해 보였다.

버스에서 내려 트랩을 걸어 올라갔다. 나는 A를 앞세웠다. 두 계단 아래에서 이마를 그녀의 엉덩이에 붙인 채 걸었다. 그녀가 단 넓은 치마를 입었으면 나는 그것으로 눈을 가렸을 것이다. 그녀는 바지를 입고 있었다. 아래도 보기 싫었고 위도 보기 싫었고 옆도 보기 싫었다. 기내에 도착하자마자 A에게 말했다.

"이번엔 좀 힘들 것 같아. 나 죽을 것 같아."

"괜찮아. 그냥 절벽에 있는 거라고 생각하면 되잖아. 저번에 잘했잖아."

"너무 달라. 수면제를 좀더 먹을까?"

"이거 안 떨어져. 떨어지면 다 죽는 거야. 걱정 마."

A는 다른 사람들을 의식해서 나직한 목소리로 말했다. 둘 다 죽는다고? 모두가 죽는다고? 나는 비행기가 뜨기 전에 죽을 건데? 음악을 못 듣게 되자 점점 더 화가 났다. 시간이 지났다. 울음이 터졌다. 비행기가 떨어지지 않으면 너네는 다 살고 나만 죽는 거란 말이다. 중앙 통로 건너편의 달걀 모양 창으로 빈 하늘이 보였다. 비행기의 날개도 보였다. 거기 앉아 있는 승객에게 가리개를 내려달라고 요구할 형편이 못 되었다. 어쩌면 좋을까. 심장이 뛰면서 맥박이 빨라졌다. 혈관에서 날카로운 기계음이 빠르게 돌았다. 나는 수건으로 입을 막고 울었다. 입을 열면 내 안의 창자들이 와락 쏟아져 중력 없는 하늘로 분산될 것 같았다. 내 안의 연한 것들이 빠져나오려고, 꽉 문 이 사이사이를 벌리며 틈을 비집고 있었다. 바닥에 배를 대고 싶

었다. 하지만 절대로, 의자에 앉아 안전벨트를 하고 있어야 하는 시점이었다. 비행기가 이륙을 시작했다.

비행기가 정상 항로에 올라선 다음이었다. 나는 바닥으로 내려앉았다. 무릎 사이에 머리를 넣고 울었다. 덩달아 A가 울었다. 스튜어디스가 찾아왔다. A는 아스피린 같은 진통제라도 있으면 좀 달라고 부탁했다. 나는 뭐든 먹어야 했다. A는 뭐든 먹이고 싶어 했다. 스튜어디스가 알약을 가져왔다. 나는 세 개를 한꺼번에 삼킨 다음 바닥에 배를 대고 납작 엎드렸다. 이번엔 A의 무릎베개도 소용이 없었다. A를 타박하지 않겠다고 마음을 먹었다. 하지만 그녀가 죽이고 싶을 정도로 미웠다. 도대체 이게 뭐냐. 왜 가기 싫다는 걸 억지로 가게 했냐. 나는 눈물을 흘리며 그녀를 노려보았다. 어머니 아버지가 떠올랐다. 엄마, 나 죽어……. 비행기가 노면 거친 도로를 달리는 자동차처럼 느껴졌다. 심장은 더욱 거세게 뛰었다. 나는 떨어지고 있었다. 전속력으로 떨어지고 있었다. 도움이 될지 몰라서 마신 위스키 한 잔은 진통제와 수면제와 섞여서 뱃속을 뒤틀고 있었다. 같은 상태로 두 시간이 지났다. 스튜어디스가 흥분 억제제를 가져왔다. A가 물었다.

“뭐예요?”

스튜어디스가 대답했다.

“도움이 될 거예요.”

제발 마약 같은 것이었으면……. 나는 알약을 먹고 하나부터 백까지 세며 그것이 마약이기를 기도했다. 감사한 일이 벌어졌다. 마약이었으면 했던 그 약은 실제로 마약 같은 것인 모양이었다. 나는 마취 주사를 맞았을 때처럼 몽롱한 상태로 빠졌다가 어느샌가 잠이 들었다. 도착했다고 A가 깨웠다. 일어나보니 A 앞에 휴지가 많았다. 내 입가에서 연신 흘러내린 침을 닦은 것이었다. 나는 정신없이 뛰어나갔다. 약에는 발정난 개나 돼지에게 놓는 주사약 성분이 들어 있었을 것이다. 선장이 배 위에서 선원을 처형할 수 있는 권리와 자격을 가지고 있듯 기장이 그런 처방을 내릴 권리와 자격을 가지고 있는 것은 당연했다. 고소공포증 때문에 울고불고하는 손님은 정상 운항에 위험한 물건이었다. 다른 승객들이 받은 불쾌를 보상하기 위해 기장은 그렇게 처방해야 했을 것이다. 방치했으면 내가 어떤 짐승이 되었을지는 나도 모를 일이었다. 전기충격기를 맞지 않은 게 다행이라고, 나는 생각했다. 정말 대단한 마약이었다.

그 나라에 다녀온 뒤 우리는 각방을 썼다. 묘한 신혼기였다. "우리 침실 따로 쓰자." A가 말했다. 헤어지자는 뜻이었을지도 모르겠다. 나로서는 기억해낼 수 없는 일이었다. 내가 비행기 안에서 인사불성이 돼서 무슨 말로 그녀를 할퀴었는지. 나는 외할아버지가 쓰던 동쪽의 큰 방을 침실로 꾸며주었다. 그녀는 내가 침실을 꾸미는 동안 거실의 소파에서 밤을 보냈다. 그녀가 먼저 출근하고, 내가 늦은 시각에 출근하고, 그녀가 먼저 퇴근하고, 내가 열시 넘어서 집에 들어가고, 아침은 도시락으로 해결하고, 함께 보내는 휴일이 없는, 그런 상태가 지속되었다. 나는 월요일에 쉬었고 그녀는 주말에 쉬었다. A는 불쑥불쑥 해외로 떠났다. 말은 짧았다. "좀 나갔다 와야겠어." 진지하게 이유를 물으면 그녀는 내게 고소공포증이 있는 것처럼 자기한테는 그런 병이 있다고 했다. 행려병 같은 그것이 나로 인해서 새로 생긴 것인지 그전부터 있었던 것인지는 말하지 않았다. 그녀가 자기의 소망에 대해 말하면서 그것을 병이라고 불러버리자 나는 할 말이 없었다. 그녀는 두 달에 한 번 정도 금, 토, 일 혹은 토, 일, 월을 활용해서 나갔다 들어왔다.

　그녀가 병인지 아닌지 모를 그 마음을 달래러 나갈 때가 있었던 것처럼 나도 혼자 다니는 데가 있었다. 체 게바라, 쿠바, 모스크바, 세 군데였다. '쿠바'는 정장 차림의 남자들이 맥주와 위스키를 날라주는 바였다. '모스크바'는 맥줏집이었다. 과격한 대학생들이 화를 내며 휴대폰을 던지곤 했다. '체 게바라'는 배달을 하지 않는 만두집이었다. 멋진 접시에다 만두를 알알로 담아 팔았다. 한 접시에 한 알이었다. 점원은 접시 개수를 세서 계산을 했다. 멸치국수는 두 종류를 팔았다. 하나는 로자 룩셈부르크였다. 하나는 체 게바라였다. 메뉴판에는 그 이름의 유래가 적혀 있었다. 여성용, 남성용, 양에 따른 차이일 뿐이었다. 가격은 같았다. 소위 말하는 이데올로기 상품이었다.

　체 게바라 만두집은 번화가에 있었다. 20대 커플들이 많이 왔다. 소개팅을 한 후 서먹서먹한 사이를 풀러 오는 남녀들도 보였다. 개인 접시를 사용하는 건 서로에게 편한 일이었다. 그러다가 시간이 흘러 연인이 되면 접시를 함께 쓰면서, 처음 만나던 때의 서먹서먹함을 농담으로 주고받게 될 것이었다. 혼자 온 남자들은 로자 룩셈부르크와 만두 두어 알을 먹곤 했다. 혼자 온 여자들은 체 게바라와 만두 한 알을 먹곤 했다. 어떤 날은 온라인 카페의 오프 모임이 열리는 것도 보았다. 나는 체 게바라, 모스크바, 쿠바를 투어 하면서 점심엔 만두를 먹고, 저녁엔 맥주를, 2차는 위스키를 마신 날도 있었다. 백화점 방송실 일을 하게 되면서 가지게 된 취미였다.

언젠가 그런 날이 오면 죽고 말겠다고 작심한 날이 있었다. 스물두 살에 운전면허증을 땄을 때는 7년 후라고 표기되어 있는 적성검사 기간을 보며 피식피식 웃었다. 너무 까마득한 미래였다. 그런 날이 온단 말이야? 운전면허증에 표시돼 있는 적성검사 기간은 늘 지갑에 들어 있었건만 절대 내 소유로 들어올 수 없는 시간이라 생각했었다. 하지만 실제의 그 연도(年度)는 다가왔다. 그동안 음주운전, 졸음운전, 접촉사고, 추돌사고, 주차사고, 해볼 만한 경험은 다 했다. 그런데 정작 7년이 지나버리자 시간이 너무 서러웠다. 스물아홉 살. 이룬 것은, 너무 이르게 한, 결혼 같지 않은 이상한 동거뿐이었다. 어디다 터뜨려야 좋을지 모를 분노가 적성검사 안내장에 얹혀 배달되어 왔다.

이룬 것이라니. 결혼도 이룬 것이라 말할 수 있을 것인가. 스물다섯에 대학을 졸업하고, 법사회학을 한다고 사회학과 대학원에 들어가 석사과정을 다니다 만 것. 집을 개조해 카페를 차리려다 만 것. 그래서 가구 전시관처럼 많은 소파와 협탁이 거실에 놓여 있게 된 것. 그러다 나는 화를 냈다. "왜 내가 뭔가를 해야 했었고, 뭔가를 이루었어야 하는 거지? 왜 앞날에 대해서 생각을 해야 하는 거지? 7년, 넌 왜 와서 나한테 앞날을 생각하게 만드는 거야!" 어느새 혼잣말도 입 밖으로 꺼내 중얼거릴 줄 알게 돼 있었다.

적성검사는 한 달 안에 한 번만 받으면 되는 것이었다. 그 달에는 하필이면 생일이 들어 있었다. 백화점이 쉬는 월요일이었다. 생일 아침이었다. 나는 A에게 말했다.

"오늘 적성검사 받는 날이야."

"되게 신경 쓰시네. 나이 적은 거 자랑해?"

　　A는 나보다 네 살이 많았다. 그녀는 예수가 인간으로서의 마지막 삶을 살며 인류를 구원했던 서른세 살을 살고 있었다. 그녀는 출근하면서 음식 그릇을 들고 나갔다. 대문 앞에 놓아두면 배달부가 와서 가져갔다. 내 아침식사는 식탁에 포장을 열지 않은 채로 놓여 있었다. 살림 도와줄 사람을 쓰지 않는 대신 우리는 설거지거리를 만들지 않기로 했다. 아침 도시락은 간편했다. 청소와 빨래는 그녀가 사람을 불러 했다.

　　점심으로 체 게바라에 들러 만두를 먹었다. 관할 면허시험장으로 갔다. 대기실이 따로 없었다. 검사장 입구의 복도는 시끌벅적하고 분주했다. 모두가 7년의 주기를 흘려보낸 사람들이었다. 안내원은 한 명도 없었다. 검사를 빨리 받으려면 눈치껏 줄을 서서 호명을 기다려야 했다. 나도 어떻게 하다 보니 신청서를 제출하고, 줄 속에 내 몸을 넣어두고 있었다. 이윽고 내 이름을 부르는 소리가 들렸다. 검사장 안으로 들어갔다. 경찰관인지 간호사인지 모를 검사관이 지휘봉을 들고 서 있었다. 딱 보니 시력검사였다. 앞서 검사를 받은 사람이 내게 숟가락같이 생긴 눈가리개를 건네주었다. 말이 필요 없었다. "왼쪽!" 검사관이 짧게 말했다. "가리세요." 나는 오른쪽을 가렸던 가리개를 손을 바꾸어 잡고 얼른 왼쪽 눈 앞에다 댔다. 나는 발자국이 그려져 있는 자리에 구두를 포개고 서 있었다. 검사관이 시력측정판의 아이콘을 이거, 이거, 하는 식으로 탁탁 짚었다. 나는 보이는 대로 숫자와 영어 알파벳을 읽었다. 시력은 좋은 편이었다. 그런데 지휘봉으로 검사판을 툭툭 치는 검사관의 포즈가 나를 흥분시켰다. 옷을 벗겨놓고 나무 막대기로 쿡쿡 찌르면서 '넌 뭐야!' '넌 뭐야!' 하는 것만 같았다. 나는 순간 바지 지퍼가 내려가 있지 않은지

고개를 숙여 확인했다. 내가 그녀를 수치스럽게 하고 있는 건 아닌
가 해서였다. 지퍼는 잠겨 있었다. 이번엔 내 안에서 수치심인지 적
개심인지 모를 것이 고개를 들기 시작했다.

　다음 차례는 색맹검사였다. 검사관은 아무런 말도 하지 않았다.
의자에 앉아 책상 위에 책을 펼쳐놓고 손가락으로 툭, 툭, 했다. 소
리 내서 읽으라는 뜻이었다. 두 자리 숫자가 적혀 있었다. 성당의 스
테인드글라스가 떠올랐다. 물안경 없이 잠수를 하면 풀장의 바닥이
그렇게 보였다. 나는 숫자를 읽었다. 검사관이 페이지를 넘겼다. 두
어 개만 더 읽었으면 무난히 끝났을 것이다. 그런데 나를 내가 알 수
없었다. 왜 내가 이렇게 자발적인 개가 된 것이지? 당신들이 왜 내게
이래라 저래라지? 7년, 네가 나를 개로 만든 거야? 이봐, 경관! 국민
이 나라의 개야?

　나는 색맹 테스트북에다 침을 탁 뱉어버렸다. 그리고 검사관이
어떤 대항을 해오기 전에 돌아서서 나왔다. 거대한 장갑이 나를 따
라와 뒷머리를 휙 낚아채 내 몸을 바닥에 패대기칠 것 같았다. 나는
가능한 한 빠르게 걸었다. 검사관 당신이 나를 고발한다면 죄목은
인격모독죄뿐일 것이다. 당신이 인격을 모독당했다고 나를 고발한
다면 나는 내가 당한 모독의 크기를 당신이 당한 것보다 몇백 배 더
크게 증명해 보일 수 있다. 우리는 서로 양보했어야 한다. 서로 정중
했어야 한다. 그랬으면 죄는 벌어지지 않았을 것이다.

　나는 방금 전의 이래라저래라를 생각하며 속도를 냈다. 차선을
이리저리 마음대로 바꾸며 운전을 했다. 뒤차가 빵빵거리면 급정거
를 해줄 참이었다. 월요일이어서 고궁들은 닫혀 있었다. 갤러리 골
목의 사립 박물관들도 마찬가지였다. 백화점이 쉬는 월요일은 문화

의 휴일이었다. 차를 이리저리 몰다가 석사를 다니다 만 대학으로
들어갔다.

　박물관에서 제국의 칼 전시회를 열어두고 있었다. 유명한 제왕
의 칼들이 있었다. 나폴레옹의 칼도 있었다. 사무라이의 칼, 장비의
칼도 있었다. 무희의 칼, 무당의 칼도 있었다. 국내 각종 사립 박물관
소장품과 개인 소장품, 외국의 박물관에서 임대해 들여온 컬렉션들
이었다. 적어도 두 시간은 생각 없이 걸을 수 있겠다는 생각이 들었
다. 나는 전시장을 천천히 돌았다.

　지팡이 속에 숨긴 칼, 비녀 속에 숨긴 칼 등을 보고 있었다. 나는
호신용이라는 말 앞에서 멈췄다. 이게 공격용일지 호신용일지 누가
아냐. 공격과 호신은 누가 먼저 개시하느냐에 따라 달라진다. 암살
용으로 숨긴 칼을 호신용이라고 말할 수 있겠는가. 우스웠다. 거대
한 군인들의 칼을 스칠 때였다. 방금 전에 보았던 숨긴 칼들이 생각
났다. 그곳으로 돌아갔다. 나는 거울에 비치는 나를 바라보았다. 칼
하나 숨기지도 못하고 살아온 나는 무엇인가. 왜 내게는 아무것도
없는가. A가 가장 먼저 거추장스러워졌다. 우리가 처음 만난 건 내
가 헌법 소원에 관심을 가지고 있을 때 판결 선고를 견학 나가서였
다. 그녀는 거기의 속기사였다. 우린 왜 함께 살고 있는 거지? 아버
지가 돌아가시면 비행기를 타고 가야 하나? 아침에 어머니가 전화
를 해서 생일 선물로 뭘 가지고 싶으냐고 했었다. 굳이 칼이 아니더
라도 좋다. 누군가 생일선물로 박물관의 물건 하나를 사서 꺼내줬으
면 싶었다. 어머니를 불러 고미술품을 사러 다녀볼까. 시간이 굳어
있는 유물을 들여다보고 있으면 미래는 떠올리지 않아도 좋을 것이
다. 유물의 가치는 시간이 지날수록 쌓여간다. 그대로 둔 게 미래에

는 지금보다 훨씬 더 가치 있게 되어 있을 무언가를 나도 하나 가지고 싶다.

전시장에서 나와 교정을 거닐었다. 나는 하늘을 보며 생각했다. 지도교수를 우연히 마주치게 되면 공부를 다시 하겠다고 말하겠어. 운명으로 받아들이고 말겠어. 우연에 의지해서 일을 저지르는 거야. 만만한 게 우연이었다. 학생들이 분주히 나를 스쳐 갔다. 지도교수는 나타나지 않았다. 여전히 바쁠 것이었다. 미국으로 유학을 갔다 오면 신생 학문이라 쓰일 데가 있을 거라고 얘기하셨다. 시대가 하이브리드를 원하므로 법학과 사회학을 혼종시킨 법사회학 전공자도 조만간 많은 곳으로 불려 다닐 거라 했다. 아버지는 늦지 않았으니 실용법을 공부하라고 했었다. A와 살고 있다는 걸 알면 아버지가 뭐라고 하실까. 곧 A의 생일이다. 거기서 조금만 지나면 크리스마스다. 그러면 서른이 된다. 지도교수 연구실을 찾아가볼까. 우연인 것처럼.

A가 퇴근해서 호텔로 출발한다고 문자를 보내왔다. 생일을 위해서였다. 침실을 따로 쓰면서 우린 몸이 필요해지면 호텔을 예약하곤 했다. 예약을 이야기할 때, A는 욕구의 크기보다 임신과 관련된 몸의 주기를 더 먼저 챙겼다. 약속이 이루어지면 먼저 도착한 사람이 객실을 열고 들어가 쉬면서 기다렸다. 나는 문자메시지를 보냈다. 먼저 들어가 있어. 금방 갈게. 나는 교정을 거닐면서 A를 생각했다. 고소공포증이 없는 사람을 만났더라면 당신은 오늘 호텔의 고층 객실에서 전망을 즐기면서 사랑을 나눌 수도 있을 것이다. 좋아하는 해외여행을 혼자 다니지 않아도 될 것이다. A야, 왠지 당신을 누군가에게 양보하고 싶어진다. 기껏해야 3층 정도에나 투숙할 수 있는 나보다 근사한 누군가에게. 스스로 갈 길을 가주겠니?

미적거리는 동안 퇴근길 러시가 절정에 닿아 있었다. 갑자기 호텔까지 가는 게 귀찮아졌다. 우린 왜 함께 사는 거지? 뭘 위해서지? A야, 너를 통해서 내가 어디에 가닿을 거지? 거대한 짜증이 밀려왔다. 뭘 위해서라니! 한 번도 그렇게 살지 않았는데. 7년이 자꾸만 미래를 생각하게 만들고 있었다. 나는 미래를 잊어야 했다. 그냥 사는 거다. 그냥 사는 거란 말이다. 아일랜드 음악을 틀었다. 희한하게도, 잊고 싶으면 잠깐 잊을 수 있는 게 있었다. 미래는 보이지 않으니 잊을 수 없어도 부정할 수 없는 현재는 눈을 감으면 잠깐 잊을 수 있었다. 7년이 훌쩍 지났다는 사실, A가 있다는 사실, 호텔에 가야 한다는 사실……. 나는 방향을 쿠바로 바꿨다.

위스키를 마시고 집에 들어갔더니 A가 선물을 마련해놓고 있었다. 널 죽이고 싶어. 써놓은 쪽지가 그것이었다. 나는 전시회장에서 사 왔던 도록을 A의 흔들의자에 올려놓았다. 거기엔 내가 보지 못했고 기억하지 못하는 칼들까지 들어 있었다. A야, 찌르고 싶은 칼을 골라라. 그 칼은 역사 속에 있는데 어떻게 현재로 가져올 거니.『공산당선언』의 말이 떠올랐다. 의식이 어린 시절의 프롤레타리아트는 부르주아적 생산관계가 아니라 생산수단 그 자체에 폭력을 가했다. 그들은 노동을 강요하는 기계를 부수거나 공장에 불을 지르거나 경쟁사의 상품을 파괴했다. 백화점에서 일하면서 생긴 또 하나의 버릇이 있었다. 법이나 체계나 조직 같은 것이 생각거리로 떠오르면『공산당선언』을 읽게 되는 것이었다. 사랑에 체계를 세우고 싶다는 생각이 들 때도 나는 그것을 읽었다.

A는 잠들었는지 나오지 않았다. 나는 독서용 소파에 앉았다.『공

산당선언』을 펴고 방금 떠오른 그 구절을 찾았다. 정확히 내가 기억해낸 그대로였다. 나는 노동자에겐 국가가 없다는 대목을 설명하는 각주의 내용을 읽었다. 가지지 않은 것을 빼앗을 수 있는 능력은 어느 누구에게도 있지 않다. 감동적이었다. 가지지 않은 것을 어떻게 빼앗을 수 있겠는가. 나는 A의 분노에 대해 생각했다. 염세는 실패의 승인이 아니라 적극적 방어이다. 증오가 상대에 대해서 얼마나 큰 관심을 가지게 하는가. 보라. 부르주아를 증오한 코뮤니스트들이 얼마나 정교하게 자신의 적들을 분석했는지를. A는 『공산당선언』의 시제를 좋아했다. 미래를 향해 있는 책. 허망하지만 꿈이 있어 좋다고 했다. 그들은, 미래가 암담했다기보다는 미래가 보이지 않아 두려워서 혁명을 꿈꾼 것이라고 A는 말했다. 나를 죽이고 싶다고 쓴 A의 마음이 아름답게 느껴졌다. A는 나를 통해 하고 싶은 게 있는 것이다. 나는 손으로 A의 볼펜 글씨를 가만히 쓰다듬었다.

A야. 나를 통해 너는 무엇을 생산하겠느냐. 너와 나는 기계가 아니다. 우리에게 중요한 것은 관계이다. 나를 통해 너는 어디에 닿고 싶은 거냐? 나를 죽이고 싶다고? A야. 너는 생산수단인 나를 파괴할 것이 아니라 우리의 관계를 생각해보아야 한다. 내가 나의 나이와, 올 것 같지 않던 7년 후의 운전면허 적성검사를 받으러 가서 당한 모욕의 관계를 너도 들어보아야 한다. 나는 그녀의 침실로 가서 불을 켰다. 그녀가 말했다.

"나가줘. 그냥 자면 좋겠어."

나는 이렇게 운율을 맞춰서 말했다.

"그래? 나는, 하면, 좋겠, 는데?"

그녀가 침대 머리맡의 스위치를 눌러 불을 껐다. 나가라는 뜻이었다. 나는 어둠 속에 서 있다가 몸을 돌렸다. 그녀가 고풍스럽게 중얼거렸다.

"어디서 그런 말을 배워 왔어…… 천박하게……."

약간 알코올 기운이 느껴졌다. 어느 순간 욕구를 위해 나를 기다렸을 그녀의 수치심이 이해되었다. 천박하다는 말의 원래 방향이 자기의 욕구를 향해 있었음을 나는 알아버렸다. 그녀는 내 생일을 맞아 다음에 신청해놓은 6일의 휴가 계획에 대해 얘기하려고 했을지도 모르는 일이었다. 자동차를 타고 국경을 넘는 여행을 제안하려고 했을지도, 저 멀리 있는 크리스마스 선물에 대해 얘기하려고 했을지도 모르는 일이었다. A야, 너 지금 나를 죽이고 싶다고 했니? 이상했다. 몸에서 점점 더 욕구가 자라는 것이 느껴졌다. 이상하게도 이불을 들추면 그녀가 온전히 알몸으로 누워 있을 것만 같았다. 손에서 땀이 났다. 이 여자는 지금 나의 완력을 기다리고 있는 것이 아닐까.

나는 자라고 있는 몸의 욕구가 폭력으로 돌변하기 전에 거실로 나왔다. 오디오실 문을 열고 들어가 정격 고전음악을 틀었다. 음악 감상 소파에 앉으니 쿠바의 맘보가 더 적당할 것 같다는 생각이 들었다. 책 읽는 소파로 옮겨 갔다. 『공산당선언』을 펼쳤다. 욕구가 진정이 되지 않았다. 글자는 눈에 들어오지 않고 발이 허전해졌다. 정원에 있는 다듬잇돌이 생각났다. 박물관에서 떠올린 돌이었다. 칼을 보며, 하얀 그 돌을 숫돌로 삼아도 좋겠다는 생각을 했던 것이다. 익은 감이 떨어지면 홍시가 될 때까지 올려놓곤 하던 돌이었다. 여름엔 거기에 앉아서 발바닥을 말리기도 했다. 책을 덮고 정원으로 나갔다. 다듬잇돌은 흙에 묻혀 있었다. 들어 올리려고 하니 흙을 파헤쳐야 했다.

　힘을 쓰니 욕구가 사라졌다. 다듬잇돌을 씻고 닦아 독서 소파 앞에 놓았다. 슬리퍼를 벗고 맨발을 올렸다. 차가운 온도가 몸을 적당히 긴장시켰다. 의자를 앞뒤로 흔들기 편해 발받침의 높이로 적당했다. 『공산당선언』을 읽었다. 이제 글자가 눈에 들어왔다. 아무 데나 펼쳤는데 이런 말이 튀어나왔다. "공산주의자가 공인하려 한다는 여성 공유제에 대해 부르주아가 고결한 도덕가인 체하며 분개하고 있는 것만큼 가소롭기 짝 없는 일은 없다. 여성 공유제는 거의 기억할 수 없을 정도의 태고부터 존재해왔다." 부르주아도, 공산주의자도, 이론적 분석에 의하면 여성 공유제를 욕망하고 있다는 뜻이었다. 그럼 프롤레타리아트의 결혼관은? 학습된 공산주의자에 의해 강요받아야 하는 게 아니라 살면서 은연중에 터득된 프롤레타리아트의 결혼관은? 그건 무엇이지? 프롤레타리아트는 더 사유해야 한다. 사유의 즐거움은 얼마나 큰 것이냐. 가난은 강요된 무소유이다. 외할아버지, 어머니를 거쳐 내가 가지게 된 이 집을 그대로의 소유로 두고, 내가 가진 부모님을 그대로 둔 상태에서, 혁명이 일어났으면 좋겠다.

　우리는 3일 동안 말을 안 하고 지냈다. 전혀 불편하지가 않다는 것이 서로를 놀라게 만들고 있었다. 내가 쿠바에서 위스키를 마시는 동안 그녀가 사고를 내지 않았더라면 우리는 언제까지나 그렇게 말을 안 하면서도 불편하지 않게 지낼 수 있었을 것이다. 퇴근을 하고 들어갔더니 A가 말했다.
　"20만 원이면 자기도 좀 과하다고 생각하지 않아?"
　"뭐가?"
　그녀는 에스유브이의 주인과 주고받았던 전화 통화와 문자메시

지 내용을 이야기했다. 내가 쿠바에서 위스키를 마시는 동안 그녀
는 호텔 지하에서 칵테일을 마셨다고 했다. 그리고 집에 돌아와 주
차를 하려다가 차 옆구리로 에스유브이의 운전석 쪽 범퍼를 살짝 쓸
었다고 했다. 술을 마신 걸 들켰으면 문제가 더 커졌을 것이다. 그녀
는 메모를 남기고 들어왔었다. 에스유브이 주인은 사흘 뒤에 연락을
했다. 부분 도색을 해야 하니 20만 원을 달라고 한 것이었다. A는 업
무 중에 경황없이 전화를 받았다고 했다. 그녀는 미안하다고 양해를
구했다. 그리고 송금할 계좌번호를 문자메시지로 받았다. 나는 그녀
와 함께 밖으로 나갔다. 에스유브이는 길가에 주차되어 있었다. 범
퍼 상태를 보니 20만 원은 과한 금액으로 보였다. 나는 화해의 계기
를 만난 것 같았다.

"20만 원은 좀 심하네. 깎아달라고 해보지 그래?"

"그렇지. 좀 심하지?"

A는 내 말대로 돈을 송금하는 시기를 늦추었다. 대신 에스유브
이 주인과 여러 번 통화를 했다. 나는 매일매일 경과를 물었다. 에스
유브이 주인은 자기가 알아본 가장 저렴한 가격이라는 말만 되풀이
한다고 했다. 며칠이 지났다. 열시 가까운 밤이었다. 그녀는 에스유
브이 주인의 전화를 받았다. 그리고 알았어요, 보낼게요, 하더니 전
화를 끊었다.

"조금도 못 깎았어? 너무 과한 것 같은데?"

"위자료라고 생각하기로 했어. 나름대로 신경 쓰고 마음 상하고
그랬을 거니까. 처음처럼 똑같이 해놓으라고 안 하는 게 어디야."

A의 말처럼 에스유브이가 범퍼를 새로 갈겠다고 으름장을 놓으
면 견적은 더 많이 나올 것이었다. 나를 당황하게 했던 건 위자료라

는 말이었다. 나는 이혼을 떠올렸다. 헤어지잔 말인가. 처음으로 돌려놓고 싶다는 얘기니? 나는 그녀의 마음을 읽고 싶었다. 위자료라는 말이 그녀에게는 업무상 익숙한 말일 수 있었겠으나 내게는 끝내고 싶다는 그녀의 뜻이 담긴 말로 들렸다.

나는 법의 도덕에 대해 이야기했다. 거기는 지정된 주차장이 아니었다. 이면도로 한켠에서 생긴 주차사고는 한쪽이 일방으로 당할 수 없는 것이었다. 너무 과한 요구를 하는 사람이 있다면 처벌은 그 사람이 받아야 하는 것이었다. 그녀에게 법을 말하다 보니 한없이 미안해졌다. 주차장을 넓혀주었으면 생길 수 없는 일이었다. 그녀 부모님을 만나러 가기 전까지 나는 주차장 공사를 계획했었다. 담을 트고 마당을 조금 내려앉히면 내 차와 나란히 들어갈 공간이 만들어질 수 있었다. 그런데 비행기에게서 상처를 받고 돌아온 후 침실을 각자 쓰기 시작하면서 나는 그 계획을 미루기 시작했다. 언제 떠날지 모르는 사람을 위해 공사를 서두르는 것은 의미가 없는 일이었다. 2년이 지나갔다. 그동안 길가에 차를 대면서 얼마나 많은 횟수로 나를 포기해왔을까. 나의 주차장을 보면서…….

송금을 하고 일주일이 지났다. 나는 A의 입에서 욕이 나오는 걸 그때 처음 보았다. 개새끼! 소름이 끼쳤다. 나는 나를 생각했다. 그녀는 호텔 지하에서 칵테일을 마시며 얼마나 많은 개새끼를 나에게 부어 날렸을까. 나는 왜냐고 물었다. 그녀가 말했다. 에스유브이가 들어오는 것을 보았는데 긁힌 자국을 그대로 달고 다니더라는 것이었다. 나도 확인을 해보았다. 주인은 범퍼를 걸레로 살짝 닦아놓고 있었다. 20만 원을 받아먹고. 그도 참 더티한 인류였다. 나는 다시 법에 대해 생각했다. 저 저질스러움을 처벌할 수 있는 규정으로는 뭐가 있을까.

한 달이 지나도 그대로였다. 왜 수리를 하지 않는 거야! 그녀의 분노는 점점 더 크게 자라났다. 덩달아 나도 그를 욕하고 있었다. 개 닮은 인류야. 왜 자꾸 그날을 상기시켜서 나를 불편하게 만드는 거냐. 그 뒤로 범퍼의 상처는 자꾸만 작아졌다. 여드름 짜고 남은 흉처럼 사소해 보이기까지 했다. 2만 원만 주고 말았어도 좋았을 거라는 생각이, 상처 난 자리에 바르는 마데카솔이나 후시딘 같은 복합연고제 값만 줘도 됐을 거라는 생각이 들었다. 그렇지만 수리를 하지 않는다고 해서 그에게 돈을 내놓으라고 할 수는 없는 일이었다.

A와 나는 여러 시나리오를 상상했다. 바빠서 못 했다는 식으로 나오면 어쩔 것인가. 곧 할 거라고 둘러대면 할 말이 뭐 있겠는가. 보험회사에 연락을 했어야 한다. 그렇게 하지 않을 거였으면 영수증을 달라고 한 다음 그 금액을 지불했어야 한다. 너무 서둘러 송금을 했다. 그러나 편법은 막지 못할 것이다. 에스유브이는 안면 있는 정비소에 가서 20만 원 상당의 허위 영수증을 발급받아 보낼 수도 있다. 그렇다면 우리는 정비소의 영업주를 만나 사실 확인을 해야 한다. 허위로 영수증을 발급했다면 신고를 해야 한다. 그러면 영업주는 벌금을 내야 할 것이다. 그러나 그 벌금은 우리에게 상환되지 않는다.

쉬엄쉬엄 그녀의 생일이 되어 있었다.

"올 때 못하고 망치 좀 사다줘."

"왜?"

"박아버리려고."

"내가 그렇게 못마땅해?"

그녀가 웃었다.

"아니. 에스유브이에다 박을 거야."

"펑크를?"

그녀가 웃었다.

그녀는 처음 만날 때처럼 예뻐져 있었다. 활기를 찾고 있었던 것이다. 나는 웃었다. 겨우 그 정도의 귀여운 분노라니. 펑크를 낼 거라면 송곳으로도 될 텐데? 못을 박으려면 나사못과 드라이버가 편할 거잖아. 못이라니. 망치라니. 타이어에서 튕겨 나오면 어쩌려고? 나는 못과 망치를 사면서 나사못과 드라이버도 함께 샀다. 그녀가 못을 못 박아서 낭패스러워하면 도구를 바꿔보라고 말하며 내밀 생각이었다. 못과 망치라. 낫과 망치는 소비에트연방의, 세기적 상징이었다. 농노와 공장 노동자의 생산수단. 우리는 간단하게 생일 파티를 한 다음 위스키와 칵테일을 마셨다.

골목에 사람들이 없을 시각이었다. 우리는 대문을 나섰다. 에스유브이의 범퍼는 아직 수리되지 않고 있었다. 나는 망을 봐주면서 A의 동작을 살폈다. 놀라운 일이 벌어졌다. 그녀가 못을 대는 곳은 타이어가 아니었다. 유리창이었다. 그녀는 웃으면서 아이를 다독이듯이 살 살 살 망치로 못을 쳤다. 그러자 못이 유리창에 박혔다. 쩍 금가는 소리가 났다. 크지 않은 소리였다. 창은 비닐 코팅이 되어 있어서 한 번에 박살나지 않았다. 그녀는 박는 데에 익숙해지자 한 번의 망치질로 한 개의 못을 박았다. 소음기 단 권총으로 사격을 하는 소리가 났다. 망치로 탁 치면 못이 틱 하고 박혔다. 기막힌 일이었다. 그녀는 콘크리트못 한 박스를 다 쓰고야 멈췄다. 앞, 옆, 뒤, 모든 유리창이 적의 심장이었다.

"이 자식 황당해하겠지?"

그녀가 웃었다. 우리 관계는 즉각 회복되는 것 같았다. 나는 그녀가 내 이마에 못을 박는 상상도 잠깐 했었던 것이다. 스물아홉이 뭐 대단한 나이인가. 7년 흐른 걸 과하게 슬퍼했던 건 분명 엄살이었다. 미안하다. 서른세 살의 A야. 그녀가 웃으며 집으로 뛰어 들어갔다. 나도 덩달아 킬킬거리면서 그녀를 따랐다.

그러나 일주일 뒤 그가 복수를 했다. A가 출근하다 말고 들어왔다. 시간이 급하니 내 차를 좀 써도 되겠냐고 물었다. 나는 열쇠를 건네고 그녀의 차로 가보았다. A의 흰색 승용차 유리창에 못 구멍이 숭숭 뚫려 있었다. 똑같이 당한 것이었다. 수법은 한 단계 업그레이드돼 있었다. 못은 박혀 있지 않았다. 탄두가 뚫고 지나간 것 같은 구멍이 셀 수 없을 만큼 많았다. 못으로 구멍을 낸 것이었다. 창이 성에 낀 것처럼 온통 하얀색이 되어 있었다. 그래서 구멍이 아주 검게 보였다. 나는 에스유브이네 집을 올려다보았다. 넌 도대체 어떤 종류의 인류야? 차에 돌을 던져줄까. 에스유브이를 바라보았다. 새로운 게 있었다. 범퍼는 그대로였다. 경보기의 경광등이 반짝거렸다. 경광등은 전자시계 초침처럼 점, 멸, 점, 멸, 하고 있었다.

A는 보험회사에 전화를 걸어 수리를 부탁했다. 그리고 퇴근길에 정비소에 들러 에스유브이와 똑같이 경보기를 달았다.

심리 게임을 하다 보면 상대를 알게 되고 자기가 진정으로 원하는 것이 무엇인지를 스스로 파악하게 된다. 자기한테 못을 친 상대가 누구인지에 대해서, 심증은 있으나 물증이 없는 두 사람이 할 수 있는 일은 똑같이 경보기를 다는 것밖에는 없었다. 나는 A가 다시 냉랭해져서 마음이 불편했다. A는 확인하고 싶어 했다. 왜 에스유브이가 유리창에 못을 박은 게 자기라고 생각하게 되었을까에 대해서.

“오늘 봤는데 에스유브이이 재미있게 생겼더라.”

A의 입에서 그 사람이 자연스럽게 등장했다.

“그 사람 혹시 봤어? 은근히 좀 군내 나지 않아?”

A는 나에게 묻곤 했다. 나는 그를 보지 못했다. 그녀를 통해 듣자 하니 그 사람은 여행사를 가지고 있었다. 체 게바라 여행사라고, 주로 혁명가들의 유적지를 탐방하는 루트를 패키지 상품으로 가지고 있는 회사였다. 대학생들을 대상으로 개발한 품목이었다. 나는 그가 그냥 적당히 좌파 성향을 상품화하는 데에 재주 있는 80년대 학번쯤일 거라고 생각했다. 세속적이고 속물적인 좌파에 대해 내가 물을 수 있는 것은 이런 말뿐이었다.

“어떻게 알게 됐어?”

A는 고상하게 대답했다.

“죄를 지어야 눈빛을 교환하게 되는 시대를 살고 있어 우리는.”

나는 그녀가 곧 나를 떠날 거라고 느꼈다. 가끔씩 밤이 깊었을 때 경보기가 울렸다. 소리가 똑같았으므로 A는 잠을 자다 말고 대문 밖으로 나가 차의 안전을 살폈다. 에스유브이를 만났거나 그의 아내와 마주쳤을 것이다.

같은 방식으로 삶을 대하는 사람들끼리의 연대감이 두 사람 사이에서 자연스럽게 형성되었을 것이다. 나는 치가 떨렸다. 둘 사이에 오갔을 신경전, 상대의 마음을 떠보는 문자메시지 교환, 자연스런 전화 통화, 그러다가 이어졌을 술자리, 빠르게 합의되었을 불륜……. 나는 현장을 잡아 간통죄로 그들을 고발하고픈 유혹에 시달렸다. 그러나 불행히도 우리는 혼인신고를 하지 않은 상태였다. 법을 따르지 않는 사람에겐 법의 보호를 받을 권리가 없었다. 나는 다듬잇돌 있던 자리를 깊이 파고 그곳에 그 자식을 묻어버리고 싶었다.

　에스유브이는 A가 프랑크푸르트로 날아간 이후 내내 같은 자리
에 주차되어 있었다. 범퍼를 짓밟으면 경보음이 쏟아졌다. 리모컨을
들고 나와 소리를 잠재우는 사람은 그 집 여자였다. 그 여자에게 성
큼 다가가는 방법이 없진 않았다. 돌을 던지면 되는 것이었다. 그러
나 이런 말은 듣고 싶지 않았다. "남편이 유럽에 갔어요……. 차 수리
는 돌아오면 얘기해요." 남의 출장에 자신의 일정을 맞출 정도로 A
가 자존심 없는 여자였던가. 나는 매일 에스유브이를 밟았다. 남자
가 나오길 기다렸다. 언제나 여자가 나와서 차의 상태를 확인하며
경보음을 잠재웠다.

　휴가 기간 내내 나는 『공산당선언』을 읽었다. 앞에서 말했지만
그 책을 읽는 건 취미였다. 계급을 이야기하는 대목에서는 부르주
아지를 A로 프롤레타리아트를 나로 바꿔 읽어보았다. 맥락이 만들
어지지 않았다. 나를 부르주아지로, A를 프롤레타리아트로 바꿔보
았다. 그래도 문맥은 어색했다. 테마를 성욕으로 바꾸면 문맥에 어
울렸다. 부르주아지와 프롤레타리아트 둘 중 하나를 남자로, 하나를
여자로 바꿔보면 이렇게 된다. 남자(여자)는 성적 수단을 전유함으
로써 여자(남자)를 착취한다.

　공산주의자들의 주장은 모든 사유제를 폐지하자는 것이 아니었
다. 기계와 공장 같은 생산수단의 사유를 폐지하고 그것을 공유하자
는 것이었다. 생산수단의 공유. 그래서 공산주의자들의 결혼관은 부
인의 공동소유제가 되었다. 이게 무슨 말일까. 혼자 생각으로 얼굴
이 붉어지면 마르크스가 주장한 하루 여덟 시간 노동을 지키기 위해

침실로 들어가 여덟 시간의 잠을 잤다.

책을 읽으며 자위에 대해서도 생각해보았다. 가끔 욕구가 생기면 그것은 거추장스러웠다. 『자본론』을 펼치면 욕구가 사라졌다. 마르크스는 '상품' 장에서 말하고 있었다. 모든 가치는 사회적 관계 속에서 형성된다. 거지의 구걸도, 교수의 강의도, 사회적 관계가 없다면 제로 가치이다. 그러므로 사회적 관계가 있어야 가능한 우리들 노동의 가치는 동등한 것이다. 자위에 대해서, 사회주의자들은 혼자 하는 것이 아니라고 한다. 성욕을 가진 자 중에서 완벽한 혼자란 있을 수 없다. 누군가의 무엇을 상상하면서 하게 되는 것이 자위이다. 그러므로 자위하는 자는 상상 속의 대상에게 혐오를 제공한 대가를 치러야 할 의무가 있다는 것이 사회주의자들의 생각이다. 예술가 역시 자위를 할 수 있는 자유는 가지고 있지 않다. 사회적 관계에 대한 책임을 져야 할 의무가 있다. 그러나 자유주의자들은 상상의 영향력 없음을 먼저 생각한다. 상상이란 상대에게 가닿지 않는 것이기 때문에 얼마든지 해도 좋다고 생각한다. 가령 내가 A를 상상한다거나 에스유브이의 아내를 상상한다거나, 문득 들은 목소리의 주인을 상상한다거나 할 때, 상상의 대상이 누구였는지 공개만 하지 않으면 전혀 문제되지 않는 것이라 생각한다. 더러운 자유주의자들은.

어쨌거나 A는 돌아왔다. 나는 소파에 누워 있었다. 그녀는 샤워를 하고 곧장 침실로 들어가 곯아떨어졌다. 내일이면 A가 떠난다. 그런 생각이 찾아왔다. 여행에서 돌아왔으니 이제 떠나는 일만 남은 것이었다. 우리가 함께 산 건 2년이었다. 2년이 지났으니 그녀의 아파트 전세 계약 기간도 만료되었다. A는 2년이 지나길 기다리면서 불쑥불쑥 비행기를 탔는지도 몰랐다. 나는 독서 소파로 옮겨가 『공산당선언』을 펼쳤다. 스포트라이트는 천장의 골프 홀 같은 구멍에서 직선으로 내려왔다. 다른 전등은 다 끄고 그것만 남겼다. 글자들이 빛을 받아 반짝반짝 빛났다. 처음부터 끝까지 일독하기로 했다.

이 책을 광신하는 사람이 온다면 나를 저격하고 말 것이다. 저격을 떠올리자 마지막 생이 떠올랐다. 이 땅에서 가장 우아하게 외로운 사람이 된 듯했다. 이런 외로움이라면 근사한 것이다. 근사하게 죽고 싶다. 뭔가 생의 목적이 형성되는 기분이 들었다. 아예 외로움을 전시해보기로 했다. 블라인드를 펼치자 옆집, 앞집의 불빛들이 정원을 거쳐 창으로 들어왔다. 나는 스포트라이트 안으로 들어갔다.

네 번째인 마지막 장 '기존의 여러 반정부당에 대한 공산주의자의 입장' 파트를 읽을 때였다. 창으로 경광등 불빛이 반짝반짝 들어왔다. 방음장치를 설치해놓은 창으로 삐뽀삐뽀 소리가 들어왔다. 소리는 작고 희미했다. 먼 과거로부터 시작되어 내게 도착하는 소리 같았다. 책을 다시 보았다. 이런 책을 읽으면 경찰이 체포하러 올 때도 있었다고 들었다. 에스유브이는 그런 시대에 20대를 보냈을 것이다. 그를 떠올리자 긴장이 되고 흥분이 되었다. 체 게바라 여행사? 흥. 서가를 둘러보았다. 사회과학서적, 법사회학 책들이 꽂혀 있었다. 실용법전은 서가에 들이지 않았다. 내가 고민했던 건 법의 역할, 도덕, 법에 의한 행복이었지 법의 내용이 아니었다. 나처럼 보호해야 할 것이 있으나 힘이 약한 사람에겐 법이 엄격할수록 좋다.

경광등이 오랫동안 반짝거리고 있었다. 대문 밖으로 나가보았다. 경찰차인 줄 알았는데 서 있는 것은 구급차였다. 에스유브이네 집에 무슨 문제가 있는 모양이었다. 사람들이 웅성거렸다. 말을 걸어볼 이웃은 아무도 없었다. A의 차에서 경보기의 경광등이 아주 작게 반짝거리고 있었다. 남자가 들것에 실려 나왔다. 내 시선이 그의 허벅지로 향했다. 거기에 붕대가 감겨 있었다. 그는 간혹 고개를 들어 주위 사람들을 보고 있었다. 저것이 에스유브이의 얼굴이다. 나는 자세히 보고 싶었다. 어둡고 멀어서 얼굴 표정은 보이지 않았다.

구급차가 소리를 내며 골목을 빠져나갔다. 사람들이 나누는 얘기를 들어보았다. 말을 나누고 지내는 이웃이 없어서 가만히 귀를 기울여야 했다. 아내가 남편을 찔렀다고 하는 소리가 들려왔다. 칼로? 내가 상상해낸 말이었을지도 모른다. 못 박힌 자동차 유리창이 떠올랐다. 그때의 경쾌함이 되살아나는 듯했다. 내가 하고 싶은 일은 한발 먼저 하는 사람이 있었다. 시원스런 일은 내가 하기 전에 누군가가 먼저 해버렸다. 웃음이 났다. 그 집 여자는 보이지 않았다. 분명히 A가 무언가를 했을 것이다.

나는 잠든 A에게 다가갔다.

"자기야. 저 에스유브이한테 뭘 한 거야?"

"왜?"

"사고가 난 모양인데? 구급차에 실려 가던데?"

"내일 얘기하자."

A는 이불을 둘러썼다. 여행이 피곤했을 것이었다. 마루로 고개를 돌렸다. 여행 가방이 눈에 들어왔다. A가 들어와서 벗어놓은 그대로 놓여 있었다. 에스유브이의 아내는 언제나처럼 출장 다녀온 남편의 짐을 정리하기 위하여 여행 가방을 풀었을 것이다. 어머니는 아버지의 짐 상태를 보면서 타박을 하곤 했는데 가방에서 깜짝 선물을 찾아내곤 했다. 여자도 그런 마음이었을 것이다. 여자는 선물 상자

를 풀고 그 안에서 낯선 여자의 팬티와 브라를 보았을 것이다. 그래서 샤워실에서 나오는 남편에게 물 대신 부엌칼을 들이밀었을 것이다. 내 머릿속에서는 내게 이로운 상상이 자꾸 싹을 틔우며 자라났다. A는 충분히 그런 식의 우회적인 방식으로 복수를 할 수 있는 여자였다. 나는 A를 깨우고 싶었다.

"자기야, 근데, 어디에 갔다 온 거야?"

A는 무심하게 대답했다.

"모로코."

모로코? 그 자식이랑? 모로코를 발음하는 톤이 꼭 서해바다, 하는 것처럼 평범해서 더 물을 수가 없었다. 나는 거실로 나왔다. 지구본을 돌려 모로코를 찾았다. 카사블랑카라는 항구 도시가 있는 아프리카 나라였다. 그 앞바다는 그녀가 초인종을 누르길 기다리면서 내가 들었던 아프로쿠반 음악을 만들어낸 대서양이었다. 체 게바라의 군대가 쿠바의 아바나에 들어갔을 때 유행하던 리듬은 차차차와 맘보였다. 체는 쿠바에서 아프리카로 혁명지를 옮겨 갔다. 체의 고향 아르헨티나 도시에선 그때 탱고가 카페마다 실황으로 연주되었다. 그 탱고는 내게 반도네온이라는 악기의 존재를 알려주었다.

아프로쿠반을 다시 틀어놓고 음반 재킷의 사진을 보았다. 여가수가 모래사장의 바위에 기대어 서 있었다. 나는 A를 기다리면서 A가 40대가 되면 그런 모습으로 어딘가에 서 있어야 할 것 같다고 생각했다. 그녀가 그렇게 쓸쓸해지길 나는 바라고 있었던 것이다. 여가수는 맨발이었다. 아래로 향한 발가락 끝은 모래 속에 들어가 있었다. A도 그런 모래를 밟았을 것이었다. 북위 25도 무렵의 아프리카 따뜻한 바다에서. 그녀가 맨발로 모래사장을 거닐었을 속도는 상상이 되지 않았다. 내 눈으로 볼 수 없었으므로 그녀의 속도는 감추어진 뿌리였다. 그녀는 뿌리가 자라는 속도로 천천히 걸었을 것이었다. 걸으면서 에스유브이를 혼내주기 위해 고민을 했을 것이었다. 뭘 한 걸까. 내 상상처럼 그의 가방에 몰래 속옷을 넣었을까. 도저히 궁금해서 참을 수가 없었다. A의 침실로 다시 들어갔다.

"자기야. 자기가 뭘 한 거지? 그렇지?"

"아이. 피곤해. 그냥 자자."

A가 팔을 벌렸다. 나는 그대로 다가가서 품에 안겼다. 처음 잘 때처럼 쑥스럽고 부끄러웠다. 왜 이렇게 매력적인가. 그녀는 내가 본 가장 멋진 모습으로 웃었다.

6일 동안 내내 아침에 눈을 뜨면 앞으로 어떻게 살아야 되지? 그런 질문이 들어왔다. 이상하게도 그녀가 떠난다고 생각하니 자꾸만 그 생각이 들었다. 그 답 없는 질문이 나를 망가뜨리겠다 싶어지면 부랴부랴 출근을 했다. 앞으로 어떻게 살지? 어쩌자고 그런 생각을 하게 되었던 것일까. 17층 아파트를 떠올리면 고민이 해결되었다. 나는 거기로 올라가지 못하는 환자였다. 문득 에스유브이가 들것에 실려 누운 채 고개를 자주 들던 모습이 떠올랐다. 무슨 말을 했었을까. 이 여자는 정말 에스유브이와 동행했던 것일까.

나는 A의 가방을 정리해주기로 했다. 그녀와 살면서 처음 해보는 일이었다. 누군가와 함께였다면 부랴부랴 챙긴 흔적이 있어야 할 것이었다. 숨 가쁜 밀회였다면 짐은 더욱더 헝클어져 있어야 할 것이었다. 나는 그녀의 비밀번호로 자물쇠를 풀고 배낭을 열었다. 가방을 열어놓고 보니 묘한 만족감이 찾아왔다. A가 문을 좀 닫아달라고 했다. 나는 음악소리를 줄이고 침실 문을 닫아주었다. 책을 읽던 소파로 가서 스포트라이트 밑에 그녀의 가방을 놓았다. 짐은 말끔하게 정리되어 있었다. 차곡차곡 그녀가 쓸쓸함을 쌓아 왔다는 생각이 들었다. 당신도 앞으로 어떻게 살지를 걱정했을까? 따뜻한 나라의 바다에서?

마테차가 들어 있었다. 체 게바라가 천식을 치료하기 위해 아버지로부터 공수받아 마셨다는 차였다. 게릴라 대장이 전장에서 마신 차라고, 내가 마시고 싶다고 몇 번 말한 적 있었다. 티백 곽에 체 게바라의 사진이 인쇄되어 있었다. 많은, 체 게바라 상품 중 하나였다. 문득 웃음이 나면서 에스유브이의 상처가 걱정되었다. 구급차가 떠난 뒤 경찰차는 오지 않았다. 그는 꽤나 정당한 방식으로 칼을 맞은 모양이었다. 나는 속옷의 개수를 세보려다 말고 A의 침실로 들어갔다. 그녀가 꼭 빙글빙글 도는 음반 같았다. 꿈속에서 이삿짐을 나르는 사다리차가 나를 17층으로 쭉 밀어 올렸다.

누가 피리를 부는가

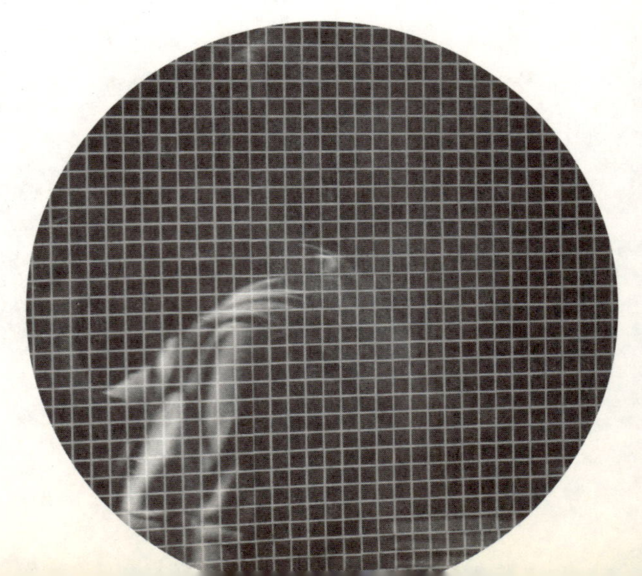

수건에 물을 묻혀 종려나무 잎사귀를 닦았다. 어머니가 좋아하던 화분이었다. 부챗살처럼 퍼져 있는 잎을 바라보면 저절로 마음이 시원해진다고 했다. 내 마음도 마찬가지였다. 먼지를 닦아낸 다음 농도 짙어진 녹색을 바라보고 있으면 저절로 즐거워졌다. 기분이 말쑥해지면서 뭔가 인생이 정리되는 느낌이 찾아왔다.

아침에 나는 원장에게 시계가 있으면 좋겠다고 말했다. D와의 사연을 모두 말한 다음이었다. 원장은 입원을 하기로 마음을 먹었으니 시계도 바깥 세계에 두는 게 더 좋을 거라고 말했다. 정중한 거절로 느껴졌다. 원장이 나간 뒤 나는 비행시간을 계산해보았다. 도착시각을 헤아리려면 시차를 셈에 넣어야 했다. 아들을 떠나보낸 공항에서 D는 나를 기다리기로 했다. 나는 여기의 시각으로 저녁 일곱시 삼십분 무렵에 도착하기로 되어 있었다. 거기의 시각으로는 새벽이었다. 나는 입원실 창으로 먼 하늘을 올려다보았다. 새삼스러웠다. 하늘은 높고 깊었다.

그녀를 만나던 해에 나는 스물아홉 살이었다. 나는 스스로를 가난하지 않다고 여기고 있었다. 하지만 탐이 나는 것을 보면 만지고 싶어 견딜 수가 없었다. "얼마예요?" 하고 그녀가 버스 요금을 묻던 때가 생각난다. 내게 물은 것이 아니었다. 그녀는 기사에게 물었다. 나는 문득 아연해졌다. 버스 요금을 모르는 여자…… 벤츠나 아우디의 이미지가 풍겼다. 나는 버스에 올라 자리에 앉으려 하고 있었다. 그때 버스 요금은 팔백오십 원이었거나 팔백 원이었다. 정확한 액수는 기억나지 않는다. 대중교통에 익숙한 사람들은 요금을 묻지 않고 토큰이나 현금을 냈다. 어딜 가든, 얼마나 오래 타든, 요금은 한

가지였다. 카드로 정산을 하는 요즘과 많이 달랐다. 천 원을 넣으면 기사가 버튼을 눌러 동전을 거슬러 주었다. 그녀가 지갑을 열고 천 원짜리를 통에 넣는 모습이 보였다. 기사가 버튼을 눌렀다. 거스름 돈 지급기에서 동전이 경쾌한 소리를 내며 떨어졌다. 그녀가 거스름 돈을 집기 위해 허리를 굽혔다. 나는 그녀의 몸 어딘가에서 윤기가 새어 나오는 것을 보았다. 반짝하고 빛나는 것이었다.

곱게 나이 들어가고 있는 여자로 보였다. 치마 때문이었을 것이다. 나는 광부들이 금을 캐기 위해 들어갔을 동굴 속의 적요를 떠올리려고 애를 썼다. 금은 돌 속에 박혀 있었다. 상상 속에서 아버지는 금광의 인부들에게 월급을 지불하는 회계담당 직원이었다. 그의 손에는 언제나 정제되기 전의 투박한 금가루가 묻어 있었다. 광부들의 옷자락에서 떨어진 가루였다. 이상한 일이었다. 아버지가 내 아버지가 아닌 것 같아지면 내 머릿속에서는 금광이 떠올랐다. 아버지는 의족 기술자였다. 그의 손에는 언제나 석고 가루가 묻어 있었다. 대머리가 심했다. 나도 그렇게 탈모가 진행될 거라는 생각을 하면 핏줄을 의심하고 싶었다. 서른을 내다보는 나이가 된 뒤 나는 탈모 방지 센터에 가서 정기적인 치료를 받았다. 그래도 탈모는 진행되었다. 나는 아버지가 몇 살에 돌아가시면 좋을까를 생각하는 버릇도 가지고 있었다. 아버지가 이방의 존재였으면 좋겠다고 생각했던가 보다. 작년, 아버지는 생각보다 너무 젊은 나이에 돌아가셨다. 나는 죄스러운 마음이 들었다. 임종을 제대로 할 수가 없었다. 왜였는지 모르겠다. 나는 금광을 생각했고, 그녀를, 자꾸만, 바라보았다. 그래서는 안 된다고 생각하면서도 자꾸만 눈으로 그녀의 몸 한 부분을 쓰다듬었다. 짧은 커트 머리에서 산뜻함이 느껴졌다. 나는 그녀의 턱 선을 바라보았다. 실 이어링이 귓불에 매달려 찰랑거렸다.

차가 정류장에서 출발했다. 그녀는 손잡이를 잡고 서 있다가 내 쪽을 바라보는 듯했다. 나는 고개를 돌려 창밖을 바라보았다. 그녀가 걸어왔다. 나를 스쳐 지나갔다. 잠시 후 그녀는 내 옆으로 돌아와 앉았다. 뒤에 빈자리가 있었다. 내가 앉으려다 만 자리였다. 뒷바퀴 커버가 불룩 올라와 있어서 앉기 불편했다. 나는 다리를 오므리고 어깨를 창에 기댔다. 그녀가 앉기 편하게 만들어주고 싶었다. 나는 계속 창밖을 바라보았다. 도로에 차들이 많았다. 버스는 아주 느리게 움직였다. 나는 빌딩들의 끝을 올려다보았다.

무엇인가 내 눈길을 추월해가는 것이 느껴졌다. 나는 천천히 고개를 돌렸다. 그녀가 나를 바라보고 있었다. 그녀는 나를 시야에 넣고서, 내가 바라보고 있던 어딘가를 바라보고 있었다. 그녀와 눈길이 부딪치는 것 같았다. 나는 다시 창밖으로 고개를 돌렸다.

오전 열한시의 햇살은 도덕의 세계를 환히 비추고 있었다. 그녀는 나이가 많아 보였다. 대학 다닐 때 나는 이런 것을 생각한 적 있었다. 오이디푸스는 어찌함으로써 상대 여인과의 나이 차를 극복했을까. 왕의 자리를 차지하는 것도 좋지만 어머니의 나이대 여인과 결혼을 했다는 건 좀 심한, 탐욕의 결과가 아닌가. 자존심도 없나. 늙은 여자와 결합해서 아이들까지 줄줄이 낳고……. 이오카스테는 오이디푸스를 몇 살에 낳았을까. 열다섯에 낳았다고 한다면 둘의 나이 차이는 열다섯 살이었다. 두 사람의 나이 차는 그녀가 초산을 한 나이였다. 기원전의 일이었다. 그녀는 아주 어렸을 때 결혼을 해서 임신을 했을 수도 있었다. 열 살? 열 살은 사랑하기에 무난한 나이 차였다. 하지만 왕비가 열 살에 아이를 낳는다는 것은 있을 수 없는 일이었다. "이오카스테가 몇 살에 오이디푸스를 낳았을까?" 나는 친구들에게 물었다. 대답은 제각각이었다. 친구들의 입에서 나오는 숫자를 들으며 나는 생각했다. 너는 그 정도 차이가 나는 사람이랑은 부담 없이 불륜을 저지를 수 있다는 얘기로구나. 한 친구는 이렇게 말했다. "두 사람의 결합은 실제가 아니야. 메타포일 뿐이야." 모두 그럴 수 있을 거라고 동의했다. 충분히 가능한 해석이었다. 나는 그 친구를 보면서 생각했다. 너는 연상과의 연애에 대해 환멸을 보이겠구나. 결국 그는 일곱 살 어린 여자와 결혼을 했다. 나에게는 좋아하던 연상 여자가 있었다. 나보다 다섯 살이 많았다. 직장 생활을 하다가 늦게 입학한 선배였다. 그 여자는 새로운 남자 친구를 사귀게 될 때마다 술자리에서 나를 불렀다. 나를 액세서리로 여기고 있었음이 분명했다. 그녀에게 사랑한다고 고백을 하지는 못했다. 하지만 나는 그녀가 원하면 언제든 달려갔다. 웨딩 촬영이 있다고 알려왔을 때였다. 나는 아버지 차를 운전하고 고궁으로 달려갔다. 웨딩드레스의 디자인은 우아했지만 참 슬펐다. 그녀는 내 눈빛에서 진정한 슬픔을 읽었을 것이다. 신혼집 집들이를, 나를 빼고 하려고 했던 걸 보면 알 수 있다.

　나는 그녀를 훔쳐보았다. 그녀가 웃고 있었다. 의족 광고 모델이 떠올랐다. 독일제 부품 수입 가게에서 보내온 카탈로그에 비키니 차림의 모델 사진이 들어 있었다. 나는 그것을 가게 벽에다 붙였다. 아버지가 말했다. 수영을 할 수 있다는 건 의족의 중량감이 실제 다리의 그것과 같다는 뜻이다. 우리가 만드는 속이 텅 빈, 통 의족을 신고서는 수영을 할 수 없다. 통 속에 들어 있는 공기가 다리를 물 위로 뜨게 만든다. 문득이었다. 나는 이탈리아 해변으로 가고 싶었다. 북유럽 사람들은 돈을 모아 맑은 날씨를 구경하기 위해 그곳으로 여행을 떠나곤 했다. 나는 그들에게 한국의 하늘을 설명해준 적 있었다. 그 사람들은 예의가 발랐다. 자기들이 아시아로 가지 않고 이탈리아로 휴가를 가는 건 이탈리아가 아시아보다 더 가까운 데에 있기 때문이라고 했다. 다시 문득이었다. 그녀와 함께 침엽수 그늘에 선탠용 의자를 펼쳐놓고 눕고 싶었다. 여름휴가 중이었다. 아버지와 어머니는 겨울옷을 가방에 넣고 호주로 갔다. 아버지와 어머니를 따라 여행을 떠났으면……. 그랬으면 그녀를 만나지 않았을 것이다. 나는 남아서 책을 보겠다고 했다. 장거리 비행은 생각만으로도 피곤한 일이었다. 아버지는 자동차 열쇠를 내게 주고 갔다. 운전을 했더라면 그녀를 만나지 않았을 것이다. 운전석에 앉으면 휴가 기분이 안 날 것 같아 버스를 탄 길이었다. 그녀는 왜 버스를 탔을까. 아우디나 벤츠는 어떻게 하고. 버스의 에어컨 상태는 아주 좋았다. 나는 창문 유리에 머리를 기댔다. 차체의 떨림이 머리로 전해져왔다.

이십 분 정도가 지나 있었다. 버스에는 기사와 우리 두 사람이 있었다. 도로는 시계(市界) 지역에서 편도 5차선으로 넓어졌다가 다시 좁아지지 않았다. 그녀가 눈을 감은 채로 비스듬히 내게 기대어왔다. 머리카락이 내 목을 간질였다. 나는 백을 쥐고 있는 그녀의 손을 바라보았다. 차가 흔들릴 때마다 그녀의 치마가 조금씩 올라갔다. 그녀는 그것을 내리려고 하지 않았다. 두 무릎 사이의 간격도 점점 넓어지고 있었다. 핸드백은 조그맣고 반질거렸다. 그녀는 힘을 가해 핸드백으로 치마를 눌렀다. 강한 악력이 느껴졌다. 그녀는 잠에 빠진 게 아니었다. 이러면 안 되는데. 나는 고개를 돌렸다. 하지만 내 눈은 어느새 그녀에게로 돌아가 아랫배의 호흡을 바라보고 있었다. 아랫배는 부정기적으로 오르락내리락했다. 잠에 들었다면 오르내림이 더 다소곳할 것이었다. 훨씬 더 정기적일 것이었다.

창밖으로 고개를 돌렸다. 그러나 눈길이 저절로 다시 그녀에게 갔다. 나는 손톱을 바라보았다. 투명 매니큐어가 칠해져 있었다. 고개를 돌렸다. 하늘을 바라보았다. 머릿속에 닮은꼴이 찾아왔다. 엄지발가락과 검지발가락 사이, 무릎 뒤, 엉덩이, 겨드랑이 속주름, 입술, 귓구멍, 손가락 사이의 물갈퀴, 팔꿈치 안쪽의 관절, 오므렸을 때 깊어지는 손금의 생명선. 괴로웠다. 상상이 터번을 두르고 수염을 기른 남자 얼굴로 이어졌다. 미안한 일이었다. 아랍 남자들은 털이 많아 징그러웠다. 내 상상은 그들의, 치렁치렁 얽혀 있을 배꼽 아래의 털로 옮겨갔다. 구역질이 날 것 같았다. 때마침 여인이 눈에 들어왔다. 그녀가 나를 구역질 나는 상상으로부터 구원해주었다. 여자는 인도에서 자전거를 타고 가고 있었다. 자전거 안장은 뾰족할 것이었다. 나는 몸을 변형시켜 자전거의 안장이 되었으면 좋겠다고 생각했다. 그러다 치욕을 맞이했다. 너는 욕구의 찌꺼기로 온몸을 채우고 있는 짐승이냐. 나는 눈을 감았다. 내 손은 가방 지퍼를 잡은 채 열었다 닫았다를 반복하고 있었다. 나도 모르는 사이에 그렇게 하고 있었다. 나는 다시 눈을 떴다. 그녀를 보고 싶었다. 무릎이 보였다. 얼굴은, 그녀가 번쩍 눈을 뜰까 봐 바라볼 수가 없었다. 그녀를 만나는 동안 내가 가장 적게 본 것은 그녀의 얼굴이었다. 나는 의도적으로 그녀의 나이를 낮춰 잡았다. 그리고 이성적으로 타락을 결심했다.

곧 종점에 도착할 거라는 안내 방송이 나왔다. 그녀는 여전히 눈을 감고 있었다. 깨워달라고 눈치를 보내고 있는 것 같았다. 잠든 척하고 있다는 걸 알았으니 말로 깨워도 될 일이었다. 말을 꺼내기란 너무 힘들었다. 어떤 단어를 써야 할지 적절한 어휘가 떠오르지 않았다. 나는 몸 어딘가를 골랐다. 나는 팔을 굽혀 팔꿈치로 그녀의 팔꿈치를 건드렸다. 그녀는 눈을 뜨지 않았다. 다시 팔꿈치를 이용했다. 팔꿈치로 그녀의 옆구리를 눌러보았다. 그녀는 눈을 뜨지 않았다. 무릎 안쪽의 부드러운 살결이 눈에 들어왔다. 거기는 꼬집으면 많이 아픈 곳이었다. 팔꿈치로 거기를 건드릴 수는 없었다. 나는 손을 비볐다. 손가락으로 어딘가를 짚을 용기가 나지 않았다. 짧은 순간이 지나갔다. 나는 머리가 시키는 대로 하기로 했다. 최선의 선택은 이것이었다. 자는 척해버리기로 한 것. 나는 그녀처럼 눈을 감았다. 몸이 빳빳해지는 느낌이었다. 나는 속으로 다짐했다. 네가 눈을 뜨고 내 몸을 흔들어 깨울 때까지 나는 잠든 척하고 있을 것이다. 부도덕은 나에 의해서가 아니라 너에 의해서 진행되어야 한다. 나는 잠기운에 정신을 잃고 몸의 중심을 잃은 척하며 그녀에게 머리를 기댔다. 버스 속도가 줄어드는 것이 느껴졌다. 곧 버스가 종점 정류소에서 완전히 멈추었다. 기사의 외침 소리가 들려왔다. "손님들! 종점입니다!" 우리는 동시에 네? 하면서 부랴부랴 자리에서 일어났다.

걷다 보니 산 밑이었다. 등산용품 가게들과 두부집들이 보였다. 그곳을 지나쳤다. 국립공원 매표소가 나왔다. 공원 진입로에 검표원이 서 있었다. 우리는 망설였다. 그때는 국립공원에 들어가려면 돈을 내야 했다. 지금은 자유 출입으로 바뀌었다. 그때 입장료가 얼마였는지는 기억나지 않는다. 금액은 중요한 게 아니었다. 들어갈까 말까, 우리는 대화를 해야 할 상황에 놓인 것이었다. 그때까지 우리는 한마디도 나누지 않은 상태에서, 그러나, 지루하지 않게 걷고 있었다. 들어가려면 표를 사야 했다. 내가 바지 뒷주머니에서 지갑을 꺼내려 했다. 그녀가 말했다.

"그러지 말고, 밥 먹을래요?"

나는 웃었다. 밥은, 그녀가 내게 처음으로 건넨 말이었다. 첫마디가 밥이라니……. 이상했다. 배가 고파지는 것 같았다. 나는 고개를 끄덕였다. 걸어왔던 방향으로 몸을 돌렸다. 그녀가 팔짱을 끼어왔다. 맨살이 부딪쳤다. 여름이라 우리는 반소매를 입고 있었다. 다시 등산용품 가게들과 두부집들이 나타났다. 나는 식당 앞에서 그녀를 바라보았다. 그녀는 걸음을 늦추지 않았다. 살짝 고개를 숙인 자세로 나보다 반 발자국 앞서 걸었다. 걸음에서 수줍음과 단호함이 동시에 느껴졌다. 밥을 어디서 먹자는 것일까. 몇 살이에요? 나는 묻고 싶었다. 공중화장실이 보였다. 나는 헛기침을 하면서 걸음을 멈췄다. 화장실 쪽으로 몸을 돌렸다. 그녀가 팔짱을 풀어주었다.

소변을 보고, 손을 씻었다. 현실감이 돌아왔다. 기다리고 있을 환자가 떠올랐다. 하지만 연락을 하기 싫었다. 나는 거울을 들여다보았다. 도대체 여기가 어디인가. 나는 내게 물었다. 후회하지 않을 자신 있니? 돌아서라 욕구야. 이 찌꺼기야. 문득이었다. 여자가 가버리고 없을 수도 있겠다는 생각이 들었다. 그래서 빠른 걸음으로 화장실에서 나왔다. 여자는 나무 그늘 속에 서 있었다. 냇가가 내려다보이는 자리였다. 그녀는 일부러 뒷모습을 보여주기 위해 그 쪽을 향해 서 있는 것 같았다. 나는 다가가서 큼! 헛기침을 했다. 그녀가 몸을 돌렸다.

환자에게서 전화가 왔다. 나는 수신 거부 버튼을 누를까 하다가 전화를 받았다. 욕구를 위해 모든 걸 내팽개치는 그런 허술한 사람이 아님을, 나는 그녀에게 알려주고 싶었다. 그녀는 버스에서 전화를 받지 않았다. 그때 나는 그녀를 많이 얕잡아 보았다. 정말로 나를 원하는구나 싶었다. 그녀는 나를 향해 웃었다. 그래서 나는 병원 앞 정류장에서 내릴 수가 없었다. 환자는 약속 시각을 확인했다. 나는 미안하다고 말한 다음 저녁에 가겠다고 했다. 환자는 휴가인데도 나와준다고 해서 고맙다고 했다. 허리 디스크 환자였다. 원무과 사람이 전화를 걸어서, 일인 특실 환자인데 코르셋을 만들어줄 수 있겠냐고 부탁을 했다. 나는 휴가라는 말을 했고, 하지만 하나 정도는 해볼 수 있겠다고 말했다. 그 뒤 환자가 전화를 걸어왔다. 예쁜 목소리였다. 아버지 없이 혼자 일을 해보고 싶었는데 어린 여자라서 더 좋았다. 가슴에 랩을 감고 석고 붕대를 감을 생각을 하니 가슴이 뛰었다. 그 약속을 지키기 위해 나는 버스를 타고 병원에 가고 있었던 것이다. 그런데 나는 산 밑을 거닐고 있었다. 낯선 여자를 버스에서 만나서. 내가 전화를 끊자 그녀가 물었다.

"자기, 의사예요?"

나는 나를 공개해도 좋을지 망설였다. 사실대로 말하기로 했다.

"아뇨. 보조기 만들어요."

"보조기? 성인용…… 그런 거요?"

나는 힉 하고 웃었다. 맥이 탁 풀렸던 것이었다. 보조기에다 어떻게 그런 말을……. 아버지에게 보조기 사업은 신성한 직업이었다. 아버지는 절단 환자들에게 의족을 만들어주었다. 환자가 외상을 요구하면 보증인을 내세우라고 해서 냉기가 돌았지만 아버지는 따뜻한 사람이었다. 어린아이들 의족은 크는 키에 따라 해마다 맞춰야 하니 아쉽더라도 저렴한 것을 하라고 말을 해주면 보호자들은 감동하는 눈빛을 보였다. 여자가 그 직업에 성인용이라는 말을 붙이니 갑자기 마음의 짐 하나가 떨어져 나가는 기분이었다. 아버지는 내게 당신의 일을 물려받으라고 강요했다. 갑자기 여자가 귀여워 보였다. 보조기를 보조키로 잘못 듣고서 나를 열쇠 수리공으로 낮춰서 보는 사람은 만난 적 있었다. 성인용품. 그런 보조기로 바꿔 들은 사람은 그녀가 처음이었다. 왠지 기분이 유쾌해졌다. 나는 사실대로 말했다. 그녀는 의족의 종류와 가격을 물었다. 나는 간단하게 대답했다. 모든 게 그렇듯 질을 결정하는 건 가격이었다. 아버지가 만든 것 중에서 가장 비싼 것은 삼천만 원짜리였다.

작은 화살표가 있었다. 후문이라는 말이 그 위에 적혀 있었다. 우리는 화살표가 가리키는 방향으로 걸었다. 골목에 나무가 많았다. 문을 열고 들어갔다. 카운터가 나타났다. 그녀가 돈을 냈다. 나는 열쇠를 받았다. 2층으로 올라갔다. 문을 열고 들어가 열쇠를 꽂았다. 현관에 불이 들어왔다. 그녀가 불을 껐다. 내가 문을 닫았다. 그녀가 신발을 벗었다. 발 냄새가 났다. 나도 신발을 벗었다. 내 발에서도 냄새가 났다. 나는 가방을 침실에 밀어 넣고 욕실로 들어갔다. 샤워를 하고 싶었다. 하지만 막무가내로 옷을 벗을 수가 없었다. 손과 발과 얼굴을 씻었다.

욕실 불을 끄고 침실로 들어갔다. 벽의 옷걸이에 그녀의 정장이 걸려 있었다. 그녀는 이불 속에 들어가 있었다. 벽 쪽을 향해 누워 있었다. 발 안 씻어요? 나는 묻고 싶었다. 그녀는 씻을 마음이 없는 것처럼 보였다. 나는 등을 돌리고 서서 혁대를 풀었다. 그녀가 리모컨으로 티브이를 껐다. 깜깜해졌다. 우린 어둠 속에서 서로에게 어울리는 누군가를 이념할 수 있었다. 이상했다. 대학 시절에 좋아했던 연상의 여자들이 차례로 떠올랐다. 자고 싶다고는 한 번도 생각해본 적 없었던 선배들이었다. 물으면 뭐든 척척 대답을 해주던 선배들이었다. 내가 살고 있는 나이를 이미 살아버려서 훨씬 안정돼 보이던 사람들이었다. 문득 학교를 찾아와 밥을 사주던 회사원 선배도 있었다. 이상하게 그들의 얼굴이 스쳐갔다. 그녀는 무슨 생각을 했을까. 내 안에서 정념이 꺾이면서 푹 하는 소리가 들려왔다. 그리고 잠이 찾아왔다. 나는 기도를 했다. 하나님. 깨어나서 눈을 떠보면 이 나이 든 여자가 침대에서 사라져 있게 해주세요. 제발요.

잠에서 깨었다. 그녀는 스탠드를 켜놓고 무언가를 읽고 있었다. 나는 큼, 큼, 하면서 상체를 일으켰다. 무슨 말을 해야 좋을지 적당한 단어가 떠오르지 않았다. 나는 그녀가 처음 했던 말을 떠올렸다. 밥을 먹자는 말은 여러모로 매력적이었다. 나는 배가 고팠다. 꼭 그녀에게 처음으로 말을 건네는 기분이 들었다. 나는 말했다.

"밥 먹을래요?"

그녀가 고개를 끄덕였다. 나는 일어나 옷을 챙겼다. 내가 물었다.

"어디로 가면 좋을까요?"

그녀는 대답을 하지 않았다. 스탠드 불빛에 비춰 읽고 있던 것을 내게 내밀었다. 나는 가슴이 뛰었다. 중요한 말이 적혀 있을 것 같았다. 스탠드 불빛에 그것을 비췄다. 그것은 광고 전단지였다. 각종 메뉴가 적혀 있었다. 아스라한 기분이 들었다. 나는 레스토랑에 가서 스테이크나 스파게티 같은 것을 먹고 싶었다. 나는 벤츠나 아우디를 생각하고 있었다. 그녀는 누워서 천장을 바라보고 있었다. 전단지에 인쇄되어 있는 메뉴는 라면에서 햄버그스테이크까지, 참으로 다양했다. 초밥이나 샌드위치처럼 깔끔한 것은 없었다. 내장탕이라는 메뉴를 보자 한숨이 나왔다. 그녀가 말했다.

“나는 김치찌개.”

묘한 좌절감이 찾아왔다. 내가 샌드위치와 초밥, 스테이크를 고민하고 있는 사이 그녀는 잽싸게 고춧가루 불그죽죽한 일상으로 돌아가 있었다. 평범함이 가장 안전하다고 믿고 있는 연륜의 무게가 나를 억눌러왔다. 나는 태연한 척해야 할 필요를 느꼈다. 그녀가 시킨 것보다 더 붉고 얼큰한 음식을 찾기로 했다. 그것을 찾을 수 있냐 없냐에 따라 내 자존심의 크기가 결정되는 것 같았다. 메뉴를 훑어보다가 나는 힘없이 말했다.

“난 육개장.”

이상한 일이었다. 메뉴를 고르고 나니 돈을 주고 여자를 산 것 같았다. 상습적인 여자일 수도 있을 거라는 생각이 들었다. 그것이 그녀의 직업일 수도 있을 것이었다. 그래서 먼저 나가지 않고 내가 깨기를 기다리고 있었을 것이었다. 돈을 받아야 하니까 말이다. 나는 피임구를 쓰지 않은 게 걱정되었다. 그녀가 말했다.

“주문 좀 부탁할게.”

그녀는 욕실로 들어갔다. 나는 옷을 챙겨 입었다. 몸 씻는 소리가 들려왔다. 잊고 있던 처음의 발 냄새가 떠올랐다. 그때 객실에서 나와버렸더라면 우리가 다시 만날 일은 없었을 것이다.

그녀는 습습 소리를 내며 찌개를 먹었다. 나는 육개장 국물 위에

뜬 고추기름을 밥뚜껑으로 옮겨 담았다. 고사리가 머리카락처럼 가
늘게 풀려 있었다. 나는 그녀를 바라보았다. 이젠 대화를 좀 해도 좋
을 시간인 것 같았다.

　남편이 뭐 하냐고 묻고 싶었다. 너무나 구차한 말이었다. 나이를
묻는 것도 마찬가지였다. 아들이 있냐는 말도 마찬가지였다. 나는
물을 수 없었다. 가장 묻기 힘든 말은 이것인 것 같았다. 딸 있어요?
이 말은 그녀의 자존심을 건드리는 말일 것 같았다. 난 당신이 아니
라 당신 딸하고 자고 싶단 말이야, 하는 말처럼 들릴 것이었다. 그때
물어보고 싶었던 질문을 나열할수록 내 이성의 가격이 점점 추락하
고 있음을 나는 지금 깨닫고 있다. 나는 이런 말을 했다.

　"자주 이래요?"

　그녀가 아니라는 뜻으로 고개를 저었다.

　"처음이에요?"

　그녀가 그렇다는 뜻으로 고개를 끄덕였다.

　"왜 그랬어요?"

　"뭐가?"

　"버스 안에서요."

　그녀는 물을 마시면서 말했다.

　"자기가 눈치를 보냈잖아요. 처음엔 나도 이럴 생각 없었는데."

　그녀가 웃으면서 말했다. 나는 돈을 내야 하는 것이냐고 물으려
다 말았다. 믿을 수 없었다. 내 눈을 보면 온통 발가벗겨지는 기분이
든다고 말하면서 나를 떠난 여자들이 있었다. 나는 잡을 수가 없었
다. 타고난 눈빛을 어떻게 고칠 수 있단 말인가. 눈빛을 버리기 위해
바늘로 눈을 찌르고 황야를 떠돌기라도 해야 한단 말인가. 난 여자

를 그렇게 노골적인 눈으로 바라본 것이 아니었다. 그따위로 천박한 사람이고 싶지 않았다. 그녀는 자기 말에 실수가 들어 있었음을 깨달았다는 뜻으로 슬쩍 웃었다. 나는 그녀의 눈을 바라보았다. 나이가 많아 보였다. 그녀는 내 눈길을 피하며 바닥에 떨어져 있던 스타킹을 집어 들었다. 그것을 접어서 백에 넣었다. 발 냄새가 심하게 느껴졌다. 그녀가 백을 닫았다. 나는 물었다.

"처음엔 이럴 생각 없었다고? 처음엔 그럼 무슨 생각을 했었는데?"

"몰라 나도. 하여튼 이러려고 옆에 앉은 건 아니었어."

"그럼 뭐 하려고 앉은 거였는데?"

"그냥 부담 없어 보였어."

"뭐가?"

"왜 이렇게 자꾸 물고 늘어져? 한번 했으면 됐지, 왜 이렇게 답답해? 자기?"

"뭐야? 답답?"

나는 그녀의 뺨을 쳤다.

북유럽에서 당한 모욕이 떠올랐다. 알함브라 궁전의 추억을 기타로 연주할 줄 알았던 여자. 결혼을 하면 거기 궁전으로 신혼여행을 가자고 조르고 싶었다. 스페인이면 날씨도 좋은 곳이었다. 유학생 모임에서 만나 연애까지만 하기로 약속하고 연애를 시작했다. 정말로 연애에서 끝내야 한다는 그 약속을 가지고 나를 떼어내려 할 줄은 몰랐다. 더구나 그녀에게 결혼할 남자가 생긴 것도 아니었다. 그녀는 독신주의를 내세웠다. 독신의 이로움에 대해 말을 하다가 그녀는 이런 말을 했다. "너랑 있으면 숨이 콱콱 막혀. 답답해." 나는 화가 났다. 답답하다니! 무엇이? 나는 분노에 차올랐다. "넌 나태하잖아. 사랑도. 공부도." 그 순간 나를 찾아온 건 모욕이었다. 그녀는 5년, 나는 2년, 북유럽에서 살았다. 나는 윤리학을 공부했고 그녀는 사회복지학을 전공했다. 그녀는 박사학위를 끝내놓고 있었다. 곧 학위수여식이 있을 무렵이었다. 나는 그녀의 말에서 받은 모욕을 말로 되갚아주고 싶었다. 그런데 내 입에서는 이런 유치한 말이 나오고 말았다. "너도 내 이상형은 아니야!" 이상형이라니……. 나는 당황했다. 그녀도 당황하는 것 같았다. 그녀가 말했다. "이상형으로 살아가는 사람이 어디 있니?" 나는 뺨을 때렸다. 이상하게도 뺨을 치게 되었다. 그럴 의도가 아니었다. 나는 말했다. "넌 학위가 이상이니? 왜 학위를 따고 난 다음에 이러는 거야? 이제 돌아가야 하니까 내가 거추장스러워졌다는 거야?" 나는 사실 그녀가 학위를 따기 위해 삶의 모든 걸 공부에 거는 걸 보면서 억척스러움과 역겨움을 동시에 느꼈다. 그러면서도 나는 그녀가 자료를 정리하는 데에 도움을 주었고, 그녀가 혼자 있을 필요가 있다고 말하면 공원으로 나가 새벽까지 산책을 하면서 그녀가 부르기만을 기다리곤 했다. 그런 내가 어떤 면에서 답답했단 말인가. 공부는 필요한 걸 배우면 되는 거였다. 그녀는 학위를 받아야 한다고 강요했다. 먼 이역 나라에서 나는 그녀의 몸 어딘가를 망가뜨려서 도저히 다른 사내에게 갈 수 없는 상태로 만들려 했다. 하지만 그렇게 한다면 언젠가는 내가 책임을 져야 할 것이라는 생각이 찾아왔다. 불구로 만들 수는 없었다. 그래서 계속 뺨을 쳤다. 그녀가 쓰러지자 발로 허벅지를 걷어찼다.

마약을 하면 좋을 것 같다는 생각이 들었다. 나는 이방의 자유가 두려웠다. 중독이 될 수 있다는 사실이 두려웠다. 나는 여자를 때린 남자였다. 괴로웠다. 충분히 마약에 손을 댈 수 있는 상황이었다. 나는 결국 귀국을 결정했다. 북유럽의 우중충한 날씨와 긴 겨울을 더 이상 못 견디겠다는 것이 핑계였다.

귀국해서 몇 달 동안, 나는 어머니와 함께 빈둥거렸다. 아버지는 가게로 나오라고 했다. 어머니는 아버지 말을 따르라 했다. 나는 다시 어디론가 나가고 싶었다. 이번엔 남반구의 어느 나라로 가고 싶었다. 목적이 있어서가 아니었다. 북유럽에 갈 때처럼 이방에 가서 친구를 사귀고 싶었다. 모국어를 사용하는 이 땅에서는 친구가 만들어질 것 같지 않았다. 어느 날 문득 의족을 만드는 아버지의 일이 예술가의 일처럼 보였다. 일을 배워보겠다고 말을 하자 어머니가 좋아했다. 아버지는 주로 낮에 병원에 나가 영업을 했다. 의족과 코르셋을 만드는 것은 주로 저녁이었다. 내가 석고를 만지기 시작하자 아버지는 자격증을 따라고 말했다. 나는 그러고 싶지 않았다. 시험을 보기 위해 책을 보고 무언가를 외워야 하는 게 싫었다. 그리고 무언가 한 가지에 전문성을 가지는 사람이 되고 싶지 않았다. 적당한 게 좋았다. 가게를 물려받을 목적이라면 경영을 배운 다음 기사를 고용하면 될 일이었다. 나는 아버지에게 기사를 고용하라고 말했다.

마약을 하게 될지도 모른다는 예감에 빠져 귀국을 결정할 때를 떠올리고 있을 때 객실 전화기가 울렸다. 카운터 직원이 대실 시간이 지났음을 알리기 위해 건 전화였다. 나는 여자와 상의를 하지 않았다. 대실 시간을 연장시켰다. 그녀가 나가려고 했다. 나는 그녀의 팔을 잡았다. 여자가 나직하게 말했다.

"자기. 나, 가야 돼."

“몇 살이에요?”

“자기. 그러지 마. 나, 가야 해.”

“왜? 뭐가 바쁜데?”

“명함 있음 줘. 내가 또 연락할게. 또 만나자.”

“나중은 필요 없어요. 우리 대화 좀 해요.”

그때 나는 왜 그랬을까. 그 뒤의 일만 아니었으면 그녀가 남편에게 몽둥이로 맞고 입원할 일은 없었을 것이다. 그녀는 나이를 말하지 않으려고 했다. 그러면서 내게는 몇 살이냐고 자꾸 물었다. 나는 서른 살이라고 대답했다. 스물아홉은 너무 어려 보였다. 서른과 스물아홉은 한 살 차이였지만 그 사이에 인생의 계곡이 들어 있는 것 같았다. 서른이라고 말하고 나니 한 번 더 자자는 말도 불쑥 할 수 있을 것 같은 마음이 생겼다. 나는 그녀에게 나이를 묻지 않기로 했다. 생각보다 많은 나이를 가지고 있을 것 같았다. 그러면 뺨을 때린 일이 더 미안해질 것이었다.

“죄송해요. 괜히 화가 나서……”

“네 아버지가 그래? 네 아버지가 네 엄말 때려?”

“죄송해요 정말. 처음부터 그러려던 거 아니었어.”

“그래? 처음엔 어쩌려고 그랬는데?”

나는 손을 들어 그녀의 볼을 쓰다듬어주었다. 그녀가 울 것처럼 나를 빤히 바라보았다. 나는 그녀를 안으면서 물었다.

“남편은 뭐 해요?”

“시시하다. 또 답답하다는 소리 듣고 싶어서 그래?”

이상했다. 그녀는 뺨을 한 대 맞고 나더니 아주 편안해져 있었다. 그리고 나이 많은 사람 티를 냈고 엄마처럼 다정한 눈빛을 보냈다. 우리는 다시 침대에 누웠다.

"구겨지니까 벗을래."

그녀가 말했다. 나는 치마 벗는 것을 도와주었다. 속옷이 눈에 들어왔다. 거기를 천박하게 부르고 싶지 않은데……. 나중에 그녀가 부쳐온 플라톤 전집의 어느 부분에서 나는 에로스의 발을 읽으며 그녀를 많이 생각했다. 『향연』의 한 부분이었다. 에로스의 발은 가장 부드러운 곳만 밟고 다닌다고 소크라테스의 제자 아가톤이 말했다. 에로스의 발은 모든 것을 감싸므로 가장 부드러운 곳이라 했다. 나는 그녀의 치마를 옷걸이에 걸어서 벽에 걸었다. 그녀는 아주 편한 자세로 누워 있었다. 나는 그녀에게 자꾸만 북유럽 시절을 이야기하고 싶어졌다. 여행을 갔다가 머무른 곳이었다. 그때 내 꿈은 꿈을 가지는 것이었다. 살면서 나는 한 차례도 꿈을 가진 적이 없었다. 남들의 꿈은 유치해 보였다. 이역에서의 삶은 살아내는 것 자체가 꿈으로 여겨졌다. 그래서 마음이 편했다. 나는 무언가 하지 않으면 견디기가 힘들었다. 그녀를 때린 것이 미안했다. 나는 그녀에게 선물을 만들어주고 싶었다.

"다리가 참 예뻐요. 의족 모형으로 삼으면 좋겠네. 한쪽만 자른 사람들은 안 자른 쪽 다리 모양이랑 짝을 지어 만들어주는데, 두 쪽 다 자른 사람들한테는 예쁜 다리를 새로 만들어주는 게 좋죠."

"의족 하면 다리 안 아프니?"

"아프긴 아프죠. 몰라요. 나도 안 신어봐서."

"의족을 신는다고 말하니?"

"그럼요. 부츠 같은 거니까."

“참 쉽게 말한다.”

“다리 본을 떠 가고 싶은데, 그래도 될까?”

“뭐하려고?”

“말했잖아요. 의족 만들 때 쓴다고.”

“내 다리가 쓸 만한가?”

그녀는 우쭐하는 것 같았다. 나는 가방을 열었다. 가위, 석고붕대, 고무장갑, 랩이 들어 있었다. 나는 랩을 풀고 가윗날을 벌렸다. 여자의 얼굴에서 약간의, 두려움 섞인 열 빛이 올라왔다. 치마를 벗고 있다는 게 불안해진 것 같았다. 나는 욕실에 가서 바가지에 물을 담아 왔다. 가윗날을 벌렸다 폈다 반복했다. 여자가 말했다.

“뭐하는 거예요?”

“웬 존댓말? 랩으로 감고 나서 그 위에 석고붕대를 감고, 마르길 기다리면 되는 거예요. 괜찮아.”

“다리 하는 거 맞지?”

“그럼 어딜?”

나는 재미있는 생각이 났다. 다리 하는 거 맞느냐는 말을 듣자 누르기 힘든 욕구가 꿈틀거리는 게 느껴졌다. 나는 가윗날을 그녀의 목에 대고 그녀가 생각했을 법한 그곳의 본을 뜨고 싶어졌다. 바가지에 석고 붕대를 넣었다. 흰 가루가 물속에서 천천히 풀렸다. 나는 그곳을 원했다. 하지만 알 수 없는 힘이 나를 눌러왔다. 치졸한 욕구의 찌꺼기로 살고 싶은 생각은 없었다. 붕대가 물에 완전히 잠겼다. 랩을 손에 잡았다. 그녀가 상체를 일으켰다. 나는 그녀의 다리를 랩으로 감았다. 다리를 본뜬다는 게 확실해지자 그녀가 안심하는 눈치를 보였다.

고무장갑을 꼈다. 바가지에서 석고붕대를 건져 물기를 꾹 짰다. 천천히 석고붕대를 풀었다. 하얀 침대 시트에 석고 물이 떨어졌다. 물 떨어진 자리에 노란색 계열의 얼룩이 만들어지고 있었다. 나는 랩을 감은 다리에 석고붕대를 감았다. 그리고 윤곽이 필요한 무릎 부분에 손가락을 대고 눌렀다. 석고 물이 그녀의 다리를 타고 흘렀다. 물길이 에로스의 발 쪽으로 가려고 했다. 나는 그녀의 몸이 망가지지 않도록, 물을 수건으로 닦아주었다. 그녀는 베개로 얼굴을 가렸다.

"이상하네. 따뜻해지네?"

"석고가 원래 그래요. 풀릴 때랑 굳을 때는 열을 내요."

나는 가위로 옆선을 잘라 텄다. 붕대를 걷어냈다. 석고가 마르기 전에, 가위질로 텄던 자리를 손으로 눌러 봉합했다. 텅 빈 두 다리가 만들어졌다. 나는 그것을 바닥에 놓았다. 장비를 가방에 넣었다.

여자는 욕실로 들어가 몸을 씻었다. 그녀는 석고가 굳으면서 낸 열기를 씻고 싶었을 것이다. 티 테이블 위에 여자의 이어링이 놓여 있었다. 나는 이어링 옆에 명함을 놓았다. 가게와 작업실 주소와 전화번호가 적혀 있었다. 고개를 돌렸다. 그녀의 백이 보였다. 지갑이 튀어나와 있었다. 귀퉁이에 금색 쇠가 박힌 장지갑이었다. 나이를 보기 위해 신분증을 찾아보고 싶었다. 그러나 용기가 나지 않았다. 나는 그녀가 나오기 전에 객실에서 나왔다.

병원에 들러 뜬 본을 들고 가게로 돌아가니 밤 열시 무렵이 되어 있었다. 환자들을 구경하다 보니 시간이 흘러가 있었다. 입원실에는 원양어선 롤러 로프에 다리를 잘린 사람, 교통사고로 다리를 잘린 아이, 트랙터 팬에 손가락 두 개를 잃은 농사꾼, 공장에서 팔목을 절단당한 노동자, 가지각색의 환자들이 있었다. 봉합수술을 하기 위해 왔다가 시간을 허비하고 결국에는 몸 어딘가를 적출물로 내보낸 사람들이었다. 변호사와 산재 관계자들이 자주 오갔다. 그날 오전 사고가 있었다고 했다. 환상통을 앓던 환자가 간호사에게서 메스를 빼앗아 들고 휘둘렀다고 했다. 그는 밤새도록 병원을 이리저리 떠돌다가 새벽녘 1층 로비에 쓰러져 잠이 들었다고 했다. 환상통 때문에 잠을 잘 수가 없었던 것이었다. 하필이면 잠든 곳이 1층 로비의 외래 환자 대기실이었다. 직원들이 보기 흉하니까 병실에 가서 자라고, 그를 깨웠다고 했다. 그는 방방 뛰며 어떻게 든 잠인데 깨울 수가 있는 거냐고 악을 쓰다가 메스를 들었다는 것이었다.

작업대 위에 누군가의 상체 모형이 있었다. 아버지가 휴가 전에 코르셋을 만들어준 환자의 몸이었다. 나는 환자의 얼굴을 알지 못했다. 아버지가 본을 떠 왔기 때문이었다. 나는 해머를 들고 그것을 박살냈다. 석고 먼지가 부옇게 피어올랐다. 새로 떠 온 환자의 본은 단단하게 말라 있었다. 나는 내 손으로 환자의 가슴을 만질 수도 있었다. 하지만 재미가 없었다. 모텔에 두고 온 여자가 생각났다. 나는 환자에게 고무장갑을 내밀며 말했다. "끼고 윤곽 잡으세요." 환자는 민망하다는 듯이 웃었다. 그리고 세심하게 자기 가슴을 손으로 쓸었다.

본을 작업대에 올렸다. 허리선을 칼로 단정하게 도려냈다. 더운 물을 부어 석고를 갰다. 물이 새지 않도록 본 밑바닥과 작업대 사이를 막았다. 석고 덩이로 대강 채운 다음 덩이들 틈새에 가루를 넣었다. 더운 물을 부었다. 김이 올라왔다. 석고는 녹았다가 서로 엉겨 붙을 것이었다.

석고가 굳었다. 본을 뜰 때 그랬던 것처럼 가위로 본을 잘라 걷어냈다. 상체가 드러났다. 가슴과 겨드랑이를 연결하는 선에서 몸이 잘려 있었다. 열기구에서 턱 소리가 났다. 플라스틱 판이 랩처럼 흐물흐물해졌다는 신호였다. 흐물흐물해진 플라스틱은 뜨거웠다. 상체 모형에 그것을 씌웠다. 플라스틱 끝을 오므렸다. 거기에 흡입기 파이프를 넣고 바람이 통하지 않도록 단단히 봉했다. 모터 스위치를 올렸다. 플라스틱이 스타킹처럼 석고 모형에 착 달라붙었다. 스위치를 내렸다. 시간을 놓치면 플라스틱이 터졌다. 픽, 소리를 내면서.

플라스틱이 굳길 기다렸다. 나는 여자의 얼굴을 떠올려보았다. 치마 정장과 실 이어링이 떠올랐다. 얼굴은 떠오르지 않았다. 플라스틱이 점점 식고 있었다. 그것이 완전히 식어 딱딱해지기 전에 칼을 들었다. 다 굳어버리면 칼 길이 열리지 않았다. 앞가슴을 가르자 상반신 모형에서 흰 김이 올라왔다. 석고붕대로 환자의 본을 뜰 때는 척추선을 잘라서 벗겼다. 떠온 본으로 상체를 복원시켜 만든 다음 그 상체 모형으로 코르셋을 만들 때는 앞가슴을 갈라서 벗겨냈다. 입고 벗으려면 앞을 열어두어야 했다. 셔츠에 단추를 달듯 앞가슴에 버클을 달았다. 펀치로 등판과 옆구리 쪽에 구멍을 냈다. 바람 구멍이었다. 작업이 끝났다. 코르셋 하나를 다 만들고 나니 새벽이 찾아와 있었다. 몸이 촛농처럼 바닥으로 줄줄 흐르는 느낌이었다. 괜히 일을 시작했다 싶었다. 아버지의 코치를 받으면 삼십 분에 끝나는 일이었다.

일어나보니 열한시였다. 버스에서 여자를 만난 시각이었다. 몸이 노곤하면서 머리가 어지러웠다. 귀에서 찌-잉 길게 기차가 브레이크 밟는 소리가 이어졌다. 온몸 마디마디가 제각각 헐거워진 느낌이었다. 꺾으면 꺾는 방향대로 툭 꺾일 것 같았다. 무릎에 힘이 들어가지 않았다. 화장실에 갈 때도 무릎으로 기어야 했다. 배달시킨 밥이 왔을 때는 일어나 서 있었다. 밥값을 누워서 줄 수는 없는 일이었다. 김치찌개를 먹던 여자의 얼굴이 떠올랐다. 당면 면발을 쭈룩 빨아들이던 모습이 떠올랐다. 비행기를 처음 탔을 때처럼 어지러웠다. 코끝에서 발 냄새가 났다. 내가 그녀에게서 느꼈던 벤츠와 아우디의 이미지는 어디로 사라졌을까. 여자를 안으면서 내가 이념 했던 것은 무엇이었는가. 나는 그녀가 버리고 싶은 도덕 같은 것을 가지고 있을 줄 알았다. 방기하고 싶은 비극을 가지고 있을 줄 알았다. 그래서 몸을 학대하기 위해 낯선 청년을 모텔로 끌어들인 거라 믿고 싶었다. 그러나 그녀의 목적은 한 가지뿐이었다. 몸을 해방시키는 것. 그녀가 타서 내밀던 커피가 생각났다.

이틀이 지나갔다. 몸이 점점 더 방바닥으로 녹아들어 갔다. 으스스 오한이 들었다. 우리가 주고받은 건 한차례의 몸의 교환 말고는 아무것도 없었다. 나는 무서웠다. 여자가 죽을병을 퍼뜨린 것 같았다. 혼자 죽기 싫어 나한테 병을 퍼뜨린 것 같았다.

휴가가 끝났다. 어머니가 돌아오자 여자가 잊혀졌다. 몸이 회복되는 것 같았다. 그런데 살에 손을 넣어보면 물컹한 여드름 같은 것이 잡혔다. 서둘러 집으로 돌아갔다. 방문을 잠그고 방바닥에 앉아 손거울을 들이대고 비추었다. 물집은 흔적도 없이 사라지고 없었다. 바지부터 벗고, 윗도리를 입은 채로 아래를 검사하는 나의 자세가 한심했다. 최소한의 국부를 공개한 채, 더럽게 몸을 파는 인간이 내 안에 들어와 있었다. 잠을 자려고 하면 몹시 가려웠다. 쓰라릴 때까지 긁고 나면 나의 그것이 바짝 긴장해서 곤두서 있었다. 나는 수치스러웠다. 너에겐 마음이란 게 없는 거구나. 거지 같은 놈아. 이 상황에서 발기라니……. 분노와 공포가 몰려들었다. 나에게 줄 연민은 없었다. 꿈에 여자가 나타났다. 그녀는 나를 우물로 끌고 갔다. 나는 잠꼬대를 하면서 침을 탁탁 뱉었다. 아침에 일어나보면 방바닥에 침이 말라 있었다.

비뇨기과엘 갔다. 리플릿이 비치되어 있었다. 거기에는 병균의 잠복기가 적혀 있었다. 잠복기가 가장 긴 질환은 매독과 에이즈였다. 매독은 구십 일, 에이즈는 몇 년이었다. 여자가 내 안에 잠복하고 있었다. 클라미디아질염과 같은 병명을 읽었을 때, 나는 질염이라는 말을 보면서 서글픔을 느꼈다. 그 말을 보자 여자와 자고 싶어지는 것이었다. 더러운 욕구였다. 나는 의사에게 말했다.

"여자를 샀는데 콘돔을 안 해서요."

"얼마나 됐죠?"

"일주일쯤."

"네. 타액의 교환이 있었나요?"

"아…… 없었던 것 같아요."

"그럼 다른 기관끼리의 접촉은? 그러니까 생식기 아닌 다른."

"그것도…… 없었던 것 같아요."

"피가 났다거나 한 적은요?"

"그것도 없어요."

"그럼 피검사하고 소변검사 할게요. 나가서 기다리시면 안내해 드릴 겁니다."

의사는 여자가 어떤 특징을 가지고 있었는지에 대해서는 묻지 않았다. 나는 누군가에게 말을 하고 싶었다. 내 또래의 아이들은 원 나이트 스탠드를 즐긴다고 했다. 한 번의 잠자리를 가진 다음, 비뇨기과에 가서 성병 검사를 의뢰하고 있는 나는 너무나 답답한 인간이었다. 간호사가 주사기로 피를 뽑았다. 나는 내 것이 아닌 그녀의 무엇인가가 뽑혀 나오고 있다는 생각을 했다. 검사는 사흘 뒤에 나왔다.

모든 성병 진단에서 내 몸의 반응은 음성이었다. 균이 없다는 뜻이었다. 하지만 나는 음성이라는 말의 기운이 무섭게 느껴졌다. 그것은 없다는 말일 수도 있었지만 숨어 있다는 말일 수도 있었다. 나는 근처에 있는 다른 비뇨기과를 찾아갔다. 거기의 의사도 여자의 특징에 대해서는 묻지 않았다. 키스를 했는지, 다른 기관 접촉을 했는지, 묻는 내용은 같았다. 사용하는 단어가 약간 달랐다. 소변검사를 했고 피검사를 했다. 결과는 마찬가지였다. 네 번째 비뇨기과에서 나는 이런 말을 들었다. "지역이 같으면 성병 검역소가 같아요. 그러니까 병원을 옮기셔도 검사 결과는 같은 거예요." 그리고 이런 권유를 들었다. "보건소에는 전문가가 상근하니까, 거길 가보시면 좋겠어요."

나는 보건소에 갔다. 거기의 결과에서도 나의 상태는 음성이었다. 나는 음성인 몸을 가지고 있었다. 더 가볼 곳이 없었다. 만약 의사들에게 나의 불안을 솔직하게 말했더라면 그들은 이렇게 진단했을 것이다. 그냥 그런 만남도 있을 수 있어요. 인정하세요. 원 나이트 스탠드, 젊은 사람들 많이 즐기잖아요. 나이트클럽 같은 데 가서. 정힘드시면 정신과엘 한번 가보세요. 정말…… 나는 정신과엘 갔어야 하는 것이었다. 사람은 그냥 어쩌다가 그런 잠을 잘 수도 있는 것이었다. 길 가다가 눈이 맞으면 서로의 동의하에 곧장 섹스를 할 수도 있는 게 인간이었다. 굳이 원 나이트 스탠드가 아니더라도 말이다.

그럼에도 불구하고, 나는 여자를 만나야 했다. 분명히 무슨 병을 앓고 있을 게 틀림없었다. 성병이 아닌 다른 전염병을 가지고 있을 것이었다. 병을 성병으로 국한시킨 것이 실수인 것 같았다. 그렇다면 무슨 병을 검사해달라고 해야 했을까. 나는 여자를 만났던 정류장, 함께 걸었던 종점 부근, 자고 나왔던 모텔 앞을 서성거렸다. 어디에나 사람들이 많았다. 그때는 아주 한산했다. 그래서 모든 게 환상이었던 것 같았다. 나는 모텔로 들어갔다. 혹시 나와 같이 투숙했던 여자를 기억할 수 있겠냐고, 카운터 직원에게 물었다. 여자가 그곳을 자주 이용했을 수도 있을 거라는 생각에서였다. 직원은 머리를 긁으면서 기억이 나지 않는다고 말했다. 나는 CCTV를 보고 싶다고 말했다. 직원은 카메라를 가리키며 말했다. "깡통이에요." 나는 그녀와 들어갔던 객실 호수를 대며 대실을 신청했다.

문을 열고 들어갔다. 발 냄새가 났다. 침대는 지저분했다. 이불에서는 냄새가 났다. 그날 먹었던 김치찌개, 육개장 냄새가 코끝에서 피어올랐다. 한숨이 나왔다. 여기에서 내가 그랬단 말인가. 나는 그녀의 다리 본을 떠올렸다. 나는 작업실로 갔다.

아버지는 늦게까지 일을 했다. 나는 아버지가 퇴근하기를 기다렸다가 여자의 다리를 꺼냈다. 그로테스크한 밤이었다. 나는 본 안쪽에 투명한 오일을 발랐다. 석고를 채웠다. 물을 부었다. 석고가 녹았다가 굳었다. 본을 조심스럽게 들어냈다. 다리가 복원되었다. 나는 의족 통을 만들 때 그러는 것처럼 모형에 스타킹을 씌웠다. 스타킹이 느슨해지지 않도록 끝을 꽁꽁 묶었다. 그 위에 랩을 감았다. 가슴의 박동을 느끼며 랩 위에 석고붕대를 씌우고 윤곽을 두드렸다. 가위로 옆선을 터서 석고붕대를 벗겨냈다. 그런 다음 가위질로 잘린 면을 봉합했다. 다리의 본이 만들어졌다. 나는 작업을 반복했다. 속도가 빨라졌다. 여러 껍데기들이 만들어졌다. 아버지에게서 전화가 왔다. 작업실에 너무 오래 있지 말라는 내용이었다. 깊은 밤이었다. 나는 여자를 만났던 정류장에, 그 근처 아파트 입구에 다리의 본을 뿌렸다.

산책을 하고 돌아오니 소포가 와 있었다. 내 우편물이 가게로 배달되어 오기는 처음이었다. 아버지가 물었다.

"웬 거냐?"

나는 보낸 사람의 주소를 살폈다. 외국어가 적혀 있었다. 내가 알아보지 못할 글자였다. 상자를 열었다. 플라톤 전집이 들어 있었다.『국가』에서『법률』까지, 전집 시리즈에서 번호가 빠진 책은 없었다. 나는 첫 책을 폈다. 세로쓰기로 되어 있었다. 출판권면을 펼쳤다. 1980년대에 출간된 책이었다. 아버지는 말했다.

"그런 공부 할 생각이냐?"

나는 대답했다.

"그냥요. 목적이 있는 건 아니에요."

"요즘 무슨 일 있냐?"

"왜요?"

"가게를 자주 비우잖냐. 이 일은 적성에 영 안 맞는 거야?"

"죄송해요. 친구들을 좀 사귀려고 그래요."

나는 거짓말을 했다. 아버지는 비뇨기과를 다니고, 여자를 만나기 위해 가게에서 불쑥불쑥 나가는 나를 가만히 지켜보고 있었을 것이다. 아버지는 내가 플라톤을 공부하려고 계획하는 줄로 아는 듯했다. 포스트잇에 그녀의 메모가 한 줄 적혀 있었다. 이런 문장이었다. 짐을 정리하다 선물로 드립니다. 그녀가 느껴졌다. 플라톤 전집을 샀을 때 그녀는 어린 철학 강사였다.

나는 하루에 다리를 한 쌍씩 만들었다. 그러면 몸이 개운했다. 아버지는 내가 무슨 작업을 하는 줄 몰랐다. 어머니는 어떤 친구들을 만나냐고 물었다. 나는 나중에 말하겠다고 했다. 나는 다리를 만들었으나 그녀를 부르기 위해 그것을 뿌리지는 않았다. 소포 배송 번호를 적어두었으므로 그녀를 추적해가려면 얼마든지 추적해갈 수 있을 것이었다. 그녀는 이어링 옆에 둔 내 명함을 가지고 간 것이었다. 그녀는 내 위치를 알고 있었다. 나는 그녀를 기다리고 있으면 되는 것이었다. 나는 그녀가 찾아왔을 때 다리 모형을 만들고 있었으면 좋겠다고 생각했다. 그녀가 보낸 사람 주소에 적었던 외국어는 그리스어 알파벳이었다. 젊었을 때 그녀는 그리스어를 배운 적이 있다고 했다. 나중에 해준 얘기였다.

어느 밤, 가게에 딸린 작업실로 그녀가 왔다. 나는 소파에 엉겨 있는 석고 가루를 손으로 쓸어주었다. 그녀가 그 자리에 앉았다. 우리는 말없이 플라톤을 읽었다. 세로로 인쇄되어 서 있는 문장들을 보고 있자니 무언가가 벌떡 일어서는 기분이 들었다. 울컥하는 기분도 찾아왔다. 나는 물었다.

"집은 어떡하고요?"

"뺑소니쳤어."

나는 병원의 환자들을 떠올렸다. 뺑소니를 당하고 들어온 환자들도 많았다. 나는 그녀를 바라보았다. 그녀는 죄책감을 없애려고 도덕을 완전히 쓰레기통에 넣기로 한 것처럼 보였다. 그러나 그녀가 뺑소니 운전자일 수 있을 거라는 상상은 지나친 것이었다. 그녀는 남편과 시부모님으로부터 뺑소니를 친 것이었다. 나는 자러 가자고 했다. 어머니에게서 전화가 왔다. 어머니는 내게 언제 들어올 거냐고 물었다. 나는 외박을 하게 될 것 같다고 말했다. 어머니는 내가 친구들을 만나는 줄 알고 기뻐했다. 그녀가 말했다. 나, 곧 가야 해. 그 말을 듣자 웃음이 났다. 그녀는 진정 욕구를 채우기 위해 나를 만나러 나온 것이었다. 나는 어머니에게 전화를 걸어 외박 일정이 취소됐다고 말했다. 늦게 들어갈 테니 걸쇠를 풀어놓으라고 말했다.

그녀의 집은 그 정류장에서 버스를 타면 한 번 갈아타야 하는 곳에 있었다. 나는 그녀에게 벤츠나 아우디가 있는지 묻지 못했다. 모텔에 투숙하는 차를 찍는 파파라치를 피하기 위해 그녀는 운전을 하지 않고 내게 왔다. 언젠가 그녀는 이런 말을 했다. 버스 요금이 얼마인지 정말로 몰랐던 거냐고 내가 물었을 때였다. "차비를 준비 못 해서 그랬던 거야. 차비 얼른 안 내면 기사들이 싫어하잖아. 여자들한텐 좀 함부로 해. 지갑에서 돈 꺼내는 시간 벌려고 물었던 거야." 내가 어째서 아우디와 벤츠의 이미지를 연상했는지 모를 일이었다. 이런 말이 기억에 남아 있다. 그녀가 깜깜한 방에서 한 말이었다.

"슬프더라. 네가 가슴이나 다른 데를 했으면 연락 안 했을 텐데. 뭔가 가슴이 무너지는 것 같더라. 내 다리를 떠 가니까. 근데, 넌 인생이 뭐가 그렇게 슬픈 거야?"

나는 대답하지 않았다. 그녀에게 큰 슬픔이 있어서 내가 슬퍼 보였을 것이었다. 나는 그녀에게 몇 명의 남자와 잤냐고 물었다. 그녀는 대답하고 싶지 않다고 말했다. 나는 셀 수 없이 많다는 뜻이냐고 물었다. 그녀는 아니라고 했다. 창피해서 대답하기 싫다고 했다. 관계한 남자가 많지 않다는 게 자기 나이가 되면 창피해진다고 했다.

우리는 자주 만났다. 그녀는 세제 물이 세탁기를 넘었다고, 샌들 끈이 떨어졌다고, 시어른들이 목욕탕엘 갔다고, 점심을 혼자 먹어야 한다고, 문자메시지를 보내왔다. 나는 밥을 먹자고 답장을 보냈다. 그러면 약속이 이루어졌다. 그녀는 잠에서 깨면 이런 얘기를 했다. 밥물을 보면 가슴이 부글부글 끓는다는 것이었다. 그녀는 아들 얘기도 자연스럽게 했다. 아들은 내가 2년 살았던 나라의 옆 나라에서 유학을 하고 있었다. 이상한 일이었다. 남편 이야기를 할 때는 아무렇지도 않았는데 그녀가 아들 얘기를 꺼내면 질투가 났다. 나를 만나는 이유가 자기를 더럽히기 위해서인 것처럼 느껴졌다. 나를 통해 더러워지기로 했다면 내가 그만큼 더러운 인류로 그녀에게 보였다는 뜻이었다. 나는 북유럽에서 보냈던 2년에 대해 얘기하지 않았다. 공유하는 게 많아질수록 타락의 깊이가 더 깊어지는 것 같았다.

그랬거나 말았거나, 간간이 문자메시지가 도착했다. 나는 시간대를 가리지 않았다. 그녀가 있다고 한 모텔로 달려 들어가 욕망의 민주주의를 경험했다. 우리는 심지어 출근길이 복잡한 아침 일곱시에 만난 적도 있었다. 그녀의 남편이 출근한 시각이었다. 여름이라 아주 환했다. 나는 빨리 겨울이 와서 밤이 길어졌으면 좋겠다고 생각했다. 그녀를 만나고 싶어지면 나는 플라톤의 문장 몇 개를 입력해서 보내곤 했다. 가령, 용기는 두려워할 것과 두려워하지 말아야 할 것을 아는 데에서 나온다와 같은 문장. 양치기 기게스는 동굴에서 반지를 발견했는데 그것을 끼고 있다가 방향을 자기 쪽으로 돌리면 투명인간이 될 수 있었다와 같은 문장. 그녀가 밑줄을 그어놓은 문장들이었다. 그때 그녀는 내 나이 정도 됐을 것이다. 나는 스스로 문장을 만들기도 했다. 가령, 민주주의의 본질은 이득을 향해 있는 것이 아니라 사랑을 향해 있다와 같은 관념적인 문장.

가을이 되었다. 그녀에게서 연락이 오지 않았다. 나는 플라톤의 문장을 보냈다. 답변은 오지 않았다. 겨울이 올 때쯤이었다. 아퀴를 지어야겠다는 마음이 들었다. 마지막으로 한 번만 더 만나고 싶었다. 용기를 내어 전화를 걸었다. 그녀의 전화번호는 통신사에 반납되어 있었다. 그동안 내가 보낸 메시지는 공중으로 사라진 것이었다. 겨울이 오자 밤이 길어졌다. 그녀가 생각나면 나는 플라톤을 꺼내 들었다. 세로쓰기로 되어 있어 읽기 불편했다. 그녀가 이듬해 새해 선물을 부쳐왔다. 아들이 유학하고 있다는 나라의 언어로 적혀 있는 플라톤 전집이었다. 나는 기분이 몹시 상쾌해지는 것을 느꼈다. 그래서 짤막한 답장을 보냈다.

'D야, 발 잘 안 씻으면 쉽게 동상 걸려. 거기는 극지방에서 가까우니까 겨울이 춥잖아. 보고 싶어.'

그녀가 답장을 보내왔다. 아들이 박사를 딸 때까지는 거기에 있을 거라는 내용이 들어 있었다. 그녀는 내게, 갑자기 떠나서 미안했다고 했다. 다음 편지에서 그녀는 내게 연락을 하지 않고 떠난 이유를 이야기했다. 얼굴의 부기가 가라앉지 않은 상태에서 출국을 했기 때문에 연락을 하고 싶지 않았다는 것이었다. 나는 병에 걸린 거냐고 물었다. 그녀는 아니라고 했다. 나는 농담을 하고 싶었다. 그래서 남편에게 맞았냐고 물었다. 그녀는 한 달 동안 입원했었다고 말했다. 우리는 주로 한 줄짜리 편지를 주고받았다. 그래야 가까운 곳에 있는 듯한 느낌이 강하게 들었다. 나는 남편에게 맞은 게 나 때문이었냐고 물었다. 그녀는 말했다. 너에게 이롭지 못한 질문이야.

병원 영업에 익숙해지면서 내겐 믿을 만한 정신과 의사들이 늘었다. 몸의 한 부분을 적출물로 내보내고 환상통으로 괴로워하는 환자들이 찾아가는 곳이었다. 나는 A병원장과 술을 마시며 내 증상을 이야기했다. D를 만난 이후 나는 버스를 자주 타게 되었다. 목적은 욕구와 관련된 것이었다. D와 같은 사람이 언제든 나에게 나타날 것이라는 소망이 있었다. 하루 종일 버스를 타고 다닌 적도 있었다. 빈자리를 두고 여자 옆에 가서 앉기도 했다. 심야에 신도시로 가는 막차도 많이 탔다. 나는 숱하게 많은 시선으로 여인들을 추행했다. 그리고 몸을 접촉시켰다. 종점을 서성거리다가 모텔로 들어가 혼자 잠을 자기도 했다. 길을 걷는 모든 여자가 D와 같은 종류의 여자로 보였다. 나는 미칠 것만 같았다. 곧 강간을 해야 할 것처럼 머리가 어지러웠다. D에게 날아가면 해결될 일이었다. 어머니에게 북유럽에 다녀오겠다는 말을 한 적 있었다. 어머니는 절대로 보내줄 수 없다고 했다. 예전에 여행 간다고 갔다가 거기서 눌러붙으려고 했던 것처럼 그럴 작정이 아니냐면서, 나를 의심했다.

A병원장은 성 심리에 전문인 지금의 원장을 소개해주었다. 원장은 증상이 오래되면 일상생활이 힘들어질 테니까 약을 복용하라고 했다. 나는 자발적인 입원에 대해 자문을 구했다. 원장은 약의 도움을 받는 게 더 좋을 거라고 말하다가 내 뜻을 받아들였다. D는 며칠 전 편지에서 아들이 학위수여식을 한다고 알려왔다. 그리고 아들의

귀국 날짜를 알려왔다. 어제가 그날이었다. 나는 입원실 창문으로
하늘을 올려다보았다. 곧 점심을 먹을 시간이었다.

사라진 것, 없었던 것

문득 택시 기사와 실랑이를 벌이던 모습이 생각났다. 얼른 지갑을 열어보았다. 천 원짜리 두 장이 잡다한 카드 전표와 얽혀 있었다. 리엘도 있었다. 성이가 관훈장 시절, 캄보디아와 수교가 맺어지면 꼭 킬링필드에 함께 가자고 하며 선물해준 그 나라의 지폐 복사본이었다. 만 원짜리에 천 원짜리가 잘못 섞여 들어가지 않는지 꼼꼼히 불빛에 비추던 내 모습, 리엘이 달려가지 않도록 침을 묻혀 한 장 한 장 세서 빼던 내 모습이 떠올랐다. 그런데 이해가 되지 않는 장면이 있었다. 택시 기사가 카드를 안 받는다고 여러 번 얘기하는 대목이었다. 그때 내가 어떻게 했는지 기억나지 않았다. "돈 있네……." 하는 택시 기사의 목소리도 또렷하게 살아나는 것 중 하나였다. 그러게 돈이 있네요? 나는 말했다. 신기하게도 돈이 있었다. 어쩌면 나는 민망함을 감추기 위해 천 원짜리와 만 원짜리를 오래도록 구별하고 있었을 것이며 리엘을 젖혀놓고 돈을 빼느라 계산하는 데에 오랜 시간을 보냈을 것이다. 또 이런 게 떠올랐다. "이것 봐요. 돈이 없잖아. 카드를 왜 안 받는다는 거예요!" 하는 나의 말. 돈이 없음을 알려주기 위해 지갑을 열어 보여주었다가 현금 있는 걸 들켰을 것이다. 유월부터는 기사가 카드를 받지 않으면 택시비를 내지 않아도 된다고 했다. 여기저기, 그런 광고 문구가 버스와 택시에 붙어 있었다.

왜 돈이 없다고 생각했을까. 돈이 끼면 생각할 가짓수가 많아졌다. 가까운 편의점에 가서 돈을 찾아야 된다는 말을 내가 했던 것도 같았다. 아…… 어쩌면 그러다가, "기사님이 직접 가서 좀 찾아올래요? 걸을 수가 없어요." 했을 가능성도 있었다. 비밀번호를 알려주었을 시점이 있다면 그때가 가장 가능성이 컸다. 그러나 그건 불가능한 일이었다. 만약 그랬으면 그 시각 집 부근의 인출기에서 돈을 찾은 흔적이 온라인 내역서에 기록되어 있어야 했다. 그리고 또 이런 문제가 남았다. 새벽 두시 반 무렵이 아니라 여섯 시간이나 지난 여덟시 이십분 무렵이라는 환한 아침에, 왜 수원에서 멀고 먼 일산호수 지점이라는 곳에서 인출이 되었겠는가. 분실신고 된 지 일 년이 넘었다는 최정애 씨의 카드는 어찌해서 또 내 지갑에 들어와 있을 수 있게 되었겠는가. 치기나 털이 전문가였으면 지갑을 통째로 가져갔을 것이었다. 그가 K은행 카드를 최정애 씨의 W은행 카드로 바꿔놓을 이유는 어디에도 없을 것이었다. 직감이란 묘해서 믿을 만한 것이었다. 하지만 서로 다른 직감이 동시에 각자의 방향으로 뻗어나가고 있었으므로 나는 그것의 도움을 전혀 받을 수가 없었다. 비밀번호는 어떻게 알아내서 돈을 찾아갔을까. 나는 직감을 짚어보면서 주말의 텅 빈 시간이 도넛 같다고 여겼다. 월요일이 되자마자 경찰서로 갔다.

민원실에서는 경관님이 안내를 하고 있었다. 아마 그녀도 전화기를 통해서는 콜센터의 상담원들처럼 친절할지도 모른다고 나는 생각했다. 나는 그녀에게 다가갔다. 카드 사고 때문에 진정서를 써야 하는데 어떻게 해야 되는 거냐고 물었다. 수사를 의뢰하려면 진정서를 써야 한다고 주말에 집 근처 경찰서에 갔다가 배웠다. 경관님은 말없이 양식지를 내밀었다. 그리고 손을 들어 테이블을 가리켰다. 가서 쓰라는 뜻이었다. 무료감이 느껴졌다. 그 자체가 무료하고, 내용을 쓰는 것도 무료하고, 읽는 것도 무료한 것이 양식지였다. 그러니 그것을 반복적으로 나눠주는 업무는 세상에서 가장 무료한 일일 수 있었다. 나는 그녀의 불친절에서 무료를 먼저 느꼈으므로 불만이 없었다.

테이블로 가서 이름, 주소를 썼다. 피진정인의 이름과 주소를 쓰게 되어 있었다. 역시, 양식지는 사람을 화나게 하는 것이었다. 피진정인……. 내 카드로 돈을 빼내간 사람을 가리키는 말이었다. 그의 인적사항을 알았다면 경찰서에 갈 이유가 없었을 것이다. 화가 났다. 주말이 지나가는 동안 내게 다가온 낯선 이름은 최정애 하나인데, 그 이름을 쓸 수는 없는 일이었다.

토요일 아침, 지갑을 뒤지다 최정애 씨의 카드를 발견했다. 귀엽고 깜찍한, 여성 전용 카드였다. 누굴까. 내가 누구를 만나 카드를 바꾼 것일까. 나는 생각했다. 누군가의 장난이겠지. 카드를 바꿔치기 해놓고 내 반응을 살피고 있는 것일 거야. 나는 알 수 없는 흥분과 기대로 두어 시간을 보냈다. 티브이를 보고 밥을 먹었다. 이상한 기분이 들었다. 내 카드가 어디에 있을지 궁금했다. 나는 최정애 씨의 카드에 적혀 있는 콜센터로 전화를 걸었다. 상담원이 나왔다. 나는 이렇게 말했다. "제 카드는 없어지고 남의 카드가 들어와 있는데, 어떻게 된 걸까요?" 상담원은 참 난처했을 것이다. 상담원은 더듬거리면서 대답을 했다. "그건 저희도 알 수 없는데요, 습득신고를 해드릴까요?" 그러고 보니 좋은 생각인 것 같았다. 습득신고를 해두면 누구에겐가 연락이 갈 것이고, 누군가가 연락을 받으면 내게 전화를 걸어 간밤의 안부를 물으면서 "우리 카드가 왜 바뀌었지?" 말을 해올 것이었다. 나는 습득신고를 했다.

그러나 어디에서도 전화는 걸려오지 않았다. 최정애? 나는 그녀가 누구인지를 알아내기 위해, 함께 모임을 했던 친구들에게 전화를 걸었다. 최근에 재혼을 한 J에게 먼저 전화를 걸었다. 혹시 새로 결혼한 부인 이름이 최정애가 아니냐고 물었다. J는 내 사연을 듣더니 "그런 일이 있어? 재미있네. 나중에 어떻게 된 건지 꼭 알려줘" 했다. J뿐만이 아니었다. 모두가 최정애를 몰랐다. 너 또 이상한 일 했니? 친구들은 그런 말을 했다. 마지막 남은 한 사람. 성이한테는 전화를 걸지 못했다. 카드를 잃어버렸거든…… 말할 수가 없었다. 사실을 이야기하면 그녀는 내가 동정과 연민을 끌어내려고 전화하는 줄로 알 것이었다. 이상하게 자존심이 상했다. 전화번호부를 검색해 그녀의 이름을 보았다. 그것만으로도 마음이 떨렸다. 그녀로 인한 가슴 떨림이 아직도 내게 남아 있었다. 그래서 나는 또 자존심이 상했다.

시간이 지나자 점점 불안해졌다. 어느 순간이었다. 내 카드를 분실신고 해야 한다는 생각이 찾아왔다. 친구들과 통화를 끝내고 태연하게 누워 티브이를 보다가 든 생각이었다. 나는 K은행 콜센터에 전화를 걸었다. 다급하게 분실신고를 했다. 신고 절차는 간단했다. 나는 혹시나 해서 전날 밤과 그날 아침 사이에 사용한 기록이 있는지를 물었다. 콜센터 직원이 말했다. "고객님, 카드 사용 내역은 없으세요." 나는 안심이었다. 그래서 누군가의 전화를 좀더 기다렸어야 하는 거 아닌가 생각했다. 전화기를 고쳐 잡으려는 순간이었다. 상담원이 다시 말을 이었다. "그런데요 고객님, 인출된 건수가 있으세요." 나는 놀라면서 내역을 불러달라고 했다. 상담원은 또박또박 인출 내역을 불러주었다. 일차 칠십만 천 원, 이차 칠십만 천 원, 삼차 오십팔만 천 원. 끝에 붙은 천 원은 타행 이용 수수료였다. 계좌의 잔액은 천칠백사십팔 원이었다. 나는 인출된 시각을 물었다. 상담원은 초 단위까지 또박또박 불러주었다. 나는 말했다.

"내가 안 그랬는데. 이제 어떻게 하면 되는 거죠?"

"고객님. 가맹점 사용 내역은 보상 서비스가 가능하지만 계좌인출은 보상이 어려우세요, 고객님."

"그래서, 그러니까, 내가 어떻게 해야 되는 거냐고요."

"현재로서는 저희가 도와드릴 수 있는 게 없습니다, 고객님. 현재 고객님께서 보상받으실 수 있는 금액은 월요일이 돼봐야 정확히 알겠지만, 없으신 것 같아요. 죄송합니다, 고객님."

우연이었겠지만 인출이 된 곳은 최정애 씨의 카드를 발급한 W은행 소속의 지점이었다. 나는 W은행 콜센터에 다시 전화를 걸었다. 알록달록한 카드에 찍혀 있는 고유번호를 불러준 다음 카드의 주인인 최정애 씨가 어떤 사람이냐고 물었다. 상담원은 대답을 망설였다. 나는 다리를 떨며 대답을 기다렸다. 상담원이 말했다. 고객의 정보를 유출할 수 없으니 원한다면 통화를 중재해주겠다는 것이었다. 나는 상담원에게 내 전화번호를 불러주고 전화를 끊었다. 최정애 씨가 전화를 걸어올 것으로 기대하면서 티브이를 보았다. 숱한 광고들이 지나갔다. 전화가 걸려 왔다. 그 사람은 최정애 씨가 아니었다. 콜센터의 다른 상담원이었다. 그녀는 중재를 전문으로 담당하는 사람이었다. 그녀는 최정애 씨와 통화를 했는데 최정애 씨가 나와 통화하기를 원치 않는다고 말했다고 했다. 그녀의 말에 따르면 최정애 씨는 그 카드를 오래전에 잃어버려서 분실신고를 했고 그 당시 새로 카드를 발급받아 잘 쓰고 있는 상태라고 했다.

피진정인이 누구인지 모르는데 이름과 주민등록번호를 어떻게 쓴단 말인가. 경관에게 가서 다시 물어볼 것이냐 말 것이냐. 당황스럽고 화가 났다. 마음의 길이 다른 데로 열렸다. 이런 일로 진정서를 쓰는 게 맞는 거냐, 너희들이 나한테 쓰라는 게 진정서 맞는 거야? 의문이 들었다. 진정서는 말 그대로 진정을 바라는 글이어야 했다. 그린벨트를 해제해주세요, 공사장 소음으로 피해를 입었으니 보상을 해주세요, 그런 주민들의 갸륵한 마음을 담은 것이 진정이었다. 애인이 말을 잘 안 듣는데 좀 해결해주세요……. 미래엔 그런 것도 진정의 대상이 될 수 있을 것이다. 경찰 행정에 익숙해지고 나니 미래엔 정말로 경찰이 그런 일을 하게 될 것처럼 여겨진다. 경찰 업무는 국가 질서를 위한 것이 아니라 사회보장을 위한 것으로 전환되는 꿈같은 날이 언젠가는 올 것이다. 나는 양식지를 건네주었던 여자 경관님에게 다가가 진정서 작성법을 물어보기로 했다.

"저기요……. 여기 보면 피진정인 이름을 쓰게 돼 있는데…… 그 이름을 모를 경우에도 이 양식으로 진정서를 쓰는 건가요?"

경관님은 신속하게 대답했다.

"불쌍!"

그녀는 무료해 보였다. 불쌍? 순간 내 인생이 급속도로 하찮아지기 시작했다. 도대체 내가 얼마나 만만해 보이기에 당신은 이러시는 겁니까. 나는 저절로 불쌍한 중생이 되어 숨이 가빠지는 걸 느꼈다. 그리고 뭘 위해서 경찰에게 간 것이었는지가 잡히지 않았다. 곡괭이질을 해서 땅을 파고 서늘한 그곳에다 내 몸을 묻고 싶었다. 시각만 맞춰 오면 CCTV를 보여주겠다고 말하던 W은행 직원의 말이 떠올랐다. 나는 목에 손가락을 집어넣었다. 타이를 조금 느슨하게 풀었다. 내가 과연 잃어버린 백구십팔만 원이라는 하찮은 돈을 찾으려고 그랬던 것인가. 겨우 그 돈? 상여금 없는 기본급여에서 공과금이 빠져나가고 남은 돈이었다. 월급으로 따지면 작고, 길가에 버리기로 한다면 큰돈이었다. 나는 정말 왜 거기에 간 것이었을까.

전격적으로 반항할 의도였다면 나는 불쌍이라고 적나라하게 적었을 것이다. 나는 고급스러워지기 위해, 경관님의 입에서 나왔던 쌍이라는 발음을 상으로 고쳐 불상이라고 크게 적었다. 不詳. 한자로 멋지게 적었다. 그리고 대강 쓰라고 해서 정말 생각 없이 갈겨쓴 진정 내용을 들고 그녀에게 돌아갔다. 한자로 적은 불상은 그 서체가 너무 뿌듯할 정도로 멋있었다. 잘 적었죠? 나는 복수를 하는 기분으로 그녀의 반응을 기다렸다. 그러나 경관님은 나의 인격과 지적 품위를 알아주지 않았다.

"저쪽에 가서 내세요."

경관님은 접수관을 가리켰다. 접수관은 별도로 마련되어 있는 자리에 앉아 있었다. 나는 진정서를 들고 방향을 틀었다. 비참했다. 이런 비참을 겪지 않으려고 사람들은 대리인이나 전문가를 고용하는 것일 거다. 접수관은 진정서 왼쪽 상단에 접수번호를 적었다. 그 아래에 경제 4팀 안성민 수사관이라 적었다.

경제 4팀의 안성민 수사관은 남녀를 앞에 앉혀놓고 있었다. 차례를 기다려야 한다는 사실에 짜증이 일었다. 어떻게 이렇게 도시에서는 한결같이 기다려야만 하는 것인가. 알 수 없는 것이 또 이상한 방식으로 발동되는 학습욕이었다. 앞으로 내가 해야 할 일이 저런 것이라고 배워둘 겸 남녀와 안성민 수사관의 대화를 엿듣고 싶어졌던 것이다. 그들의 사연은 이런 윤곽을 가지고 있었다. 어떤 남자가 상습적으로 여자네 가게에 와서 술을 마시고 행패를 부린다고 했다. 그래서 두 번쨌가 세 번쨌가에는 아예 각서를 받았는데 앞으로 또 기물을 부수면 천만 원을 배상하기로 했다는 것이었다. 이번에 그 사내는 술에 취해 가게를 난장판으로 만들어놓은 다음 술을 깨서는 자기가 안 그랬다고 하더니 배상을 하라고 하니까 사라지고 말았단다. 참으로 피진정인의 인적사항이 확실한 사건이었다. 나는 천만 원이라는 거대한 금액을 배상하겠다는 각서를 쓰는 술꾼의 표정이 떠올라 웃음이 났다. 여자를 꾸짖는 안 수사관의 태도와 그것을 받아넘기는 여자의 태도는 나를 연거푸 웃게 만들었다. 여자가 각서 이야기를 반복했다. 안 수사관이 말했다.

"알아요. 그 이야기는 이제 그만해요. 그런데 영업점에서 왜, 업주께서 왜, 술을 손님과 함께 드셨냐 이거예요. 법으로 그러면 안 되게 돼 있잖아."

"어쩌다 보면 마실 수도 있지 뭘 그래요? 진숙이랑 영미랑도 같이 마셨어요."

그녀는 남편에게 동의를 구하는 표정을 지었다. 남편은 그날 그 자리에 있지 않았다는 말을 반복하면서 담배를 피우러 나갔다. 순식간에 여자는 팩 토라졌고 안 수사관은 조서를 작성하기 위해 여자를 구슬리기 시작했다.

그들을 지켜보고 있던 팀장이 내게 진정서를 좀 보여달라고 했다. 나는 진정 내용을 다시 읽어보았다. '6월 13일 밤 10시부터 6월 14일 새벽 3시 사이에 카드를 분실하였습니다. 14일 오전에 분실신고를 하던 도중 누군가 198만 원을 3회에 걸쳐 인출해간 사실을 알게 되었습니다. W은행 일산호수 지점이라고 했습니다. 제 지갑에는 타인의 카드가 대신 들어 있었습니다. 취중의 일이라 어떻게 된 것인지 알지 못하겠습니다.' 아주 간결한 요지였다. 상담원들과의 통화, 112에의 전화, 지구대 경관과의 통화, 남부경찰서 방문 등을 거치면서 입이 닳도록 되풀이했으니 그 정도는 일필휘지로 갈겨쓸 수 있었다. 열시는 본격적으로 만남이 시작된, 성이가 기차를 타고 도착한 시각이었다. 세시는 내가 택시에서 내린 시각이었다. 진정 내용을 읽는 동안 아주 중요한 분류법이 머리를 스쳐갔다. 순간 아! 하는 감탄사가 나왔다. 그러니까 경제 4팀은 술과 관계된 경제 문제를 수사하는 팀인 것이었다. 그래서 분위기가 그렇게 느슨했던 것이었다. 먼저 온 사람들과 나의 공통점은 술과 돈 문제에 얽힌 사건을 지니고 있다는 점…… 그리고 누가 봐도 웃기는 사연이라는 점이었다. 나도 그렇게 웃기는 사람이었을 것이다.

오랜만에 얼굴이나 보자고 소식이 돌았다. 시민 단체에서 준비한 물대포 쇼를 구경하자는 말이 액세서리로 덧붙었다. 성이도 나온다고 했음. 마지막 멘트가 우리를 열 명이나 되게 만들었다. 전원 출석이었다. 우리는 인파 많은 광화문에서 각각으로 숨어서 쇼를 보다가 정해진 시각에 맥줏집 '상상'으로 모였다. 광장 무대에서 쏘아 올린 물대포가 수직 100미터는 족히 될 정도로 솟구칠 때, 색색의 물자락을 보면서 나는 어디서 총성이 들려올 것만 같아 소변이, 대변이 마려웠다. 그것은 색소를 넣어 쏘고, 조명을 비춰 화려하게 꾸민 쇼였다. 물대포에 자극받은 내 몸은 어떤 특별한 흐름 없이 군중을 휘어잡기 시작하는 기운을 감지했다. 그리고 언젠가 흥겹게 시위를 하다 갑작스럽게 듣게 되었다는 광주의 총소리를 연상하게 만들었다. 저 물에는 프락치가 넣은 최루액이 섞여 있을지도 모른다. 나는 그만 소심해져서 카페로 들어가 레몬주스를 주문했다. 친구들도 마찬가지였다. 우리는 얼치기라 소심했다. 데모든 연애든 공부든, 뭐든 해야겠기에 공부를 안 해도 되고, 연애가 맺어질 가능성도 많은 데모 행렬에 끼었다가, 그것도 몸 바쳐 해야 되는 일임을 알고 슬그머니 빠져나온 사람들이었다. 그래서 관훈장 클럽은 선배도 없고, 후배도 없는, 동기들만의 모임이었다.

데모가 그랬듯이, 우리에겐 공부도 별 쓸모가 없었다. 세 명은 장사를 하고, 두 명은 유기농 농장을 운영하고, 두 명은 관광회사에 다니고, 나는 수입차 서류를 만들어주는 일을 하고 있었다. 나를 수입차 딜러로 알고 있는 애들도 있어서 도쿄 경매장에서 나온 중고 수입차를 연결시켜주곤 했다. 연비, 세금 등등을 체크하면 국산차를 굳이 고집해야 할 이유는 애국심이라는 유치한 말로 축소되었다.

팀장에게 사실을 말하면 이데올로기를 조롱당하거나 의심당할 것 같았다. 나는 그냥 회사 회식을 했다고 말했다. 그러자 그는 어떤 회사에 다니느냐고는 묻지 않았다. 모인 사람이 중요한 게 아니라 어떻게 해서 내가 그렇게 됐는가가 중요한 것이었다. 그는 신기하게도 술을 얼마나 마셨냐고도 묻지 않았다. 소주 한 잔에 기절을 했다고 하면 기분이 좀 나아질 것 같았다. 팀장은 어느새 나를 주정뱅이 취급 하고 있었다. 나는 그날의 일에 대해 이야기했다. 택시를 잡기 힘들었고 택시에 타자마자 기억이 없어졌다는 것, 집 대문 앞에서 계산을 하고 내렸다는 것까지를 얘기하다가 이렇게 물었다.

"이런 일이 자주 있나요? 어떤 경우에 이렇게 돼요?"

"본인도 모르는 일을 우리 경찰이 어떻게 알겠어요?"

그는 웃으면서 대답했다. 나는 좀더 솔직해지기로 했다.

"돈을 찾을 수는 있나요?"

"거의 가능성이 없다고 봐야죠. 카드가 왜 바뀌었는지 본인도 모르는데 어떻게 잡겠어요?"

그래, 경찰서는 기억을 찾아주는 데가 아니었다. 그것은 정신병원에서도 하지 못하는 일이었다. 기억을 찾아주는 일을 하는 사람이 있다면 고문 기술자와 예술가 들이었다. 그들은 실재의 기억을 찾아주려고 하지 않았다. 예술가는 희망을 주기도 하고 절망을 선사하기도 하지만 고문기술자가 주는 건 상상이고 왜곡이었다. 나는 경찰이 돈을 찾아주기를 간절히 바랐다. 팀장은 고문 기술자처럼 야만적인 질문을 했다.

"카드에 비밀번호 적어둔 거 아니오?"

나는 아니요! 크게 말했다. 인간의 탈을 쓰고 있는 한 그럴 수는 없는 일이었다. 그러자 팀장이 다시 물었다.

"전화번호 뒷자리예요?"

나는 나직하게 말했다. 아니요. 그는 이제 노골적으로 자기 일을 해나가기 시작했다.

"글쎄……. 진정서를 좀 고쳐 써야겠는데……."

"왜요?"

"너무 밋밋하잖어. 이대로는 수사할 수가 없지……."

팀장과 나는 금요일 밤과 토요일 새벽의 일에 대해 대화를 계속했다. 내가 냉큼 택시에서 잠을 잤으니까 택시 기사가 그런 것 같다고, 진정서를 고쳐 쓰겠다고 했다. 그러자 팀장이 버럭 화를 냈다.

"왜 자꾸 수사 범위를 좁히려고 그래요? 카드를 마지막으로 사용한 날짜가 언제냐니까? 정확하게 기억나는 것만 얘기해요. 그래야 다각도로 수사를 할 거 아닌가. 말해봐요. 카드를 마지막으로 쓴 게 언젠지.”

“그건 마트에서 장을 볼 때였으니까, 유월 십일이에요.”

“혼자 사세요?”

“왜요?”

“그런 것 같아서. 그렇지 않아요?”

“예. 혼자 살아요.”

“생년월일 보니까 결혼해야 헐 나이구만. 봐요, 차분히 생각해봅시다. 카드를 마지막으로 사용한 게 십일 날이었으면 십일 날 없어졌을 수도 있고 십일일 날 없어졌을 수도 있는 거 아니냔 말이죠. 그렇죠? 수사관한테는 최대한 많은 경우의 수를 생각할 수 있도록 해야죠. 유월 십사일 날 택시에서 그런 것 같습니다……. 그래버리면 수사관은 택시만 생각하게 될 거 아니에요. 택시 기사한테 준 카드가 이미 바뀌어 있던 카드일 수도 있었던 거 아니냔 말이죠. 술에 취해서 기억을 못한다면서? 카드가 언제 바뀌었는지는 마지막으로 사용한 순간, 그 순간 다음부터 가능성이 있다는 거죠. 우리처럼 경험이 많은 사람들이야 여러 경우의 수를 두고 생각하지만 요즘 젊은 사람들이 어디 그렇게 할 수 있겠어요?”

놀라웠지만 인정하지 않을 수 없었다. 팀장에게서는 연륜이 강하게 느껴졌다. 마트에서 장을 본 다음부터 카드를 사용하지 않았으니까 그의 말이 맞을 수 있었다. 하지만 말이 안 되었다. 인출되기 전날의, 몇 분간의 기억이 없는 그 순간에 생겼을 가능성이 크지, 멀쩡히 제정신일 때 그럴 수 있었겠는가. 내게 몇십 분간의 기억은 깡그리 사라져 있었다. 그래서 팀장에게 반박할 수 없었다. 팀장은 공무 집행 스타일의 문체로 손수 첨삭을 해주었다. 서정적이고 다정했던 나의 독백문은 이런 청원서가 되었다.

'6월 10일부터 6월 14일 오전 사이에 카드를 **바꿔치기** 당했습니다. 누군가가 제 지갑에서 카드를 꺼내 **바꿔치기**한 다음 다시 넣어 둔 것 같습니다. 분실신고를 하는 과정에서 일산호수 지점 W은행 ATM에서 198만원을 3회에 걸쳐 인출해간 사실이 발견되었습니다. 제 카드를 **바꿔치기**해 간 사람을 밝혀 **처벌**하여 주십시오.' 바꿔치기와 처벌, 이 두 단어는 내 마음을 아프게 하던 것이어서 진한 글씨로 강조해보았다. 참으로 명쾌해져 있었다. 민망하고 당황스러웠지만 진정서란 이런 형식으로 써야 한다는 걸 배운 것 같아 묘하게도 만족감과 수치스러움이 한꺼번에 찾아왔다.

바꿔치기해 갔다고 단도직입적으로 말할 수 있는 문제는 아니었다. 최정애 씨의 카드는 내 손에 의하지 않고서는 들어갈 수 없는 자리에 들어와 있었다. 다른 카드는 멀쩡히 잘 있는데 K은행 카드가 그걸로 바뀌어 있었던 것이다. 카드를 넣고 빼는 것은 속옷을 입고 벗는 방식처럼 은밀한 것이었다. 러닝셔츠를 팬티 속에 넣는지 빼는지. 양말을 먼저 신는지 바지를 먼저 입는지. 그날의 컨디션 따라 달라지는데 카드는 내 손으로 넣은 것이 분명했다. 나머지 카드가 제대로 있는 걸로 봐서 누군가가 그랬다면 악의를 품은 것도 아니었다. 속옷과 관련되는 그런 사람에게 처벌을 내리다니? 내가? 더 참을 수 없는 건 그가 그렇게 써놓은 문장을 내 손으로 새로운 양식지에다 깔끔한 글씨체로 옮겨 적을 수밖에 없게 되어 있는 분위기를 거부하지 못하는 나의 소심함과 뭐든 나를 문제 삼는 것으로 끝내버려야 속이 시원해지는 나의 이데올로기였다. 나 그렇게 얘기하지 않았잖아요! 말하려니까 그럼 경찰서엔 뭐하러 왔어? 하고 혼낼 것 같은 분위기였다. 정말…… 돈도 찾을 수 없다는데 난 거기에 가서 뭘 하고 있었던 걸까. 나의 절망을 그가 대신 정리해주었다.

"이건 절도로 보이니까 강력팀으로 가야겠네. 안 수사관, 그분들 오래 걸리면 이분 먼저 강력계로 안내해드리지."

나는 순간 멍하니 서서 천장 모서리를 뚫어지게 쳐다보았다. 박차고 나갈 것이냐 비굴하게 돈을 찾아달라고 구걸할 것이냐. 생각할 여지는 많지 않았다. 안 수사관이 의자에서 벌떡 일어나 나에게 손짓을 했다. 그를 따라 강력계로 갔다. 가는 길에 지능범죄수사팀 간판을 보았다. 나는 생각했다. 나의 이 심각한 상황은, 그러니까 내게 기억이 없어서 누가 언제, 어디서, 어떻게 내 카드를 가져가고 남의 카드를 넣어둔 후 비밀번호를 캐내어 돈을 인출해갔는지가 궁금한 이 범죄는, 강력계가 아니라 저기, 지능범죄수사팀으로 인도되어야 하는 사건이 아닐까.

박 경사는 친절하고 섬세해서 당황스러운 사람이었다. 그는 샤워를 마치고 왔는지 수건을 목에 걸고 있었다. 우리는 책상을 가운데에 두고 마주앉았다. 눈이 서글서글해서 어디다 초점을 두고 평해야 좋을지 모를 사람이었다. 책상 책꽂이에는 사전 두께의 경찰행정 전문서적이 꽂혀 있었다. 승진 공부를 하고 있는 모양이었다. 나는 잠깐 돈 문제는 잊어버리기로 했다. 내 사건을 깔끔히 해결해서 그가 높은 점수를 받고 승진을 하는 모습을 상상했다. 그는 웃지도 않았고 넘겨짚지도 않았고 동정을 보이지도 않았다. 그는 "카드가 바뀌었다는 걸 어떻게 알게 됐어요?" 하는 물음을 시작으로 해서 "말씀을 워낙 잘 해주셔서 조서가 잘 작성됐습니다. 다시 나오실 일은 없겠어요" 하는 칭찬으로 나와의 대화를 끝냈다. 경제 4팀장처럼 그도 돈을 다시 찾기는 힘들 거라고 했다. 어쨌거나 칭찬을 들으니 기분이 좋았다.

　박 경사는 진술한 것과 어긋나는 부분이 있지 않은지 확인해보라면서 조서를 내밀었다. 두 시간여의 대화는 줄 간격이 큰 여덟 장짜리 조서로 정리되어 있었다. 그 내용은 참으로 허망한 것이었다. 이를테면 이런 형식이었다. '문: 누가 의심이 갑니까? 답: 택시 기사가 의심이 갑니다.' 그것 말고도 '이때 피해자가 임의로 출금내역서를 제출하다.' '이때 피해자가 임의로 소지하고 있던 카드를 제출하다.' 등 희곡의 동작지시문 같은 것이 있어서 조서는 다이내믹하고 리얼하게 읽혔다. 마지막에는 이런 문답이 있었다. '문: 처벌을 원합니까? 답: 예, 원합니다.' 이제 끝난 것인가. 피곤했다. 조서를 하나 꾸미는 데 이렇게 많은 정성과 시간과 체력이 드는 것이란 말인가. 이젠 은행에 가서 CCTV를 보는 일이 남아 있었다.

　전철에서 박 경사의 명함을 바라보았다. 112로 신고하기 불편한 강력범죄 피해를 제보받는다는 말, 항상 가족처럼 정성을 다하겠다는 말, 신고자와 제보자의 신변을 절대 비밀로 보장한다는 말이 적혀 있었다. 무섭기도 하고 듬직하기도 했다. 신고자의 신변은 보장되는 일이 드무니까 절대로 보장해준다고 강조한 것일 것이었다. 살인, 강도, 강간, 절도, 조폭, 성폭, 방화…… 이런 말들에 비하면 백구십팔만 원을 분실한 내 일은 조서를 작성하고 그냥 끝낼 일 정도로 사소해 보였다. 빼앗긴 목숨, 난자당한 가슴, 찢긴 치마, 이런 것들처럼 회복될 수 없는 것을 전문으로 수사하는 사람치고 박 경사는 참 다정했다. 돌아올 수 없다는 점에서 내 백구십팔만 원은 살인, 강간, 방화의 대상과 비슷한 것이었다. 한번 노출되었으니 폐기시켜야 할 카드 비밀번호도 내게 다시는 원상태로 회복될 수 없는 것 중 하나일 것이었다.

개찰구를 나가 호수공원이라는 이정표를 보는 순간 가슴이 뛰었다. 가슴이 뛰는 경험을 해본 사람은 알고 있을 것이다. 그럴 때 할 수 있는 말은 가슴이 뛰었다라고 하는 평범한 말밖에 있을 수 없었다. 오래된 연적, 만날 수 없는 애인을 생각할 때 뛰는 가슴은 정말로 숨 쉬기 불편할 정도로 박동이 크게 느껴졌다. 이니셜로 W인, 우리은행의 한글 이름은 내게 중요했다. 내가 우리가 되었을 때 느껴지는 안락감을 어느 무엇에 비유할 수 있단 말인가. 거기에 호수공원 지점이라는 말은 너무나 서정적이었다. 지점장실에 앉아 있으면 물빛에 반사되는 시각과 계절의 변화가 훤히 내려다보일 것만 같은 착각을 불러일으키기에 충분했다. 경찰서에서 나오자 나는 다시 감상적으로 변해 있었다. 울화는 순간이었다. 쉽게 회복되어 지속되는 건 감상이었다. 아무튼 개찰구를 통과해 나가서 호수공원 이정표를 보자 종아리가 딱딱해지고 가슴이 오그라들었다.

지하도를 따라 걸으니 백화점이 나왔다. 와인 매장의 직원들은 화사하게, 거길 지나가는 거의 모든 사람들에게 같은 표정의 같은 웃음을 보이고 있었다. 와인 매장을 지나쳐, 식료품 매장을 지나쳐, 그리고 또 무슨 매장을 지나친 것 같은데 아무튼 잘은 기억나지 않는 매장을 지나쳐 에스컬레이터를 탔다. 초밥 도시락이 기억에 남아

있는 걸로 보아 퇴근길에 초밥 도시락을 저녁식사로 사 가는 사람들
이 꽤 있을 것 같다는 생각을 했던 것 같다. 초밥에 차가운 청주는 경
쾌한 조합인 것 같다. 뭐든 마시고 싶었다. 주종을 가리지 않고 반 잔
이면 취해버리는 술이 생각났다. 에스컬레이터에 오르고 나니 기계
냄새가 머리를 아찔하게 만들었다. 누드 엘리베이터를 탄 것처럼 붕
솟구치는 기분이 들면서 일종의 고소공포증이 느껴졌다. 발밑으로
지나다니는 사람들의 정수리를 보았기 때문이었다.

담당자와 약속한 시각은 다섯시 사십분이었다. 비가 오고 있었
다. 라페스타 상가 진입로에 접어들어서 숨을 골랐다. 나는 구두코
에 앉은 먼지를 보면서 외로움을 느꼈다.

커피, 빵, 액세서리 매장의 아이들은 다들 어리고 예뻤다. 어렸
기 때문에 예뻐 보였을 수도 있다. 아빠, 엄마 카드를 들고 나와서 멋
있게 결제하고, 엄마나 아빠의 사인을 착, 단숨에 할 아이도 있었을
것이다. 나는 그날 마셨던 소주 한 잔을 생각했다. 허리를 뻐근하게
하고 땀을 솟구치게 하더니 정신까지 혼몽해지게 만들던, 관훈장 시
절 이후 처음 마신 술이었다.

소비에트 연방 해체가 있던 해 5월. 옆 과에 다니던 아이가 시위
대 안에서 죽었다. 스무 살의 우린 시위에 나가 뭐라도 하나 얻고 싶
었다. 훈방 조치라도 받으면 마음이 편안해질 것 같았다. 구속이 돼
버린다면 그렇게 될 운명이라고, 그렇게 되면 그쪽에 몸 바치기로
하고…… 이게 무슨 될 대로 되라는 식의 데모 이데올로기였던가.
아무튼 우리는 그랬다. 우연하게도 우리는 세 번째 시위에서 훈장을
받았다. 누구는 혜화경찰서로, 누구는 남대문경찰서로, 나는 종로경
찰서로 나뉘어 끌려갔다. 훈방으로 풀려나 모인 곳은 종로경찰서 뒤

편 인사동이었다. 술을 마시자 우리는 투사가 되었고 훈방은 훈장이 되었다. 그때도 내 치사량은 소주 한 잔이었다. 그땐 성이가 옆에 있었다. 유치하지만 비밀번호 0519는 우리가 관훈장 여관에서 단체로 혼숙을 한 그 날짜였다. 인사동에서 소주를 마시고 거기에다 몸을 풀어버렸던 것이다. 그것이 장례식의 마지막 삼우제가 되었고 시위 참가는 끝이 났다. 우린 할 만큼 했다고 생각했다.

재수를 해서 나보다 한 살 많았던 성이도 그때는 어렸으므로 데모를 할 거면 멋있게 해야 한다며 치켜들어 흔드는 팔의 각도를 고민하곤 했었다. 몰래 민중가요 가사를 외우느라고 혼자 숲에 들어가는 날도 있었다. 나는 그녀의 수줍고 겁 있는 태도가 캄보디아의 킬링필드를 바라보는 외국인의 시선 그 이상도 이하도 아닐 거라고 생각했었다. 수교가 맺어져 킬링필드 관광이 가능해졌을 때 그녀는 무엇을 하고 있었고 나는 무엇을 하고 있었을까. 그해 관훈장 이후 오월, 유월, 칠월, 팔월. 그녀와 난 주종을 달리해서 술을 마셔보았다. 내게 어울리는 술을 찾기 위해서였다. 어느 것을 택하든 반 잔이면 박동이 귓가에서 비트 강한 드럼처럼 울렸다. 내 취기 때문에 우리는 여관과 모텔 간판을 찾아 헤매야 했다. 그리고 다음 학기가 시작됐을 때 성이는 나를 떠나 학생회관에서 냄새나는 담요를 덮고 자기 시작했다.

그녀가 나를 택시에 태웠을까? 택시가 잡히지 않아 길을 건넜던 기억이 났다. 아름답게도 여섯 살짜리, 성이의 딸아이가 택시를 잡아준 것 같다는 상상도 생겼다. "아저씨는 왜 술 안 마셔요?" 성이의 딸아이가 치킨과 팝콘을 먹으면서 물었다. 아이는 해장국집에서도 잠을 자지 않았다. 두시 가까이 됐을 무렵이었다. 나는 서울이 싫다고 물러난 곳이 겨우 수원인데 그녀는 귀농이 유행일 때 남편을 따라 시골로 내려갔다. 그녀의 남편은 데모대의 중앙에 있던 사람이었다. 우린 그가 정치를 하게 될 것이라고 뜻 모아 예언한 적이 있었다. 그런데 중간이 중앙과 다르듯이 중앙도 중심과는 다른 모양이었다. 중심에 있던 사람들은 정치판으로 가고, 중앙에 있던 사람들은 농촌 운동을 하러 가족들을 데리고 떠났다. 거기서 아이를 낳았다고 하더니 그게 벌써 여섯 해 전의 일인가 보았다. 딸아이가 여섯 살이었다.

사람을 만나고 싶어 죽을 것 같던 차에 우리 모임이 있다는 애길 듣고 남편 저녁밥을 차려준 다음 올라왔다고, 성이가 말할 때, 남자한테는 어떤지 몰라도 가부장적인 농촌의 삶은 여자들을 구십 퍼센트 우울증에 빠뜨린다고 말할 때, 나는 그 하소연이 풍족한 자유처럼 여겨져서 결국은 잔을 부딪쳐버리고 말았다. 치사량을 알면서 건배를 외쳐 온 성이가 미웠다. 관훈장 여관이 가까운 곳에 있었다. 옛날 같았으면 헤롱거리다가 거기로 들어가 잠을 자고 말았을 것이다. 그 밤에, 왜 나는 굳이 집으로 갔던 것일까. 내게도 안식처가 있음을 성이에게 알리고 싶었던 걸까. 나도 수원쯤으로, 서울을 떠났음을 알리고 싶었던 걸까. 언제 내가 한 잔의 치사량에 의해 쓰러졌는지 기억이 나지 않았다. "애, 그래 한잔해라. 여전히 그래? 많이 늘지 않았을까?" 성이는 웃음도 변해 있었다. 무성한 잡풀 밭처럼 칙칙해져서……. 나는 제법 마실 줄 알게 됐다는 것처럼, 쭈욱 원샷을 해버렸다. 서울에 온다고 입은 성이의 긴 소매 정장이 유월의 높은 기온과 만들어내는 부조화를 잊어버리고 싶었다.

커피를 마시고 싶어졌다. 커피를 생각하자 성이가 따라 떠올랐다. 운전은 불법 유턴의 유혹 때문에, 커피는 원래의 열매가 붉은색이었다는 것 때문에……. 십 년 넘게 끊은 것이 그 두 가지였다. 왜 열매가 원래 붉은색이었다는 걸 아는 그 순간 마시는 인구가 성인의 구십 퍼센트가 넘을 것 같은 그 검은 음료를 탁 끊게 되었는지 알다가도 모를 일이었다. 커피와 운전처럼 갑작스럽고도 멋지게 끊어질 무언가가 또 내게 있을 수 있을까. 내게 남은 게 있다면 자살밖에 없을 거라는 생각이 불쑥 찾아왔다. 성이한테 전화를 걸어보면 어떨까. 박 경사가 전화를 걸어왔다.

"형광 분말을 뿌려서 투시기로 살펴봤는데요, 하도 많이 만지작거려서 지문 감식이 안 되네요. CCTV를 좀 잘 봐주셔야겠습니다."

"네. 저도 많이 만졌는데……. CCTV 보면 사진 찍어서 보내드릴게요."

"그러게 말예요. 일단 화면을 좀 보세요. 여자인지 남자인지 모르는 문제니까."

전문가의 식견이 잔잔한 감동을 전해주었다. 남자인지 여자인지 모르니까 CCTV를 유심히 봐달라는 말이 매력적이었다. 그때까지만 해도 나는 택시 기사를 의심하고 있었다. 그 남자의 얼굴에 어떤 특징이 있었을까를 추측하고 있었다. 그리고 당시에는 이런 생각을 많이 했다. 최정애 씨의 카드에 지문이 묻어 있다면 내 것이 훨씬 더 많았을 것이다. 나는 그 카드를 보면서 다정한 마음에 손가락을 대고 천천히 쓸어내리기도 했었다. 그러니 지문이 감지될 턱이 있겠나. 그런 카드를 가지고 지문을 찾으려고 했으니 박 경사가 고맙게 느껴졌다.

남자인지 여자인지 모른다는 평범한 사실이 나를 아득하게 만들었다. 그랬다. 아이일 수도 있었다. 사무실 최 대리일 수도 있었고,

사장일 수도 있었다. 우리는 최정애 씨가 어떤 사람인지 모르는 것처럼 누가 내 카드를 가지고 있는지 전혀 알 수가 없었다. 당연한 말이었다. 세상의 절반은 여자였다. 그러니까 여자인지 남자인지는 봐야 아는 것이었다. 그런데 그가, 혹은 그녀가, 비밀번호는 어떻게 알았을까?

상가에는 신도시의 아이들이 많았다. 약간의 혼합 감정이 찾아왔다. 아버지 카드를 가지고 현금을 인출한 아이도 있을 것이라는 생각이 들었다. 나는 다시 원점에 서게 되었다. 내부자일 수도 있고, 남부경찰서 사람들 말대로 내가 기억에 없는 상태에서 들어갔다 나온 술집 웨이터일 수도 있고, 택시 기사일 수도 있었다. 그리고 나일 수도 있었다. 돈을 인출해간 사람이 나일 수도 있다는 극단적인 상상은 내가 미쳤을지도 모른다는 생각이 들면서 강해졌다. 그렇다면 나는 그 돈을 가지고 무언가를 했을 텐데 내가 무엇을 했단 말인가. 나는 자고 있었고 돈은 그 사이에 인출이 됐다. 가능하면 나 자신까지도 의심해보자는 생각을 가지자고 마음을 먹었지만 정녕 내가 그럴 수는 없는 일이었다.

라페스타 E동을 찾아 걸으면서 나는 차라리 여자라면 좋겠다는 생각을 했다. 머리가 길고 광대뼈가 튀어나온 여자라면, 용서할 테니 내게 여자로서 줄 수 있는 무언가를, 하루에 한 번의 전화라든가, 한 달에 한 번의 옷 선물이라든가, 일 년에 한 번의 크리스마스 여행이라든가, 그런 호의로 되갚으면 되는 것이라고 말해줄 수 있을 것이었다. CCTV를 만나기 전 두려움을 잊기 위해 재미있는 상상도 많이 했다. 박 경사가 작성해서 보여준 조서의 마지막에는 '문: 범인을 잡으면 처벌을 원합니까? 답: 예, 원합니다'라고 되어 있었다. 엄지에 인주를 묻혀 조서 낱장과 낱장 사이에 간인(間印)을 찍으면서 나는 겁먹지 않았다. 아는 누군가가 CCTV에 나오고, 그 사람의 죄를 감춰줘야 할 상황을 맞이하게 된다면 진정을 취하하면 되는 것이었다. 진정을 낸 것이 잘못이면 잘못은 취하하는 걸로 수정하면 된다는 생각이었다.

W은행 호수 지점은 라페스타 상가 E동 2층 한쪽 코너에 세 들어 있었다. 에스컬레이터를 타고 올라갔다. 나는 곳곳에 있는 감시카메라를 살폈다. 은행 CCTV에서 식별이 안 된다면 상가 경비실에 가서 토요일 오전 여덟시 이십분 무렵의 자료를 청구할 생각이었다. 안 된다고 하면 박 경사의 도움을 받으면 된다. 그래서 경찰서에 갔던 것이었다. 은행은 복도 끝자리에 있었다. 은행 입구에 24시간 ATM 부스가 있었다. 아주 밝고 환했다. 저렇게 밝고 환한 곳에서? 나는 서둘러 부스 안으로 들어갔다. 천장에 반원형 카메라가 붙어 있었다. 어둡고 진한 초콜릿 빛깔이었다. 메뚜기 눈알처럼 튀어나와 있었다. 안에는 원격으로 조준되는 총이 들어 있을지도 모른다는 생각이 들었다. 팡 쏴버리고 싶어졌다. 누가 되었든 말이다.

CCTV가 있는데 어떻게 현금 인출 할 생각을 했을까. 그런데도 알 수 없는 게 있었다. 자꾸만 무서워졌다. 내가 이런 마음을 먹고 있다는 걸, 내가 집요하게 CCTV를 직접 보러 왔다는 사실을 그가 알면 어떻게 나올까. 골목으로 들어가는 게 싫다고 하는데도 대문 앞에까지 꾸역꾸역 내가 밀어 넣지 않았던가. 아니, 카드가 왜 안 된다는 거야! 짜증을 부리면서 말이다. 택시 기사는 내 집을 알고 있다. 그러니 찾아올 것이다. 그래서 덜 무서운 상상을 했다. 가령 성이…… 사연이 있을 것이다. 돈이 필요한 거였니? 성이야? 딸이 어디 아픈 거야? 아니면 네가 어디 몹시도 아픈 거야? 아니면 남편? 나는 닫힌 문 앞에서 은행 직원에게 전화를 걸었다.

"아까 CCTV 때문에 전화한 사람입니다. 지금 문 앞에 와 있어요."

"그러세요? 초인종 누르시면 문 열어드리겠습니다."

직원이 시킨 대로 초인종을 누르자 탁 소리가 나면서 자물쇠가 풀렸다. 문을 밀고 들어갔다. 손을 놓자 다시 탁 소리가 나면서 자물쇠가 잠겼다.

남자들은 회의실에서 마감 회의를 하는지 심각해 보였다. 여자 창구 직원들은 분주히 서류를 정리하면서 가끔씩 나를 보았다. 안내를 따라 창구 안으로 들어갔다. 창구 안에서 내가 서 있어야 하는 자리, 고객 자리를 보니 낯설었다. 직원용 모니터에는 각종 정보가 한 화면에 가득히 정리되어 있었다. 어마어마한 숫자들이 거기 들어 있을 것이었다. 백구십팔만 원은 저절로 하찮아졌다. 나는 돈보다 더 거창하고 중요하며 윤리적인 문제를 조사하러 온 사람인 척해야 할 필요를 느꼈다.

두 사람이 내게 집중했다. 한 사람이 리모컨을 들고, 날짜와 시간을 물었다.

"저기, 언제라고 하셨죠? 고객님?"

"토요일 오전 여덟시 이십분 무렵요. 여기. 내역서 있어요."

나는 인터넷으로 출력한 입출금 내역서를 내밀었다. 두 직원이 함께 내역서를 보았다. 한 직원이 그것을 들고 상급자에게 갔다. 남은 직원이 데이터를 토요일 오전으로 돌리기 시작했다. 모니터는 냉장고처럼 생긴 상자에 세 칸 다섯 줄로 진열되어 있었다. 열다섯 개의 화면이 번쩍이면서 토요일 오전으로 달려갔다. 직원이 정지 버튼을 누른 모양이었다. 화면이 정지되었다. 직원은 재생을 시킬지 말지를 판단하기 위해 상급자에게 간 직원을 기다렸다. 나는 고개를 돌렸다. 그 시각의 은행 풍경은 적요했다.

상급자에게 갔던 직원이 활짝 웃으면서 다가왔다. 순간적으로 내게 좋지 않은 일이 생길 것 같다는 짐작이 들었다. 직원의 표정이 과하게 밝았다. 나의 예감은 맞았다. 직원이 말했다.

"저…… 고객님, 돈이 인출된 곳이요, 저희 은행이 아니세요……."

그래, 그럴 줄 알았어. 나는 한숨을 내쉬었다. 실무자를 만나기까지는 정말로 지난한 게 도시의 삶이었다. 도시의 담당자들은 언제나 부재중이거나 통화중이었다. 그렇다면 나는 이제 인출된 곳이 W은행 일산호수 지점이라고 말했던 토요일의, K은행 콜센터 상담원을 수소문하는 일부터 다시 시작해야 한단 말인가. 지금까지 거쳐온 절차가 예비 단계밖에 안 됐을 수도 있다는 생각이 들자 온종일이 아찔한 수렁 속 같아졌다. 직원이 입출금 내역서를 내게 돌려주었다. 잔액이 천칠백사십팔 원으로 인쇄되어 있는, 초라한 것이었다.

"이제 어떻게 해야 되죠?"

"고객님 죄송한데요. 여기 보시면 숫자가 여러 개 있잖아요. 구십육이라고 써 있는 게 기기 번호거든요. 그건 은행 기기가 아니라 제휴업체 기기예요. 구십육 번이면 시네마플러스 입구에 있는 거거든요. 거기 담당자분한테 연락해놨으니까 고객님께 전화가 올 거예요. 잠깐만 기다려주시겠어요?"

직원은 최선을 다해 말을 하는 것 같았다. 나는 예상했던 것보다

수월하게 끝날 것 같다는 느낌이 들어 고개를 끄덕였다.

나는 은행에서 나왔다. 시네마플러스 입구에 있다는 구십육 번 옥외 기기를 찾기 위해 근처를 서성거렸다. 맞은편에 K은행이 보였다. 그곳에서 인출했으면 수수료를 내지 않아도 됐을 것이었다. 1층에 ATM 부스가 있었다. 그곳은 W은행 입구의 부스처럼 아주 환했다. 아! 구십육 번 기기에는 카메라가 설치되어 있지 않을지도 모른다. 그런 생각이 들었다. 그럴까? 그랬으면 관리직원이 거긴 CCTV가 없다고 말했을 것이다. 이십 분이나 삼십 분을 기다리라고 말할 이유가 없었을 것이다.

나는 상가를 돌고 돌았다. 구십육 번 기기는 공중전화부스처럼 비를 맞고 있었다. 구두 수선집 깡통 건물이 옆에 있었다. 수선공이 짬뽕을 먹고 내놓은 그릇에 빗물이 고이고 있었다. 나는 구십육 번 기기를 바라보았다. 전문가의 냄새가 났다. 환하고 밝은 상가 중에서 가장 우중충한 곳에 있는 인출기를 고를 수 있는 사람. 나는 부스 앞을 서성거리면서 누군가의 발자국을 떠올려보았다. 박 경사는 여자일지도 모른다고 말했다. 그럴 수도 있을까. 성이? 이렇게 될 줄 알았으면 성이한테 전화를 걸어 최정애 씨를 아냐고 전화라도 해볼 것을⋯⋯. 시골로 언제 내려갔을까? 친정이나 시댁이 혹시 이쪽인 건 아닐까. 그런 생각을 하고 있을 때 전화가 왔다.

"저⋯⋯ 나이스 직원입니다. 기기 앞에 도착했는데 어디 계세요?"

"저도 기기 앞에 있는데요. 구십육 번 기기 앞."

"아, 넥타이 매고 계시는 분⋯⋯."

직원이 왔다. 인출기 관리직원은 검은색 제복을 입고, 전투화를 신고, 곤봉과 가스총을 양옆에 찬, 사설경비업체 직원이 아니었다. 그는 오토바이도 없이 후줄근한 우산을 들고 어기적어기적 걸어서 왔다. 스물두 살 정도? 청년은 청바지에 목 늘어난 티를 입고 있었다. 바람이 불자 배가 드러났다. 사복조의 날렵함을 기대하기도 어려웠다. 볼살 많은 얼굴에서 야속함을 느껴보기도 처음이었다. 그는 나에게 이십 분이나 삼십 분을 기다려달라고 했었다. 피시방에서 게임을 마치는 데에 걸릴 시간을 염두에 두고 한 말이었을지도 몰랐다. 어쩜 이렇게 허술할 수가 있는 것일까. 신도시에서 추방당한 원주민의 아들? 넌 몇 살이야? 엄마는 뭐 하는 사람이시고? 아버지는 계셔? 마구 반말로 물어보고 싶은 아이였다. 그러나 무서웠다. 화가 나면 뒷주머니에서 칼 같은 걸 꺼내서 쑤욱 손목이 파묻힐 정도로까지 깊게 찔러버릴 수 있는 무구함이 느껴졌다. 비로소 현실감이 나를 찾아온 것이었다. 그가 먼저 담배를 피웠다. 나도 담배를 피웠다.

나는 그에게 일련번호가 적혀 있는 입출금 내역서를 내밀었다. 그는 부스 안으로 들어가 열쇠로 제어판 뚜껑을 열었다. 몇 개의 비밀번호를 누르고 기계를 조작했다. 기기가 원형 주차기기처럼 제자리에서 스르르 회전했다. 뒷면 천장에 십 인치 정도 크기의 모니터가 굽어보는 각도로 달려 있었다. 모니터를 켜자 날짜별로 나뉘어 있는 디렉터리가 나타났다. 청년은 날짜 디렉터리에서 유월 십사일을 선택한 후 시간대별 디렉터리를 불러냈다. 그날 토요일 오전 여덟시 데이터는 금방 나타났다.

바깥에는 비가 오고 있었다. 부스 안은 모니터를 살피기에 적당한 밝기가 되어 있었다. 청년이 모니터를 조작하자 오전 여덟시의 데이터가 재생되었다. 나는 여덟시 이십삼분, 이십오분, 이십육분의 데이터를 기다렸다. 한 시간을 기록한 동영상이 이삼 분 동안 빠르게 흘러갔다. 내가 보지 못한 사람을 청년이 잡아냈다.

"이 사람 같은데요? 여덟시 데이터에 한 사람밖에 없잖아요."

인출된 시각과 화면이 기록된 시각을 확인했다. 그 사람이 맞았다. 갑자기 다리가 뻣뻣해졌다. 지하주차장을 관리하는 CCTV처럼 흐릿한 흑백 영상이 아니었다. 해상도가 높은 컬러 영상이었다. 얼굴을 가리고 있는 것들도 지극히 선명하게 나타났다. 검은 모자, 파란 마스크, 검은 트레이닝복. 그는 백칠십오 센티미터 정도 되는 키에 운동화를 신고 있었다. 어쩜 이렇게 영화나 뉴스 화면에서 보던 것과 똑같을 수 있을까. 어떻게 내게 이런 일이 벌어질 수 있을까. 공포가 머리를 찔러왔다. 트레이닝복 지퍼를 목까지 완전히 잠근 사내는 마스크와 모자의 각도를 이용해 얼굴의 살점 한 점도 보여주지 않고 있었다. 저건 나일 수도 있다! 그래, 내가 그래놓고 내가 나를 조사하고 있는 것이다. 미쳤지. 그럴 수가.

"CCTV가 약식이라 이것밖에 없어요. 전면 카메라 한 대밖에 없거든요."

"그래요? 누군지 정말 모르겠네……. 경찰이 화면을 좀 찍어 오라고 했는데, 그래도 되나요?"

청년은 유리벽에 기대어서 나를 기다렸다. 나는 휴대폰 카메라로 동영상을 담으며 액정을 바라보았다. 담기는 것은 그림자뿐이었다. 검은 사내가 내 휴대폰에서 움직이고 있었다. 식별의 가치가 전혀 없었다. 나는 저장을 취소하고 박 경사에게 전화를 걸었다. 말로 설명하는 게 나을 것 같았다. 박 경사는 자기가 직접 보려면 그쪽 경찰서에 공문을 보내야 하는 절차가 있어서 복잡하다고 했다.

"CCTV 보고 있는데, 완전히 안 보여요. 마스크를 쓰고 있어요. 모자 쓰고."

"그래요? 그렇죠. 하, 이거 참 힘들게 됐네……."

그때 청년이 이런 말을 덧붙이라고 가르쳐주었다. 장갑을 끼고 있어요, 오른손 한 손만 사용하고 있어요. 청년도 전문가였다. 그런 일이 한두 번 아니라는 뜻일 것이었다. 나는 전화를 끊고 청년에게 물었다.

"이 정도 되면 카메라 위치랑 각도를 다 알고 이러는 거죠?"

청년이 고개를 끄덕이면서 다시 사내의 동작을 재생하면서 설명하려 했다.

"그럼요. 야…… 전문적이네…… 못 잡아요. 이러면."

사내가 돌아설 때, 귀가 보였다. 그리고 모자와 옷깃 사이에서 목이 살짝 드러났다. 살은 그것이 전부였다. 순간 나는 모니터에 칼을 넣어 귀를 도려내버리고 싶었다. 택시 기사인 것도 같았지만…… 체형만으로는 알 수 없었다. 토요일 새벽 나는 손님이 타고 있는 택시에 합승을 했었고, 내릴 때는 택시비 계산이 왜 카드로 안 되냐고 부르짖었다. 그렇다면? 미리 타고 있던 사람일 수도 있었다. 나는 청년에게 한 번만 더 보자고 했다. 혹시 아는 사람이 짚힐까 했다. 그날 모였던 친구들, 사장, 최 대리가 빠르게 스쳐갔다.

나는 청년에게 한 번 더 보자고 했다. 원래 CCTV의 재생은 그렇게 빠르게만 돌게 되어 있는 것인지 사내가 부스 안으로 들어와 번호를 누르고 지폐를 빼내서 돌아 나가는 장면이 쾌속으로 재생되었다. 청년은 내가 보고 싶은 만큼 계속 보여줄 수 있다는 뜻으로 또 보겠냐고 물었다. 나는 한 번만 더 보자고 했다. 손을 집중적으로 보고 싶었다. 하얀 장갑을 낀 손은 날렵하게 움직였다. 나는 그 손이 현금 출구 안으로 들어갈 때 칼날이 되어 내 몸 어딘가를 사사삭 난자하는 느낌을 받았다. 3회 연속 동작으로 배와, 목과, 등에 칼을 꽂는 것 같았다. 죽지 않고 살아 있어서 다행이야……. 카드 안 받으니까 돈 안 낸다고 했으면 넌 죽었을지도 몰라. 눈이 저절로 감겼다. 어디서 당했던 것일까.

"CCTV 보면 별 사람이 다 있어요. 어떤 사람은 오토바이 헬멧 쓰고 와서 꺼내 가요. 못 잡죠 뭐. 노인 양반들은 아무리 비밀번호 가르쳐주지 말라고 해도 가르쳐줘 가지고 도둑을 맞아요. CCTV 보면 뭐하나……."

집으로 돌아갈 길이 아득하던 차에 나는 피식 웃고 말았다. 그 녀석도 그 방면에서는 닳고 닳은 전문가였던 것이다. 내 돈을 가져간 사내가 모자, 마스크, 트레이닝복, 장갑이라는 평범해서 잔인한 도구가 아니라 헬멧을 쓰고 나타났더라면 어처구니없어서 귀여웠을 것이다. 잔인함의 극치는 평범에서 나오는 것이었다.

다시는 타지 말자고 다짐한 것이 택시였다. 그런데도 나는 택시를 타고 있었다. 배가 고파 걷기가 힘들었다. 앞으로 해야 할 일들이 다가왔다. 노출이 되었으니 이제 은행에 가서 모든 비밀번호를 변경해야 했다. 바꾸는 게 아니라 그것을 버려야 했다. 새삼스럽게 나이가 떠올랐다. 서른일곱. 이도저도 아닌 나이였다. 그런데도 뭔가를 버려야 한다는 게 서글펐다. 그때의 성이는 이제 버리라는 계시였던가. 마구마구 어려지고 싶어서 눈물이 났다.

택시는 빠르게 달렸다. ATM 부스가 눈에 잘 띄었다. 약식 카메라가 설치되어 있을 옥외 부스는 길가에 수도 없이 많았다. 누구였을까. 어떻게 된 것이었을까. 궁금했지만 더 이상 추궁하지 말기로 했다. 어쩔 수 없는, 전문가의 작업에 당한 것이라 생각하기로 했다. 그런데 비밀번호를 어떻게 알았을까. 이 생각을 하게 되면 원점으로 되돌아갔다. 혹시 카드에 써둔 거 아니에요? 그게 아니라면 어떻게 알았을까요? 전화번호 뒷자리예요? 아니 그게 아닌데 어떻게 알죠? 분실신고를 낸 이후부터 사건 이야기를 하면 누구나가 다 그렇게 물었다.

그것이 해결되지 않자 불쑥 짜증이 일었다. 왜 하필이면 이렇게 먼 데서 돈을 뽑아 가 이토록 피곤하게 하고 있는가. 그 정도 노련함이라면 집 근처나 회사 근처 어딘가에서 했어도 무방할 것 아니었는가. 가까이에서 했으면 사장한테 아쉬운 소리 하면서 휴가를 내지도 않았을 것이고, 월요일을 허비하지도 않았을 것 아닌가.

일산에서 수원까지는 택시비가 얼마나 나올까. 나는 기사에게 미터기 요금 그대로 가자고 요구했다. 기사는 별말 없이 그게 가장 편한 계산법이라고 말했다. 집 근처에서 나는 토요일 새벽을 떠올려 보았다. 새로 떠오르는 기억은 없었다. 나는 그때 그랬듯이 택시 기사에게 집이 있는 골목으로 들어가 달라고 했다. 이번에는 명령이 아니라 부탁이었다. 피곤이 사람을 정중하게 만들었다.

"저 집 앞에서 세워주세요."

내가 말하자 기사는 미터기 요금을 보면서 현금이 부족하면 카드로 지불해도 좋다고 했다. 나는 현금을 아끼자는 생각이 들었다. H은행 마이너스 카드로 결제를 해보기로 했다. 그 카드의 비밀번호도

0519였다. 혹시 비밀번호 입력기를 내미는 것 아닐까. 그래서 그 새벽에 나는 비밀번호를 들킨 것 아니었을까. 나는 카드를 내밀었다. 기사는 카드에 손을 대지 않았다. 운전석과 조수석 사이의 단말기를 가리키며 "여기에 대세요" 했다. 나는 기기에 카드를 접촉시켰다. 띡 신호음과 함께 택시비가 계산되었다. 기사가 영수증을 내밀었다. 내가 지금까지 누구의 어떤 절차를 의심하고 있었던 것인가.

나는 택시에서 내렸다. 대문 앞에 섰다. 손가락을 세우고 그것으로 눈알을 꾹 눌렀다. 눈 속에서 하얀 빛이 지나가는 것 같았다. 혹시 사내가 성이의 동생일 수는 없는 걸까? 자꾸만 성이를 의심해야 마음이 편해졌다. 이 치사한 마음을 어쩌면 좋단 말인가. 그녀는 비밀번호를 한때 공유했던 유일한 사람이었다. 금요일 밤 그녀가 자꾸 나의 순수를 확인하려고 했던 것 같다는 착각이 만들어졌다. 그래서 내게 술을 마시라고 했을 것이다.

박 경사는 두 번의 문자메시지를 보내왔다. 조서를 작성한 지 열흘이 지났을 때가 처음이었다. 내용은 이런 것이었다. '동일수법 전과자와 주변 택시 기사들을 상대로 수사를 진행 중에 있습니다.' 이 메시지를 받은 지 한 달이 지난 다음이었다. 두 번째 메시지가 도착했다. 이런 내용이었다. '계속 수사 중입니다. 범인을 조속히 검거하겠습니다.' 나는 경찰의 무능을 떠올리지 않았다. 경찰도 어쩔 수 없는 일일 텐데 참 성의 있게 사건을 관리한다는 느낌이 들었다.

다시 한 달 뒤였다. 박 경사는 자주 연락을 못 해 죄송하다는 안부 전화를 걸어왔다. 그는 나를 선생님이라 불렀다. 수사에 진척이 없어서 미안하다는 얘기를 했다. 나는 그럴 수밖에 없을 것 같다고 생각했었다며 괜찮다고 대답했다. 곧 걸려올 것 같았던 전화, 이대로 종료시켜도 무방하겠냐는 마지막 전화는 걸려오지 않았다.

두 달 후였다. 이런 문자메시지가 도착했다. '접수번호 제2008 004106호 사건을 미제 처리하였습니다. 강력 6팀 박경식' 나는 웃음이 났다. 미제라니. 미 제국주의? 나는 웃으면서 국어사전을 찾아보았다. 미제는 처리가 아직 끝나지 않았다는 뜻의 단어였다. 그런데 박 경사는 사건을 해결하지 못한 채 종료시킨다는 뜻으로 내게 문자를 보내왔다. 왠지 모를 평온함이 찾아왔다. 종료되었으니 잊기만 하면 되는 것이었다. 천만뜻밖에도 성이가 더 보고 싶어졌다. 그녀가 귀농한 시골의 주소는 이미 오래전 머릿속에 기록해둔 그대로였다. 사장님은 임시번호판을 인증받았으니 후방카메라와 내비게이션을 주문하라고 했다. 이번에 들여온 차는 오른쪽에 핸들이 있는 BMW 7 시리즈였다. 나는 거래 업체에 발주서를 넣으려다 말고 캄보디아행 여행 상품을 검색했다.

충동구매가 되지 않도록 면밀하게 항공사의 등급, 호텔의 등급, 일정, 식사의 종류, 경비를 꼼꼼하게 따졌다. 그것이 실행에 옮길 수 있는 유일한 이념인 것 같았다. 마음이 여러 갈래로 움직였다. 여행 인원을 1인으로 입력했다. 나는 모니터에 캄보디아 지도를 펼쳐놓고 허리를 꺾어 인사를 했다.

라디오와 사랑할 때

오후 네시. 멘델스존의 음악 〈노래의 날개 위에〉가 시그널뮤직으로 흘러나온다. 프로그램 이름은 노래 제목과 똑같은《노래의 날개 위에》이다. 진행자 정세진은 아홉시 뉴스를 진행하는 정세진. 그런데 바로 그 정세진이 맞다고는 장담할 수 없다. 이 일을 할 때와 저 일을 할 때의 사람은 다른 사람이다. 이 사람을 사랑할 때와 저 사람을 사랑할 때, 두 순간을 똑같은 모습으로 사는 이가 있다면 그는 쓰레기. 혹은, 부처님. 누군가에겐 노래, 누군가에겐 폐수, 누군가에겐 은행나무, 누군가에겐 헤로인, 누군가에겐 치명적인……. 텔레비전을 본 지 너무 오래됐다. 그래서 목소리의 주인이 정세진인지 아닌지 장담이 불가능하다고 말하고 있는 것일 수도 있다. 프로그램 소개란에는 정세진의 사진이 붙어 있다. 그렇지만, 지금 접속해서 듣고 있는 이 방송국은 패러디 사이트일 수도 있다. 어쨌든. KBS의 정세진이 아니라 MBC 아홉시 뉴스의 김주하라면, 언제라도 그 김주하가 그 김주한지, 아니면 목소리만 똑같은 김주한지 구별해낼 자신이 있다. 그동안 얼마나, 김주하의, 다정하게 소곤거리는 목소리를 많이 상상해보았던가. 보이시(Boyish)한 김주하─목소리. 정세진의 목소리도 다정으로 따지면야 두 번째로 꼽힐 수 없긴 하다. 그녀가 원고를 읽는다.

— 다니던 회사를 그만두고 무얼 할까 고민하던 사내가 있었답니다. 좋은 직장, 좋은 동료, 좋은 이웃, 이렇게 다 좋다는 평가를 받던 사람이었습니다. 이런 좋은 것들이 싫어서였을까요. 그는 문득 회사에 나가기가 싫어졌고, 월요일, 출근을 준비하다가 그냥 침대로 돌아갔습니다. 전화기에서 나올 수 있는 모든 소리들을 무음으로 전

환해놓았고요. 지난 일주일 동안, 가끔 찾는 사람이 있었으나 회사에서 걸려 온 전화는 출근을 과감하게 생략한 그날 오전과, 그 이튿날 오전뿐이었습니다. 이런 나날을 보내다가 그는 문득 책을 보게 되었지요. 문득? 삶은 그냥 문득 일어나는 거라는 생각도 했더랍니다. 책장에는 한국 소설, 일본 소설, 미국 소설, 러시아 소설, 프랑스 소설, 독일 소설, 대학 다닐 때 사서 모았던 책이 꽤 있습니다. 책장과 떨어져 있는 책상 위에는 이런, 다른 종류의 책이 꽂혀 있었습니다.『피터 드러커』『아빠가 강해야 나라가 산다』『기업의 혁명은 끝나지 않았다』『긍정의 힘』『선물』……. 입사 후에 산 것들이지요. 책의 종류가 달라진 것처럼 3년 사이에 참 많은 게 달라졌습니다. 그는 결혼 적령기의 사내이기도 합니다. 아직 애인은 없고요. 그는 책상을 등지고, 책장 앞을 서성거리다가 한 책을 뽑았습니다.『광화사』라는 단편소설집입니다.

책에 있는 먼지를 털면서 그는 많은 시간을 거슬러 올라간 것이라 여깁니다.「광화사」……. 이걸 읽을 때로 다시 돌아갈 수 있을까…….

대학 입학 전에는 입학시험을 공부하느라 읽었던 책입니다. 대학에 들어가서는 교양필수과목을 이수하느라, 힘들게 읽은 책입니다. 그런데 참으로, 기억나지 않습니다, 무슨 내용이었었는지. 미친 예술가의 이야기였던 것 같은데, 왜 미쳤더라……. 그 세부가 기억나지 않았던 거죠. 열아홉, 스무 살 적에 이 소설을 읽을 때는 무슨 생각을 했었을까. 소설은 여(余)가—우리말로 나를 뜻하죠—인왕산에 올라 풍광을 보다가, 어떤 이야기를 하나 만들어야겠다는 것으로 시작됩니다. 서두를 펼치면서, 그는 문득 놀랍니다. 어? 나지막한 탄

성이 나왔죠. 이게 이런 거였어? 혼잣말을 한 다음 마음속으로는 이렇게 얘기합니다. 소설가의 분신 같은 사람이 산에 올라가서 음침한 동굴을 보면서 이야기를 하나 지어볼까 하고 시작한 이야기, 이런 시작이었던가?

열아홉, 스무 살 적에는 몰랐던 사실입니다. 그럴 적에는, 어릴 때라고는 할 수 없는, 스스로는 어른인 줄 알지만 남이 보기에는 아직 어른은 아닌, 그 광풍의 시대 말이죠, 그럴 적에는 이야기의 내용만이 중요했고, 그랬기 때문에 어떻게 이야기가 시작되는지는 조금 사소하다고 여기던 그였습니다. 사실 그 광풍의 시대에는 누구나 다 그렇잖아요. 중요한 건 본론이다……. 그러니까 소설로 따지면 발단을 지나 전개를 거쳐 위기나 절정 같은 순간만이 중요하다고 생각한 적이 있죠. 가식(假飾)의 가치를 완벽하게 무시하면서 자유롭게 살던 그 시절에는 누구나 그렇죠. 어른이 된다는 건 가식의 가치를 인정하게 되고, 거짓말의 소중함을 타인에게 강요하기도 하고, 그러는 거잖아요.

어쩌면 회사를 그만두고 평일 낮에 산책을 나갔다가 무언가를 일부러 생각해야겠기에 생각의 꼬투리를 잡으려고 돌아가 책을 보기로 한, 지금의 자기 기분과 너무 맞아떨어졌기 때문이었나 봐요. 음침한 동굴, 그 안에 이야기를 하나 만들어 채워보자……. 그는 「광화사」를 내처 다 읽기로 합니다. 읽어가는 동안 그의 눈은 휘둥그레집니다. 아니, 이게 이런 내용이었단 말이야? 《노래의 날개 위에》듣고 계십니다. 첫 곡은 모차르트의 오페라 〈마술피리〉 중에서 이중창 〈파-파-파-파-파- 파파게나〉였습니다. 라스무스 소년 합창단이 부르는 파헬벨의 〈캐논변주곡〉을 두 번째 곡으로 들려드립니다.

〈캐논〉이 흐르는 동안 나는 상상을 한다. 오후 네시이기 때문에 이런 상상이 생긴다. K가 숨어 있는 Y의 방을 찾아가, K의 얼굴에 돋아 있는 여드름을 짜주면서, 나는 무슨 생각을 하고 있으면 좋을까. 누가 먼저 들어올지를 생각할까? Y? 연이? Y는 문을 쾅 닫고 나가버리고, 아내 연이는 만삭의 몸으로 문설주에 기대어 울고, 연이 뱃속의 셋째 아이는 발을 쭉 뻗어 내 몸, 내 두통의 어느 부분을 신경질적으로 차는 상상. 가로등 밑에서는 처제가 걸어가고 있다. 안 생길 것 같은 남자가 생겼다고 하던 처제가 사랑스럽게 걸어간다. 왠지, 처제에게 새로 생긴 남자는 K일지도 모른다는 생각이 든다. 이런 오후 네시가 되면……. 왜 오후 네시인가. 이유를 내가 어찌 알겠는가. 모르는 일은 모르는 채로 두어야 한다. 따지는 건 심각한 병이다. K는 정말로 Y의 방에 있을까. 거기도 동굴일 수 있을까.

소년 합창단의 음성을 따라올 수 있는 악기가 있다면 난 그 악기와 결혼을 할 것이다. 악기와의 결혼은 아내에게도 허락받기 쉬울 것이다. 처제에게 K를 소개시켜주자는 제안보다 훨씬 더 반가운 말로, 아내에게는 들릴 것이다. 〈캐논〉을 여러 종류 듣다 보면 소년 합창단의 음성이 얼마나 좋은 것인지 드러난다. 성이 분화되지 않은 소년들의 목소리. 〈캐논〉처럼 유명한 곡이라면 너무나 쉽게 비교, 대조되기 때문에 길고 짧은 걸 재볼 필요가 없다. 1 더하기 1이 왜 2인지를 증명하는 방식이 수학적 삶의 깊이를 드러내는 것과 같다고, 내가 만약 수학을 전공했으면 그렇게 말할 것이다. 1+1=2를 내가 증명할 수는 없지만 1+1=1인 건 몇 개 안다. 물방울, 기름방울, 공기방울, 이럴 때는 왜 방울이 떠오르는지 모르겠는데, 어쨌든 방울들은 섞으면 하나가 된다. 합창은 아무리 많은 아이들이 모여 불러도 결국은 1이다. 나는 너다…….

K는 대중가요 〈상심〉이라는 노래를 잘 불렀는데, 나는 소년 합창단원 같은 그 목소리로 그런, 누구나 부를 수 있는 쉬운 유행가를 부를 게 아니라 괜찮은 영어 노래 하나 불러보라고 했었다. '사랑했던 나의 마음속에 작은 꿈 하나만을 남겨두고 너무 쉽게 나를 떠나버린 너를 이제는 이해하려 해 두 번 다시 난 그 누구도 사랑할 수는 없을 거야 익숙해져 가는 슬픔 속에 갇혀버린 내 모습' 이렇게 징징거릴 게 아니라 나나 무스쿠리가 〈로망스〉에 가사 붙인 노래를 부른 것처럼, 아주 그럴싸한 걸 해보라고. 얼마나 멋지냐. 영화 〈금지된 장난〉의 삽입곡인 스페인 민요 〈로망스〉에 가사를 붙인 노래. 그 얼마나 거창하고 폼나냐 말이다. 〈금지된 장난〉처럼 제목의 의미만으로 기억되는 영화도 있고 노래도 있다. 우리는 금지당할 것인가.

─《노래의 날개 위에》듣고 계십니다. 지금 시각은 오후 네시 십오분을 막 넘어섰습니다. 회사에서 방송 듣고 계신 분들 많을 테죠. 잠깐 티타임을 이용해 청취하고 계신 분들도 계실 테고요. 오늘은 회사를 그만두고 책을 읽는 어떤 사내 이야기를 하고 있습니다. 어느 날 문득 회사가 싫어져서 월요일에 출근 준비를 하다가 침대로 돌아간 사내. 그 사내가 어떤 소설을 읽는다는 말씀을 드렸습니다. 열아홉, 스무 살 때에는 몰랐던 내용을 보면서 놀란다고 말씀드렸죠. 그…… 소설은 1920년대에 발표된 김동인의 「광화사」라는 단편소설입니다. 다시 그 사내는 소설을 읽으면서 놀랍니다. 아니, 이게 이런 내용이었단 말이야? 주인공 솔거는 두꺼비처럼 못생긴 얼굴 때문에 결혼을 두 번 실패하거든요.

솔거는 낙담하여 산으로 들어가 슬픔을 달랩니다. 그러다 어머니를 생각하고 어머니를 그리다가, 미인도를 그리기로 합니다. 그런데 쉽지가 않습니다. 어머니 얼굴도 생각나지 않고, 여자가 어떻게 생겼었는지도 기억이 나지를 않는 겁니다. 세상에 어쩜 이럴 수도 있나요? 상상의 힘을 빌려보지만 상상에서도 미인은 나타나지 않습니다. 그때 마침 궁녀들이 인왕산 뽕밭에 누에를 치러 옵니다. 솔거는 그 궁녀들을 훔쳐봅니다. 이 부분을 읽으면서, 우리의 주인공인 사내는 다시 놀랍니다. 아니, 이런 내용도 있었어? 뽕밭의 궁녀라……. 그는 김동인과 동시대에 활동했던 나도향의 「뽕」이라는 소설과, 에로영화 〈뽕〉을 떠올렸습니다. 중학교 시절, 몰래 본 영화입니다. 그는 〈금 따는 뽕밭〉도 떠올려 봅니다. 성인용 비디오라고 하네요. 네, 아시는 분들 많으시죠, 김유정의 소설 「금 따는 콩밭」을 패러디한 제목이죠. 그는 가슴을 진정시키고 읽습니다.

어쨌거나, 솔거는 드디어 미인도의 완성을 보게 됩니다. 모델이 될, 너무 아름다운 여자를 만나거든요. 《노래의 날개 위에》함께하고 계시는 지금 시각은 오후 네시 십칠분 십일초를 넘어서고 있습니다. 아, 이렇게 사람은 사람을 만나야 무언가를 이루게 되나 봅니다. 노래 한 곡 더 듣고 이야기 이어서 전해드리겠습니다. 〈백만 송이 장미〉. 러시아민요. 러시아의 국민가수 알라 푸가체바의 음성으로 듣습니다.

반복되는 후렴이나 따라 흥얼거려볼까. 상당히 난해하다. 오블리비옹 오블리비옹 오블리비옹. 아 어려워. 이자끄나 이자끄나 이자끄나 비지……. 정말 어렵다. 백만 송이 백만 송이 백만 송이 꽃은 피

고, 잊었구나 잊었구나 잊었구나, 아, 정말…… 어렵다. 가사 생략하
고 콧소리로 리듬을 따라간다면, 데스크 자리에 앉아 있는 과장이
내 이어폰 속에서 어떤 노래가 흐르고 있는지 눈치챌 수도 있을 거
다. 그는 심수봉을 떠올릴 것이다. 〈백만 송이 장미〉. 심수봉이 부른
번역 가사는 이거다. "먼 옛날 어느 별에서 내가 세상에 나올 때, 사
랑을 주고 오라는 작은 음성 하나 들었지, 사랑을 할 때만 피는 꽃,
백만 송이 피워 오라는, 진실한 사랑을 할 때만 피어나는 사랑의 장
미." 라디오 속의 사내는 어떤 직장에 다니고 있었을까. 이만하면 우
리 사무실, 근무 조건은 괜찮은 셈이다.

　　K는 정세진을 좋아했다. 아나운서의 패션과 기타(etc)를 바탕으
로 작성한 어떤 석사 학위논문에 의하면 "《KBS 뉴스9》 정세진 아나
운서는 액세서리를 하지 않고 턱 선이 넘지 않는 단정한 헤어스타일
로 여성 앵커로서의 전형적 모습을 갖추고 있어 공영방송으로서의
역할을 강조하는 KBS의 이미지를 대변한다. 반면 《SBS 8시 뉴스》의
김소원 아나운서의 경우 직선적 이목구비에 파스텔 색상의 의상을
주로 입어 역동적이고 젊은 이미지를 부각시킨다. 이는 변화에 민감
하게 반응하며 개성을 강조하는 민영방송으로서의 SBS 성격을 반
영하는 것이라 볼 수 있다. 《MBC 뉴스데스크》 김주하 아나운서의
경우 원색 계통의 화사한 복장을 선호하지만 정적이고 간결한 느낌
을 잃지 않으며 메이크업도 전형적 방식에서 탈피, 유행에 따라 변
화를 주고 있다. 이는 화려하진 않지만 세련되고 자유로운 여성 앵
커의 복합적 이미지를 강조하는 것으로 공영성과 상업성을 함께 갖
춘 MBC의 중간적 입장을 반영한 것이다"라고 한다. 꼭 이렇게, 따옴
표를 쳐서 내가 하고 있는 말이 남의 의견임을 밝히고, http://news.

naver.com/news/read.php?mode=LSD&office_id=016&article_
id=0000146914§ion_id=106&menu_id=106 이렇게 출처를 밝
히는 건 양심 때문이 아니라 유행에 뒤처지지 않기 위해서이다. 표
절 시비에 대비하는 건 우리 시대의 유행이니까.

　　맞는 말인가? 김주하만 놓고 본다면, 음, 그녀는 사람을 묘하게
노려보는 느낌이 있고, 정세진은 음, 자주 안 봐서 그렇겠지만, 좀 뭐
랄까, 그러니까 어쩌라는 거냐 하는 아주 매력적인 냉소가 있다. 체
념도 있고, 발랄함도 있다. 발랄한 체념. 아주 매력적인 것 아닌가.
그런데 왜 나한테는 김주한가. 그것에 대해서는 알 수 없다. K가 정
세진을 좋아해서? 흠. 그럴 수도 있다.

　　SBS한테는 좀 미안한 일이다. 그 방송국 여덟시 뉴스 앵커우먼
을 나는 모른다. 다른 이유에서가 아니다. 한 시간 빠른 뉴스니까 그
럴 수밖에 없다. 그 시각에 난 회사에 있거나 ‘쿠바’에 있거나, 둘 중
하나다. 아홉시를 넘겨서 들어가는 내게는 언제나 김주하가 주연이
다. 김주하 때문에 아내와 나는 생사를 오락가락한 적 있다.

　　“야, 제발 티브이 좀 끄란 말야.”

　　“넌 뉴스도 안 보니?”

　　“그러면 에스비에스를 보면 될 거 아냐. 일찍 들어와서.”

　　“회사 일이 그렇게 안 끝나는 걸 어떡해.”

　　“소시지 그거 안 먹고 들어오면 되잖아. 집에서 먹으면 안 되는
거야? 당신이 소시지 먹으면 애들은 저절로 커?”

　　“제발 소시지 가지고 시비 걸지는 말자고 했었잖아……. 당신도
동의했잖아.”

　　생각할수록 시답지 않은 싸움이다. 아내는 정말로 내가 혼자서

쿠바에 있는지 아닌지를 확인하기 위해, 마담이나 바텐더와 끈적끈적한 관계를 맺고 있는 건 아닌지를 확인하기 위해, 직접 쿠바로 나온 적 있다. 내가 혼자라는 건 아내도 잘 안다. 혼자 소시지를 먹고 있는 남편…… 넘을 수 없는 고독 저편에 있는 것처럼 보였을 것이다. 소시지 얘기를 하던 그날, 아내는, 김주하 얼굴이 전면에 나오자 트랜지스터를 뽑아버렸다. 우리 티브이는 규격 전원이 110볼트인 소니 29인치였다. 아내가 결혼 전부터 사용하던 것이었다. 220볼트로 통일된 건물 안에서 110볼트 소니를 쓰려니 당연히 트랜지스터가 필요했다. 나에게, 티브이를 끄는 게 아니라 트랜지스터를 확 꺼버린 아내의 행동은 분명 리모컨을 던지게 할 정도로 나빠 보였다. 아내가 만약 정세진이 있는 KBS로 채널을 돌렸으면 적당히 화해하는 쪽으로, 나도 화를 누그러뜨렸을 것이다. 나는 이렇게 말했다.

"너 죽을래?"

"그래. 죽을래."

"정말이지?"

"그래. 정말이다!"

"그래, 죽어라!"

그리고 핸드폰과 리모컨을 차례로 던졌다. 그런데 이게 어떻게 된 일인가. 두 물건이 벽에 부딪치면서 튕겨 나오더니 하나는 아내의 정수리로, 정확하게, 그리고, 다른 하나는 바늘로 거기를 찌르면 정말로 눈 깜짝할 새에 숨이 넘어간다는 목 뒤의 그 어느 부위로 날아가는 것이었다. 매우 빠른 속도로 말이다. 사람 살고 죽는 건 장난과 비슷했다. 아내는 연속으로 두 방을 맞고 뒤로 확 넘어가 버렸다. 야, 잘못했다, 제발 눈 떠……. 내가 부둥켜안고 있을 때 아내가 눈을 번쩍 떴다. 서로에게 아주 민망한 순간이었다. 이 일이 있고 난 뒤 우리는 텔레비전을 버렸다. 김주하와, 이젠 정말 굿바이였다.

— 러시아민요 〈백만 송이 장미〉, 알라 푸가체바의 음성으로 들으셨습니다. 사실 이 노래는 청취자 사연에 올라온 노래입니다. 장미진 님 잘 들으셨나요. 장미진 님께서 보내주신 사연에는, 아마도, 어떤 연인이 끼어들어 있겠죠? 꼭 옛일의 대부분은 연인과 관계된 것일 것만 같은 게 요즈음 날씨입니다. 아니었으면 죄송하고요. 청취자 여러분들께도 사연을 들려드려야겠네요. 며칠 전에 장미진 님께서 보내주신 사연은 이런 거였습니다. 제목을 알 수 없는데 자꾸만 그 노래가 생각나니 들을 수 있는 길이 없냐는 거였어요. 헌혈하고서 받은 시디가 있었는데, 그 시디를 잃어버렸다고 해요. 이사를 했거나, 방 정리를 새로 했거나, 아니면 어디 소중하게 뒀는데 너무 소중하게 두다 보니 둔 곳을 잊어버려서 못 찾는 것일지도 모르죠. 이렇게만 사연이 올라와서, 스태프들이 그 노래에 대한 정보가 너무 없으니까 어쩌질 못하고 있었어요. 들어주고 싶은 마음은 있었지만…… 어떡할까 하고 있었는데 장미진 님이 다시 메일을 보내왔죠. 첨부파일을 붙여서요. 그건 러시아민요 〈백만 송이 장미〉였습니다. 첨부된 미디 파일에는 물론 장미진 님이 직접 녹음한 허밍이 들어 있었고요. 그 허밍이 정말 멋진 것이었다는 걸 전해드립니다. 다시 노래 한 곡 들려드립니다. 바리톤 헤르만 프라이가 부릅니다, 〈하이델베르크에서 잃어버린 내 마음〉. 연주 시간은 3분 05초입니다.

바보. 심수봉이 번역해서 불렀다고 그랬으면 단박에 알아차렸을걸. 허밍으로 부르는 〈백만 송이 장미〉도 듣기 좋을 것 같긴 하다.

심수봉의 그 노래를 몰랐을 수도 있겠지. 몰랐으니까 그랬겠지. 심수봉이 번역해서 부른 노래가, 그리고, 그 노래 한 곡만은 아니니까. 허밍이 차라리 확실하지. 백만 송이 장미. 아내가 생각난다. 쿠바에 들러 소시지를 먹고, K가 나오지 않으면, 오늘은, 장미를 사 가야지. 아내가 싫어하든 좋아하든. 영화 〈와이키키 브라더스〉가 생각난다. 오지혜가 부르는 〈사랑밖엔 난 몰라〉. 그대 내 곁에 선 순간…….

K는 뭘 하고 있을까. 같은 대학을 졸업한 M형과 S형은 그게 선진국형 외톨이 증세라고 진단한 적 있다. 아무 이유 없이 바깥 생활을 끊어버리고 싶어지는, 갑작스럽게, 그런 질환에 걸려든 것이라고 했다. 시간이 지나면 저절로 바깥으로 나오니 기다리기만 하면 되는 거란다. 그래도 누군가는 불러주어야 한다. 전화나 한번 걸어보자. 컬러링이 울리는 시간은 정확히 45초. 전화기에 통화 시간이 초당으로 기록되니까 알 수 있다. "그대 내 곁에 선 순간, 그 눈빛이 너무 좋아, 어제는 울었지만, 오늘은 당신 땜에 내일은 행복할 거야, 얼굴도 아니 멋도 아니 아니 부드러운 사랑만이 필요했어요, 지나간 세월 모두, 그대 내 곁에 선 순간, 그 눈빛이 너무 좋아……." 원래 가사는 '지나간 세월 모두' 다음에는 '잊어버리게'로 이어진다. 그런데 45초의 시간이 흐르고 나면 처음부터 컬러링이 다시 시작되어 '지나간 세월 모두우……'에서 끊어지고 뒷가사 생각할 여유 없이 처음의 '그대 내 곁에 선 순간'으로 돌아간다. 지나간 세월 모두 그대 내 곁에 선 순간……. 봄날 캠퍼스에서 병아리색 라운드 티를 입고 폴짝폴짝 뛰던 지나간 세월 모두, 그대 내 곁에 선 순간……, 지나간 세월 모두, 그대 내 곁에 선 순간…….

〈와이키키 브라더스〉는 슬프게 행복했지. 오지혜. 오디션에서 박미현이를 밀어내고, 방은진이도 밀어내고, 캐스팅된 괜찮은 배우. 오지혜는 트럭으로 야채 행상을 다니던 중 우연히 만난, 십대 시절 함께했었던 밴드의 리드 기타를 만나 보컬로 돌아가지. 남편과는 사별했다지. 리드 기타는 오지혜를 사랑하지. 그리고 둘은 내가 K에게 '고향이 이런 곳이면 좋을 것 같다'고 말한 적 있는 항구, 그곳의 밤 무대에서 해피엔드의 노래를 부르지. K의 컬러링에 들어 있는, 사랑 밖엔 난 몰라……를 부르지. 우리 미래가 저런 것일지도 몰라, 우린 그런 말을 나눴었지.

　—《노래의 날개 위에》함께하고 계십니다. 몇 초 후면 네시 이십오분이네요. 와아, 오늘은 날씨가 정말로 좋네요. 자목련이 벌써 피었다죠. 자목련은 백목련이 다 핀 다음에, 늦게야 피는데. 조금 뭐랄까 도도해 보이고 자존심 강해 보이죠. 자색이 잎잎이 들어가 있는 자목련 말예요. 오늘 함께하고 있는 이야기는 어느 회사원의 이야기입니다. 어느 날 문득 회사 출근을 안 했다가 김동인의 「광화사」라는 단편소설을 읽는 사내 이야기죠. 그는 소설가의 분신이 나와서 이야기를 만든다는 내용에 놀라고 또 이야기 속의 이야기, 그러니까 소설가의 분신이 나와서 만든 이야기의 주인공인 솔거가, 두꺼비 상을 가져서 결혼에 두 번이나 실패한 솔거가, 산에서 혼자 지내다가 미인도를 그린다는 얘기를 들려드렸습니다. 그리고 결국은 그림을 완성하게 될 모델을 만난다는 대목까지요.
　자목련 같은 여인이었을까요. 솔거에게 찾아온 그 아름다운 여자는? 그 아름다운 여자는…… 뭐랄까요. 뭔가가 있었습니다. 이런 경우 있죠. 정말로 알 수 없는데 뭔가가 느껴지는 거. 냇가 바위에 앉아 있는 처녀는, 정말로 눈부시게 아름다운 처녀는, 소경이었습니다. 소경 처녀가 어떻게 산속의 냇가 바위에 혼자 앉아 있을 수 있는 거지? 사실적이지 못하잖아……. 이런 걸 묻는 독자들, 청취자분들께는 리얼리스트의 기질이 다분하신 거라고, 우리 작가님이 귀엽게 메모를 해두셨네요. 우리 프로그램 임민영 작가님, 언제 봐도 센스 있으신 분이죠. 리얼리스트는 현재를 생각하고, 모더니스트는 미래를 생각하고, 로맨티스트는 과거를 생각하고, 그런다던데…….

솔거는 소경 처녀를 움막으로 데려가 얼굴을 그리기 시작합니다. 그림은 매우 빠른 속도로 완성을 향해나가게 됩니다. 이제 눈동자만 그려 넣으면 완성! 되는 순간, 솔거는 이 작업을 다음 날로 미룹니다. 그리고 밤을 보냅니다. 여인과 함께.

영화나 소설에서 이런 장면 많이 나오죠. 조각가와 모델, 화가와 모델이 사랑에 빠지는 얘기. 이런 상상 해보시면 좋겠네요. 하루하루의 외로움을 버텨내는 데 좋은 약이 되는 상상인데요, 모델이 돼본다거나, 화가나 조각가가 돼보는 거요. 모델이 되고 싶다고 생각하시는 분들은 사랑을 기다리시는 거고, 화가가 되고 싶다고 생각하시는 분들은 음…… 사랑을 몇 번 해본 사람이라고, 대체로 그런 경향이 있다고 그러네요. 아, 아닌가요? 모델은 뭐랄까 좀 기다림에 익숙하고, 화가는 좀 이리저리 재는 것에 익숙하고……. 적극적이지 못하다는 점에서는 공통적이네요. 지루하신가요? 노래 들려드릴 시간인데, 조금 더 소설 속의 사내, 솔거의 이야기를 하기로 합니다.

흔히 화룡점정이라고 하죠. 결국은 그림을 완성하게 된답니다. 여기엔 죽음이 끼어 있습니다. 참 난처한 일입니다. 소경 처녀를 움막에 데려가서 그녀를 그려놓고, 눈만 완성하면 되었는데, 다음 날

아침, 하룻밤 자고 난 이 여인의 눈에서 애욕을 본 화가는 그만, 죽이고 말거든요. 애욕…… 때문에 사람을 죽일 수도 있죠. 솔거는 자기도 모르는 사이에 멱살을 쥐고 흔들어서, 여인이 죽은 줄도 모르고 한참을 더 흔들었습니다. 그런데 그림의 완성은 바로 그 순간에 일어나죠. 여인이 죽었다는 사실을 솔거가 깨닫는 바로 그 순간. 멱살을 놓았더니 여인이 쓰러지면서 벼루에 있던 붓을 치게 됩니다. 이때 튄 먹물이 그림 속의 여자의 눈으로 들어가서 눈동자가 완성이 되는 것입니다. 이 그림은 이제 어떻게 되는 걸까요. 화룡점정의 용처럼, 그림 속의 여인이 어딘가로 날아갔을까요?

여기까지 읽던 사내는 잠깐 생각해보았답니다. 에이 이게 뭐야. 이것 때문에 내가 시시하다고 생각한 거였나 봐. 스무 살, 열아홉 살 적에 말예요. 예나 지금이나 변한 건 없어. 사내는 조금 황당하다고 여기면서 책을 덮었습니다. 노래 한 곡 더 듣습니다. 카치니의 〈아베마리아〉입니다. 드라마 〈천국의 계단〉에 삽입되면서 다시 널리 알려지게 된 곡이죠. 라트비아 출신의 소프라노 이네사 갈란테의 음성으로 듣습니다.

소시지가 생각난다. 0.5센티미터 정도의 간격으로 칼집이 가지런하게 나 있는 소시지……. 소스-에이지(Sauce-Age). 칼집 낸 자리가 약간 벌어지면서 아물고 있는……. 기름에 튀긴 것과 물에 데친 것, 갈색의 평범한 프랑크 소시지, 연한 살색의 케이크 소시지, 이것들 위에 물결무늬로 뿌려져 있는 머스터드소스의 노란빛……. 절묘하게 맞아떨어진다. 거기에 차가운 맥주 한 컵. 카아. 도대체 이 소리는 어디에서부터 시작되어 입으로 나오는 건지 신기할 정도다. 포크로 찍어 통째로 집어 들고서 우걱 베어 먹을 때, 살짝 입가에 묻는 기름기. 그걸 혀끝으로 마무리했을 때 느껴지는 통쾌함. 프라이드치킨이나 돈가스, 생선가스 같은 것들의 튀김옷하고는 비교가 안 된다. 톡톡 터지는 소리의 통쾌함이라니……. 톡 튀는 느낌이 아니면 소시지를 안주로 먹을 이유가 없지. 칼집을 내지 않으면 이 느낌이 백배는 더 좋아진다. 쿠바에서 내가 먹는 맥주는 삿포로 실버컵이다.

K는 소시지를 좋아한다. 전화나 한번 더 해보자. 컬러링이 시작된다. 그대 내 곁에 선 순간…… 어제는 울었지만 오늘은 당신 땜에 내일은 행복할 거야. 참 절묘하다. 이건 소시지 위에 머스터드소스가 앉아 있는 것보다 절묘하다. 뭔가 문법에 안 맞는 것 같으면서도 감동적인 가사다. 어제-울다, 오늘-당신, 내일-행복…….

—《노래의 날개 위에》함께하고 계신 지금 시각은 네시 삼십칠분 삼십초를 막 지나고 있습니다. 오늘은 회사를 어느 날 문득 그만둔 한 사내의 일상을 이야기하고 있습니다. 왜 나왔는지 모른다, 어느 순간에 결정 내렸는지 알 수 없다, 주위 사람들도 그렇고, 자기도 또한 그렇게 생각합니다. 언제 결정이 내려졌는지. 언제 하고 있는 일이 이렇게 싫어졌던 건지. 그런데, 참, 관성이랄까요, 생각하려고 하지 않아도 저절로 회사일이 먼저 떠오르는 거 있죠. 책을 읽고 나서도요.

미리 말씀드려놓을게요. 그는 이 이야기의 끝에서 자기가 회사를 그만두기로 했던 어떤 계기를 발견해내고 만답니다.

화룡점정. 용 그림의 마지막에 눈동자를 찍었더니 용이 날아간다. 판타스틱한 이야기죠. 이 이야기를 들었을 때, 어렸을 적에 그는,

선생님께 이렇게 질문한 적이 있었다고 해요. 선생님, 그럼 쇠사슬로 묶어놓고 눈을 그리지……. 그럼 용을 잡을 수 있는 거잖아요. 선생님이 뭐라고 했을까요? 우와, 너, 정말, 진취적이고, 용맹하구나. 칭찬을 해줬다죠. 아동 심리분석 일러스트에 이런 거 있죠. 벽이 있고, 작은 구멍이 나 있다, 이 안에는 과자가 들어 있다. 선생님이 묻습니다. 누구 어린이, 어떻게 저 안에 있는 과자를 꺼낼 거죠? 반응은 이렇게 나옵니다. 벽을 부수고 가요, 벽을 넘고 가요, 아니에요, 아빠 옷걸이를 가져와서 꺼내요, 엄마한테 꺼내달라고 해요……. 어른들은 이렇게 말할 수도 있겠죠. 마음으로 먹어요……. 자, 여기까지 왔네요. 눈동자를 완성했다는 얘기까지.《노래의 날개 위에》함께 하고 계십니다.

음, 눈동자가 완성되었다는 얘기까지 했죠. 사내는 저작권을 떠올렸다고 해요. 직업이 그런 것이었을 수도 있겠네요. 저작권 분쟁에 개입하는 어떤 일을 하는 사내였을 수도 있겠어요. 그런데 어디에 어떻게 저작권 문제가 개입하는 걸까요. 솔거가 소경 처녀를 만나 그림을 그린 다음, 애욕의 눈빛을 보고 죽이는 순간 처녀가 쓰러지면서 친 붓 끝의 먹물이 우연하게도 눈으로 들어가 눈동자를 완성하게 되는데요.

사내에게는 이 문제 하나만 계속 머리에 맴돌았습니다. 소경 처녀를 죽이는 순간 벼루에 있던 먹물이 튀어서 완성되는 눈동자, 이 그림의 주인은 누구냐? 화가냐 처녀냐? 당연히 처녀가 죽었으니 주인은 화가다, 아니다, 우연이라고 하지만 이 우연의 결정적 계기는 처녀니까 그림의 명의는 처녀의 것이다, 아니다, 비율을 따져 계산해야 한다, 이런 식의 싸움이 머릿속에서 전개되고 있었지요.《노래

166

의 날개 위에》함께하고 계십니다. 앞서는 라트비아 출신의 소프라노 이네사 갈란테의 음성으로 카치니의 〈아베마리아〉를 들으셨고요, 이번에 들으실 곡은 베르디의 오페라 루이자 밀러 중 〈별 밝은 밤에〉입니다. 테너 루치아노 파바로티의 음성입니다. 연주 시간 3분 41초입니다.

이럴 때는 수첩에 적어가면서 정리를 해보는 게 이롭다. 무인도에 떨어졌던 로빈슨 크루소가 그랬던 것처럼. K한테 연락할 수 있는 방법 1. 전화를 하루 종일 해댄다. 이건 해봤기 때문에 효과가 없다. 2. 그의 집으로 찾아간다. 이건 Y의 집에 있다는 걸 아니까 그럴 필요 없다. 3. 시골집에 전화를 걸어서 어디에 있는지 물어본다. 이것 역시 의미 없다. Y의 집에 있을 테니까. 4. K의 누나한테 전화를 걸어본다. 이건 근황을 들을 수 있는 좋은 방법이다. 그런데 누나네 전화번호는 바뀌었고, 114에 전화번호 변경 사항이 등록되어 있지 않다는 걸 확인했으니 할 수 없는 일이다. 5. 서울 시내에 있는 소시지 노점상을 뒤져본다. 그는 소시지 벤더를 차린다고 말하곤 했다. 자기의 리어카 노점상은 꼭 영어식으로 벤더(vendor)라 불러달라고 했다. 이건 현실적으로 불가능하다. 길거리의 리어카를 어디서부터 어디까지 뒤진단 말인가. 6. 왜 갑자기 회사를 그만뒀는지 원인을 찾아본다. 이걸 위해서는 다시 정리를 해야 한다. 6-1. 회사를 그만두기로 결정한 정확한 날짜는? 이건 모른다. 휴직계도 안 냈으니까. 그만두기로 결정한 '정확한' 날짜는 언제인지 모른다. 6-2. 회사를 그만두기 전에 있었던 충격적인 일은? 이건 모른다. 뭐가 충격이었는지 그 마음을 모르니까. 6-3. 그럼 나한테 맞은 게 분해서? 이건 가능성이 있다. 회사 생각을 하면 나한테 뺨 맞은 생각부터 날 테니까. 6-4. 그럼 왜 내가 뺨을 때렸던 거지? 매우 어려운 질문이다. 내가 왜 때렸을까. 물렁물렁하게 살지 말라고 그랬던 거지. 잘 살아보라고. 이건 회사 일하고 전혀 상관없다. 그는 둘이 사직서 내고 나가서 벤더를 차리자고 했고, 나는 아이들을 키워야 하니 정기적으로 나오는 월급이 필요하다며, 그의 뜻을 받아들일 수 없다고 정직하게 얘기했다. 그러자 그는 "진심이야?" 말하면서 이죽거렸다. 마치 침을 뱉는 것 같았다. 나는 그의 뺨을 한 대 때렸다. 그는 자꾸만 얼굴을 들이밀면서 뺨을 더 때려보라고 했다. 나는 벽을 향해 배구공을 치듯이, 다시 내 쪽으로 튀어나올 그의 마음을 생각하면서 뺨을 더 세차게 쳤다. 하지만 그는 이렇게 튀어나오지 않은 채, 너무 먼 벽 속으로 가버린 것이다. 사직서도, 휴직계도 내지 않고 곧장 Y에게 가버린 것이다. "이런 식으로 나오면 그 애랑 시작한 연애를 축하해줄 수 없어!" 음성녹음을 권하는 통신사의 안내에 따라, 그의 전화 음성사서함에 말을 녹음하면서 나는 울었다. 벤더를 차리자는 제안에 응할 테니 다시 내 앞에 나타나달라는 말은 그런데 나오지 않았다. 그다음…… 이런 생각을 하고 있는데 느닷없이 정세진이가 나온다. 무슨 노래가 나오고 있었더라. 이건 무슨 말인가.

— 함께 당황스러워하거나, 저 사람 지금 얼마나 당황스러울까, 그래, 네가 어떻게 하나 보자, 무슨 말을 하면서 넘기는지. 모르는 척하고 넘기는지, 아니면 시디가 튀었다고 말을 어느 순간에 하는지 보자, 그러시는 청취자분들도 계시겠죠? 하, 지금은 그 순간입니다. 시디가 튀었네요. 음, 이럴 때 스튜디오가 얼마나 바삐 돌아가는지

상상하시겠어요? 밖에서 음악이 준비됐다는 사인이 옵니다.

6-5. 병원에 가봐야 될 것 같다는 말, 그 집착은 뭐였지? 이건 진짜로 모른다. 애매하고 모호한 게 아니다. 병원에 가야겠다는 말은 정말로 모른다. 다시 K를 만날 수 있는 방법으로 돌아가자. 7. Y를 만난다. 이건 너무 식상하다. Y는 언제나 K가 잘 있다고만 대답한다. K의 안부를 물으면 Y는 이 말도 꼭 덧붙인다. "주임님 보면 안부 전하라고 했어요." 역시 Y가 출근하고 없을 낮 시간에 Y네 집엘 찾아가는 수밖에 없다. Y네 집으로 한번 가봐? Y는 지금 저만치서 웃고 있다. 파티션 너머에서, 왠지 나를 오랫동안 지켜보고 있었다는 눈빛이다. 정세진이 나온다. 노래가 뭐였더라. 아, 시디가 튀었다고 했었다.

— 죄송합니다. 정말 알 수 없죠. 시디 튀는 거. 그런데 그 사내는 왜 회사를 그만뒀을까요? 방금 들으신 곡 소개를 안 했군요. 〈카바티나〉였습니다. 영화 〈디어 헌터〉의 테마곡. 히 워즈 뷰리플, 그는 아름다웠네, 그런가요? 히 워즈 뷰리플. 제가 개인적으로 좋아하는 노랜데, 여러분들도 들으시면서 편안했으면 합니다. 이쯤 되면 우정이라기보다는 제3의 영역에 있는 사랑이라고 해야겠네요. 히 워즈 뷰리플, 뷰리플, 투 마이 아이즈. 그는 아름다웠네, 아름다웠네, 내 두 눈에. 서정적인 전쟁 영화로 기억되네요. 무언가에 중독되어 전쟁지에 남아 러시안룰렛 게임플레이어가 되어 있는 친구……. 그 친구를 중독시켰던 그 무언가란 무엇이었을까요. 오늘 말씀드리고 있는 사내와는 다른 방식으로 산 사람이었죠.
다만 피곤했을 뿐이다. 다만 피곤했을 뿐이다……. 여기를 좀 강조해야겠네요. 그가 문득 회사를 그만두기로 했던 이유는, 문득 찾아온 상상에 의하면 '피곤'이 이유였답니다. 그는 혼자 고개를 크게 끄덕였습니다. '다만 피곤할 뿐'이라는 것도 충분한 이유가 될 수 있다……. '피곤'이 사직의 이유가 될 수 있다는 가능성에 대해, 백 퍼센트 긍정할 수 있는 나이는 몇 살 정도가 될까요? 많은 사람들은 피곤함만을 이유로 내세워서 사직을 하는 것에 대해 바보 같은 짓이라고 말할지도 모르겠네요.《노래의 날개 위에》, 오늘은 회사를 그만둔 사내, 그러니까, 문득 자기가 피곤하다고 느껴서 회사 출근을 생략하기로 했던 한 사내 얘기를 하고 있습니다. 아무리 생각해봐도 피곤만이 정답입니다.

지금 시각 네시 사십칠분입니다. 지금쯤 외근을 마치고 막 차에 올랐을 청취자분도 계시겠네요. 퇴근길을 생각하시면서요. 방송국으로 오다 보니 윤중로에 벚꽃이 한창이더군요. 차가 좀 막혔지만, 그래도 차 막히는 게 오히려 좋았습니다. 꽃 아래에 있으니까요. 꽃 아래에서, 지금 말씀드리고 있는 이 사내가 들어 있는 대본을 검토하면서, 생각을 좀 많이 하게 되었습니다. 참 이상해요. 이 사내 말예요. 일이 싫어서 그만둔 것만 같은데, 무척 피곤했던 것 같은데, 업무와 관련된 생각이 난 거지 뭡니까. 과연 이 그림의 주인은 누구일까요. 이 사내의 직업은 변리사였다고 해요. 특허의 권리를 법으로 보호하는 직업이죠.

어쩌면 그림의 주인을 누구일까요라고 묻는 물음 자체에 함정이 있었다고 봐야겠네요. 꼭 사람만이 주인이라고 못 박고 있는 것 같잖아요 물음이……. 사람 아닐 수도 있는데……. 사내는 이제 침실로 가서 몸을 누이고 가만히 생각했습니다. 주인은 사람이 아닐 수도 있다……. 사내는 여기에 대한 자기의 답이 내려졌다고 생각하는 순간 도저히 침대에 누워 있을 수가 없었다고 그래요. 문득 내린 결론은 이런 것이었다고 합니다. 주인은 누구가 아니다. 누구라는 사람이 아니다. 화가도 아니고 모델도 아니다. 그럴 수밖에 없이 살아야 했던 화가나 소경 처녀의 운명, 그 공동의 운명이 바로 주인이다. 사내는 집에서 입고 있던 간편한 차림 그대로 회사엘 나갔다고 합니다. 뭔가 결단을 내려야 되겠다는 거죠. 노래 들려드릴 시간이네요. 이번에는 오페라 아리아를 두 곡 연속해서 들려드리겠습니다. 헨델의 오페라 〈리날도〉의 아리아 〈울게 하소서〉와 케이-스티븐의 오페라, 현대 오페라죠, 〈운명은 죽은 여신처럼〉의 아리아 〈아, 아버지 그게 아니에요〉입니다. 오랜만에 만나는 목소리죠, 소프라노 바바라 핸드릭스, 높은 십자가 교회 소년 합창단원이죠, 12세의 소년, 보이 소프라노, 이소카테의 음성으로 듣습니다.

그 사내는 어떻게 됐을까. 집에서 입고 있던 간편한 옷차림으로 회사를 찾아가 결단을 내리려고 한 건 뭐였을까. 나라면 퇴직금 정산을 신청하겠다. 퇴직금을 상상하면서, 소시지와 삿포로 실버컵을 상상하면서 침을 삼키다 보니 정세진이 나온다. 사내가 회사에 가서 뭘 했는지를 말하면서, 활기찬 일상 마무리 잘 하시고, 내일 또 뵙자고 하겠지. 그리고 부랴부랴 아홉시 뉴스를 준비하기 위해서 어디로든 발에 땀나도록 뛰어가겠지.

　―《노래의 날개 위에》, 오늘은 한 사내 이야기로 쭉 끌어왔네요. 어쩌면 이 사내는 우리 개개인이라기보다는 우리 개개인들을 뭉

뚱그려서 만들어놓은, 어떤 전체의 현대인 같아 보입니다. 그래서 함께 해온 한 시간이 그리 지루하지 않았던 것 같아요.

목련이나, 개나리 같은 봄꽃은 잎보다 꽃을 먼저 피우죠? 꽃 핀 자리에서 살그머니 고개 드는 잎을 보면 꼭 잎이 꽃을 밀어내는 것처럼도 보이죠. 진달래와 철쭉을 구별하는 게 그거라고 합니다. 꽃이 먼저 피면 진달래, 잎이 먼저 솟으면 철쭉. 생긴 게 워낙 비슷해서 그런 구별법이 나왔을 겁니다.

화공이 완성하려던 미인도의 모델은 소경이었죠. 그리고 빼놓은 게 한 가지 있습니다. 화공은 소경 처녀에게 용궁 얘기를 들려줬죠. 용궁에는 여의주가 있는데, 그 여의주를 눈에 대면 세상을 환하게 볼 수 있을 거라고 말했던 거죠. 그래서 소경 처녀는 자꾸만 여의주를 달라고 했던 거랍니다. 그때 새롭게 생겨났던 열망의 눈초리, 지난밤 한 이불에 든 이후로 점점 자리를 넓혀갔던 애욕의 눈초리, 화공은 순수가 사라진 그 현장을 목격했다는 울화를 참지 못하고 그만 처녀를 죽이고, 말았던! 것이죠.

그런데 처녀가 쓰러지면서 친 붓 끝에서 떨어진 먹물이 마지막 화룡점정이 된 그 그림의 주인을 화공도 아니고 처녀도 아닌, 그렇게 살아갈 수밖에 없도록 되어 있는 운명 그것이라고 결론지은 이 사내는 간편한 옷차림으로 회사에 가서 뭘 했을까요. 아, 사장실 문을 두드렸다고 합니다. 입은 옷처럼 아주 편한 마음으로요. 그리고 허심탄회하게, 이렇게 말했다죠. 휴가를 일주일만 주십시오.《노래의 날개 위에》마지막 곡은요, 안톤 루빈스타인의 〈멜로디〉입니다. 볼쇼이 합창단의 노래로 듣습니다.

이것도 그럴싸해. 휴가를 일주일만 주십시오. 그래서, 어떻게 한다는 거지? 왜 휴가를 달라고 하지? 회사를 때려치워 놓고 찾아가서 휴가를 달라? 좀 논리적이지 못하다. 엔딩 멘트를 어떻게 계몽적으로 하려고 이러는 걸까. 이제 라디오들도 계몽을 집어치우기로 한 건가? 어쨌거나 내게는 이제 퇴근 시각을 기다리는 일만 남았다. 쿠바에 들러 소시지를 먹고 집으로 가면 나의, 오늘 일과는 끝이 난다. 피곤은 사직의 이유도 될 수 있고 자살의 이유도 될 수 있겠지. 엔딩 멘트가 궁금해진다.

"이봐, 김 주임, 피임교육 타임테이블 안 내?"

과장은 마치, 《노래의 날개 위에》가 끝나가는 시각임을 알고 있는 사람 같다. 여태 나를 기다려준 것처럼 말을 한다. 술에 취하면 여자 뒤꽁무닐 쫓아다니는 버릇이 있는데, 그것만 좀 누그러뜨리면 참 괜찮을 상사다. 내 입에서는 즉각적으로 이런 말이 나온다.

"네. 진행 중입니다. 내일 오전까지 제출하겠습니다."

내일이 없으면 회사를 어떻게 다닐까. 많은 건 내일에 있지. 인생 뭐 별거 있나. 까라면 까는 거고 죽이고 싶으면 죽이는 거지. K가 냈던 청소년금연캠프 기획은 1년 반 동안이나 관내 학교를 순회하면서 성황리에 끝났다. 이번에 치를 행사는 그가 보류안으로 남겨됐던 피임 교육이다. 동성끼리 사랑하는 아이들에게는 필요 없는, 폭력인 교육이다. 노래에 섞여 엔딩 멘트가 나온다.

—《노래의 날개 위에》. 오늘은 한 사내의 이야기로 진행해보았습니다. 평상복을 입고 회사로 가 사장실 문을 두드린 사내. 일주일만 휴가를 주십시오, 라고 말하는 사원에게 사장님은 뭐라고 했을까

요. 사장님이 뭐라 말을 하기 전에 사내가 말했다고 해요. 이렇게 군대식으로요. 몸 바쳐 충성! 하겠습니다. 그날은 문득 출근 준비를 하다가 침대로 돌아갔던 그 월요일에서 한 주가 지난 월요일이었던 거죠. 아, 누가 이 휴가를 못 내주겠다고 할 수 있겠나요. 사내의 손을 잡아주는 사장님의 미소, 눈앞에 그려지지 않나요? 어쩌면 인생의 주인은 운명인지도 모릅니다. 하지만 사내가 깨달은 건, 그건, 화공의 삶이 인왕산에서 여(余)가 만든 하나의 이야기였다는 것, 그리고 미인도를 가슴에 품고 누구에게도 보여주지 않으려고 했던 화공은 결국 미쳐 방랑을 하게 되는데 그렇게 되면 삶 자체가 비애가 돼버린다는 거, 그런 거였답니다. 끝까지 읽었으니까 가능했던 깨달음이었을 것입니다. 열아홉, 스무 살 적에는 미처 끝까지 읽지 못했었다는 기억이 저절로 따라왔다고 해요.

인생의 주인은 반은 운명이지만 반은 자기라는 것, 그런 것 아니었을까요. 피곤했기 때문에 회사에 가기 싫었다는 말을 어느 누구에게도 하지 못하고, 자기 말을 아무도 믿어주지 않을 것만 같아 그 말을 가슴에 품고 다니며 걸어 다녔던 요 며칠간의 시간들이 머릿속에서 휙 스쳐 지나갔던 거죠. 이러다가 나 미치면 어떡해…….

더 멋지고 새로운 일을 찾지 않고 원래의 자리로 돌아간 사내……. 결국은 우리 현대의 어른들이 다 이러는 거 아닌가 싶네요. 그래도 다시 돌아갈 수 있는 회사가 있었으니 이 사내는 행복한 편이라 해야겠습니다. 주말 되면 정말로 죽은 듯이 푹 쉴 계획, 세워보시는 것도 좋을 것 같네요. 나 피곤해! 선언하신 다음에요.《노래의 날개 위에》정세진이었습니다. 편안한 오후 보내시고요, 저는 내일 네시에 다시 찾아뵙겠습니다. 안녕히 계십시오.

어쨌거나 라디오는 계몽적이다. 정세진의 인사를 받고 나는, 라디오가 계몽시킨 바를 따르자는 의미에서, 내가 있던 바로 그 자리에서 같은 포즈로 계속 K를 기다리는 것이 현대를 사는 상식적인 일상이 아닐까 하는 생각도 한다. 그러나 사직서를 타이핑해서 출력하는 데에는 오랜 시간이 걸리지 않는다. 사직의 이유는 '피곤'이라는 짧은 단어이다. 출장 중인 소장의 책상 위에 두고 올까 하다가 다정한 척 잘하는 과장에게 그것을 내민다. 피곤? 과장은 좀 황당하다는 것처럼 나를 가만히 보기만 한다. 전적으로 동의한다는 뜻으로 그런 것인지, 더 상세한 이유를 묻지 않는다. M형도 S형도 마찬가지. 나만 피곤한 건 아니다.

봄이 한창일 때였으므로 나더러 미쳤다고 하는 사람도 있었다. 나는 평소보다 조금 일찍 쿠바로 가서 소시지를 먹었다.

봄을 그렇게 보내고, 여름 장마가 끝날 무렵 화실을 열었다.
화실에서 나는 주로 청소를 한다. 화구들을 정리하고 있으면 뭔가 새롭게 살아야겠다는 욕망이 생기는 걸 느낀다. K를 그리기도 한다. 쿠바의 소시지와 삿포로 실버컵이 생각나는 횟수만큼 그리는 것 같다. 어떤 날은 캐리커처로 50장을 그린 적도 있다. 여러 차례 시도한 적 있는 정밀화는 완성이 되지 않는다. 그를 본 지 너무 오래됐기 때문일 것이다. 나는 「광화사」의 솔거처럼, 미인도를 그리고 싶지만 여자의 얼굴이 떠오르지 않아 뽕밭에 누에를 치러 나온 궁녀들을 훔쳐보았던 솔거처럼, K의 얼굴이 생각나지 않아 그를 기억하고 있는 사람들의 눈빛을 훔쳐보기 위해 회사 앞으로 가본 적도 있다. 화실에 오는 사람치고 그를 닮은 사람은 단 한 명도 없다. 비슷한 분위기를 풍기는 사람도 없다. 정말로, 그는 2년 전《노래의 날개 위에》를 들을 때와 똑같은 상태로 남아 있는 것이다. 컬러링도 그대로이고 전화를 안 받는 것도 그대로이다.

2년이 흐르는 동안 정세진은《노래의 날개 위에》와 아홉시 뉴스 모두를 그만두었다. 김주하는 출산휴가로 잠깐 아홉시 뉴스 진행을 그만두었다가 복귀해서 지금은 주말 뉴스를 단독으로 진행한다. 가끔 상점 같은 데를 지나치다 우연히, 우리 집에는 없는 티브이 속의 김주하를 보게 되면 피곤이 얼굴에서 느껴진다. 전처럼 좋아지지가 않는다. 외로워 보이는 것이다.

김주하가 외로워 보이는 날이면, 이제 무얼 할까……, 집에서 시간을 보내며 웹서핑을 하다가, 그날의 방송을 다시듣기로 청취하면서 정세진의 목소리를 한 단락씩 받아쓰기하곤 하던 시절이 떠올랐다. 어느 순간이 되면 기간이 만료되어 다시듣기로도 그날의 방송을 들을 수 없게 되는 날이 올 것이라 여겨 나는 간간이 정세진의 목소리를 받아 적어놓기로 했던 것이다. 화실을 차리기 전의 일이었다. 정세진이 작가로부터 전해 받았을 것 같은, 타이핑 된 대본을 내 목소리로 읽으면서 나는 2년 전 그날의 과잉되었던 나의 행동이 몇 퍼센트 정도 K와 연관되어 있었을까, 숫자놀이를 하곤 했다. 라디오 속의 사내 얘기를 읽고 있으면 질투가 나는 날이 있었다.

불광동 성당

연애에 실패한 것도 아니었다. 병이 난 것도 아니었다. 상속포기각
서를 쓸 때 겪었던 것처럼 골치 아픈 재판에 걸린 것도 아니었다. 이
사님이 죽이고 싶도록 미운 것도 아니었다. 그런데…… 마음이란 참
으로 알 수 없는 존재였다. 때려치우고 싶다는 간절함은 미풍만 불
어와도 불쑥 발돋움을 해서 돋움을 한 만큼 자라나 그대로 굳어버렸
는데 내가 왜 때려치우고 싶어 하는 건지 나는 그 이유를 알 수가 없
었다. 왜 그만두려고 하니? 털어놓고 상의할 사람이 없었다. 빚을 유
산으로 남긴 아버지라도 있었으면 하는 생각이 간절했다. 그래서 은
평으로 이사를 하기로 했다. 왜 은평? 나는 나에게 물었다. 하필이면
왜 은평? 그리고 나는 나에게 대답했다. 매사에 이유를 묻는 건 답답
한 짓이다. 그러니까 넌 안 되는 거야. 은 같은 평화, 은쟁반처럼 평
평한 땅, 예쁜 이름이잖아. 먼 곳으로 가면 출근이 죽을 만큼 싫어질
거야. 그 정도 이유면 충분한 거야. 출근길 퇴근길이 멀어지면 피곤
에 지친 몸이 마음한테 뭐라고 말을 해줄 것이니, 그것을 받아 적어
사표를 내밀면 되는 거야.

　십 분 걸리던 출퇴근길이 한 시간 삼십 분으로 늘어났다. 몸이
마음한테 사표를 강요하기 시작했다. 삶이 아주 명쾌해지고 있었다.
지하철은 요일 구분 없이 만원이었다. 빈자리가 생길지도 모른다는
일념하에 앉아 있는 사람들의 눈빛을 흘끔흘끔 살피는 것에서 짜증
이 솟았다. 퇴근길의 피곤은 나를 자꾸 택시로 밀어 넣었다. 2만 원
에 육박하는 택시비는 비참을 조금 불러왔다. 하루 일한 노임이 고
스란히 택시회사 계좌로 수수료 없이 이체되는 것 같았다. 어떤 금
요일 저녁, 나는 새로 월요일이 시작되면 그 하루를 마지막 근무일
로 생각하고 퇴근 삼십 분 전에 사직서를 내기로 마음을 먹었다. 명

분은 '일신상의 이유'라는 두루뭉술하지만 간결한 문구로 마련되어 있었다. 일신상의 이유란 '이 한 몸의 이유'였다. 몸은 그 자체로 이유가 될 수 있었다.

　월요일이었다. 알다가도 모를 일이 벌어졌다. 마지막이야! 오늘만 타면 끝이야! 속으로 외치면서 지하철 안으로 뛰어들었을 때였다. 한 여자가 허리를 숙이면서 고함을 내질렀다. 여자는 문 밖을 향해 몸을 막 돌린 순간이었고 나는 발을 헛디딜까 봐 심하게 뜀뛰기를 해서 안으로 뛰어든 상태였다. 죄송하다는 말 외엔 할 수 있는 말이 없었다.
　"죄송합니다. 정말 죄송합니다."
　여자는 허리를 펴고 고개를 들었다. 우리 이사님이 떠올랐다. 나이, 인상, 모두가 비슷해 보였다. 여름용 긴소매 정장을 입고 있었던 것도 비슷했다. 꽤 지위 높은 회사원인 것 같았다. 통풍 잘 되는 사무실에서 일하거나, 에어컨 세게 도는 찻집에 자주 출입하면서 손님 만나는 게 직업인 사람일 거라고, 나는 생각했다. 내가 다니고 있던 회사는 군납용 전투화를 만드는 곳이었다. 공사용 작업화도 생산하는 곳이었다. 전투화는 판매망이 한정돼 있었지만 작업화는 수출까지 하고 있었다. 나는 계속해서 죄송하다는 말을 반복했다. 그녀가 첫마디를 열었다.
　"죄송합니다? 그러면 다야?"
　"죄송해요. 정말 죄송해요."
　잠깐, 뒷걸음질 치면서 우리 주위에서 떨어졌던 사람들이 다시 바짝 가까이 다가와 있었다. 여자와의 거리가 너무 가까워 그녀의 발을 내려다볼 수가 없었다. 나는 뒷머리를 긁었다.

"죄송해요. 정말 죄송해요."

"아이, 정말……. 조심하지 않고……."

여자의 눈에 눈물이 살짝 고여 있었다. 나는 주위를 둘러보았다. 모두가 한결같이 우리에게 관심을 가지고 있는 건 아니었다. 태연히 신문에 집중하고 있는 사람도 있었고, 문자메시지를 보내고 있는 사람, 휴대전화기 화면으로 동영상을 보고 있는 사람도 있었다. 그들의 태도가 평소의 지하철에서 보았던 것과 별반 다를 게 없어 보이자 나도 평소대로 돌아갈 수 있는 것처럼, 그러니까 여자에게는 미안하다는 말을 한 것으로 충분히 내가 할 도리를 마친 것처럼 생각되었다. 옆에 서 있던 내 또래의 남자와 교복을 입은 남학생이 나를 계속 바라보고 있었다. 여자는 억울해서 그랬을 것인데, 창피하다는 듯이 멀뚱멀뚱, 천장에서 정기적으로 방향을 바꾸고 있는 에어컨 풍향 조절 장치를 올려다보고 있었다. 여자는 열차가 흔들릴 때마다 미간을 찌푸렸다. 이대로 끝난 게 아니라는 신호였다. 어쩔 수 없이 무슨 말이든 해야 했다.

"어떡하지요?"

내 질문에 여자가 대답을 하려는 순간 정차 역 안내 방송이 나왔다. 여자는 방송이 끝나길 기다렸다가 이렇게 말했다.

"다음 역에서 좀 내려요."

열차가 서자 내가 먼저 내렸고 그녀가 천천히 내렸다. 나는 그러니까 겨우 집에서 한 구간을 이동한 것이었다. 여자는 노란색 안전선 위에 서서, 몸을 밀치며 차에 오르는 사람들이 비켜 가길 기다렸다. 힐 높고 심플한 디자인의 샌들을 신고 있었다. 걷기 힘들어 하는 것 같아 나도 그 곁에 서 있었다. 기관사가 안전선 밖으로 물러나라는 방송을 계속했다. 우리에게만 하는 말은 아니었다. 플랫폼에는 열차에 오르지 못한 사람들이 많았다. 지하철 문이 닫히고 사람들의 움직임이 멎었다. 여자는 절뚝거리며 벤치로 걸어갔다. 그녀는 핸드백에서 전화기를 꺼내 여기저기 전화를 걸었다. 이런 전화 통화가 기억난다.

"저기, 김 박사님 출근 전이지요?"

그때 여자는 주치의에게 전화를 건 것이었고 간호사는 그의 출근이 늦어질 거라고 말하고 있는 중이었다. 개인병원들이 아직 문을 열기 전이었다. 여자는 전화를 끊더니 응급실로 가자고 했다. 부축이 필요할 것 같았다. 나는 내 몸 편한 곳을 잡으라는 뜻으로 가만히 서 있었다. 여자는 내 왼편에 서서 팔꿈치 위쪽을 잡았다. 팔뚝을 잡기에는 맨살이 마음에 걸렸을 것이다. 나는 반소매 셔츠를 입고 있었다. 여자가 물었다.

"뭐 하시는 분이세요?"

"예. 전투화 만드는 회사에 다녀요."

"그래서 군화를 신고 다니는 거네? 군인인가?"

"군인은 아니에요. 죄송해요 정말. 전투화만 아니었으면 이렇게 안 됐을 텐데. 발이 부러졌을까요?"

"사진 찍어보면 알겠지 뭐. 하여간 걷긴 힘드네."

엑스레이 사진을 보면서 의사는 두 번째 발가락 관절에 골절이 생겼다고 했다. 참 신기하기도 했다. 하필이면 여자가 발가락에 힘을 주고 구부려서, 신발 안에 뭐가 들어갔을 때 그러는 것처럼, 발가락을 꼼지락거리며 뭔가를 하고 있었다고 했다. 그 위를 내 전투화가 꾹 누른 것이었다. 나는 응급실 의자에 앉아 전투화 끝을 부딪쳐 딱딱 소리를 냈다. 치료비를 부담하려면 월급을 더 받아야 했다. 그러려면 출근에 늦지 않아야 하는데, 벌써 아홉시 삼십분이 넘어가고 있었다.

비서가 된 이후, 전투화를 신으라는 암묵적인 강요를 받은 것만 빼면 근무 조건은 대체로 참을 만했다. 월급 받는 직장인에게 참을 만하다는 건 썩 괜찮다는 뜻과 다른 것이 아니었다. 도저히 참을 수 없어질 때까지 그들은 출근을 한다. 그런데 왜 나는 그만두고 싶었을까. 강요는 암묵적일 때, 상대가 암묵적으로 그것을 내밀고 있다는 사실을 알아차렸을 때 더 부담스러운 것으로 다가왔다. 어쩌다 캐주얼화를 신고 출근했던 날, 이사님은 내 발 냄새 때문에 일이 안 된다는 것처럼 코를 큼큼거렸다. 이런 일도 있었다. 당분간 외출할 일도 없고 찾아올 손님도 없을 것 같아 슬리퍼를 신고 있었을 때였다.
"이락 씨, 이번 전투화는 뭐가 불편해요?"
불편한 사항을 일일이 늘어놓자니 사병이 된 기분이었다. 불편한 게 없다고 하자니 왜 벗고 다니느냐는 추궁이 들어올 것 같았다. 나는 전투화를 잘 신겠다고 말했다. 이사님은 2개월에 한 켤레씩 전투화를 가져다주고 있었다. 그러고 보니 캐주얼 복장으로 근무할 수 있었던 것도 꽤 괜찮은 조건이었던 것 같다. 전투화와 정장은 어울리지 않았다.
어느 날, 엘리베이터가 점검 중이었다. 비상계단을 오르는 내 발소리가 무척 크게 들려왔다. 묘한 생각이 찾아왔다. 혹시 이사님이 이 소리로 나를 관리하는 건가? 내가 지금 걸음마 배우는 어린아이

들에게 부모들이 신기는 삑삑이 신발을 신고 있는 것? 삑삑 소리가
나는 신발은 아이가 재미있어하기도 하지만 어른들은 그 소리로 아
이가 어디쯤에 가 있는지 알 수 있게 된다. 걸음을 옮기는 매순간까
지 관리당하고 있다는 기분이 들자 비밀스럽게 테스트를 해보고 싶
어졌다.

　　문구함을 열고 새 지우개를 꺼냈다. 지포 라이터 크기의 점보 지
우개였다. 칼로 듬성듬성 자른 다음 양면테이프를 이용해 그것을 굽
과 바닥에 붙였다. 시험 삼아 걸어보았다. 발소리는 현저하게 줄어
들어 있었다. 귀신처럼 고요하게 스르르 이사님에게 다가갈 수 있
을 것 같았다. 곧 호출이 들어왔다. 나는 잠깐 뜸을 들였다가 노크를
하고 신나게, 살금살금, 걸어갔다. '어? 발소리가 안 나네? 그거 괜찮
다. 전투화에서 뚜벅거리는 소리가 안 나면 비밀 작전 하는 데에 좋
을 거야, 그렇지?' 이런 반응이라도 보여주었더라면 나는 소리 나지
않는 전투화를 연구 개발 하는 데에 매진했을 것이다. 퇴근할 때까
지 이사님은 아무런 반응도 보여주지 않았다.

　　문득 외로웠다. 외롭다는 생각을 하니까 55세의 독신녀 이사님
도 무척 외로워 보였다. 군인들을 상대하면서 이 여인은 무슨 생각
을 할까. 그때부터였던 것 같다. 회사를 그만두고 싶었다. 그런데 회
사가 싫어진 것은 아니었다.

　　L여사님과는 깔끔하게, 돈으로 해결을 보기로 했다. 치료비를
변상하면 되는 것이었다. 나는 새 일에 들어갔다. 출퇴근용 차를 사
기로 했다. 차종을 고르느라 시간 가는 줄을 몰랐다. 며칠은 정한 차
종에서 옵션을 선택하느라 바빴다. 회사를 그만두겠다는 생각은 잠

시 내 머릿속에서 밀려났다. 시간이 정말로, 짧은 낮잠 시간처럼 빠르게 지나갔다. 차 값 결제 방법에 대한 고민은 일 초도 걸리지 않았다. 할부로 끊으면 그것에 매어 사표를 못 낼 것이 빤했다. 나는 현금으로 1회에 완불했다.

출근 시간이 많이 단축되었다. 일산 쪽으로 빠져나가 외곽순환고속도로를 이용하면 삼십 분 안에 도착할 수 있었다. 라디오에서 나오는 음악을 들으며 한강 다리를 건너는 것은 기분이 매우 좋았다. 생활이 근사해지고 있다고 여겼다. 체증이 심한 지역에서는 돌아가는 길을 배웠다. 카오디오 동호회 사이버 카페에 가입했다. 어쩌면 그렇게 카오디오들은 달리는 것을 염두에 두고 만들어졌는지. 스피커 밸런스만 살짝 바꾸어도 달리는 느낌이 아주 달라졌다. 정지된 차에서는 아무리 출력을 높여도 감흥이 일지 않았다. 음향은 반 바퀴라도 굴러갈 때에만 몸에 달라붙었다. 트렁크에는 우퍼가 가득 실렸고, 스피커는 사제로 교체되었다.

L여사님의 치료가 끝났다. 깁스를 했던 모양이었다. 그녀는 영수증에 기록된 금액만을 정확하게 요구했다. 위로금 따위는 원하지 않았다. 투명하게 사는 게 이런 걸까? 그녀의 얼굴이 잘 떠오르지 않았다. 나는 치료비를 지급하는 데에 필요한 서류상의 절차뿐만 아니라 전화 통화 같은 사소한 것도 그녀의 비서와 하고 있었다. L여사님은 화장품 판매회사 사장이었다. 화장품을 직접 만들지는 않았다. 그날은 자동차 요일제를 지키느라 지하철로 출근하다가 내 전투화에 밟혔던 것이라 했다. 나는 그녀에게 선물을 주고 싶었다. 사례를 위해서가 아니었다. 그녀의 얼굴을 보기 위해서였다. 그런데 비서를 거쳐야 하는 일이었으므로 자연스럽게 포기가 되었다. 치료비를 인

터넷뱅킹으로 이체시킨 후 나는 사표를 썼다. 언제든 써야 할 것이었다. 그렇게 쓰면 될 것 같다고 발견했던 문구인 '일신상의 이유'를 사직의 이유 난에 적었다.

이사님은 예감하고 있었다는 듯이 이렇게 물었다.

"그래? 다른 일 하려고 그러는 거겠지? 뭘 할 건데?"

"계획이 있는 건 아닙니다. 좀 쉬고 싶어서요."

"내일부터 나오지 않겠다고? 이락 씨한테 이런 저돌적인 면이 있었구나. 귀엽네."

"그동안 감사했습니다."

"그래요. 내가 고마웠지 뭐. 돌아오고 싶으면 언제든 와요. 지나다가 생각나면 들러주고."

"업무 인수인계는 어떻게 할까요?"

"응. 컴퓨터는 락 걸어놓은 거 해제하면 되고, 그 다이어리를 날 주고 갈 수 있나? 당분간 내가 그걸 좀 사용하고 싶은데. 내 스케줄이 거기 들어 있잖아."

다이어리에는 나에게 필요한 기록도 많았다. 나는 처음 전투화를 신어보면 어떻겠냐는 말을 들었을 때 그랬던 것처럼 묵묵히 다이어리를 넘겨주었다. 커버는 3년째 쓰고 있던 것이었다. 이사님은 내 손때가 묻은 다이어리를 받아 들고 똑딱이를 열었다 닫았다 하더니 앞면을 손으로 쓸어내렸다. 내 몸이 왜 그러는지 알 수 없었다. 현기증이 일었다. 이사님의 손이 내 몸 어딘가를 그렇게 쓸어주는 것 같았다. 이사님, 저, 다시 일해도 될까요? 손을 잡고 더럭 안고 싶은 충동이 생겼다. 그녀를 모시면서 처음 있는 일이었다. 내가 외롭긴 외로웠는가 보았다. 예상치 못한 충동이 더 커지는 것을 막기 위해 나는 일과 관련된 이야기를 하기로 했다.

"저한테 필요한 것도 조금 있는데, 필요해지면 전화 드릴게요."

"그럴래? 지금 복사해서 가져가면 어때?"

이 말을 듣고 나는 아주 쓸쓸했다. 한번 넘긴 다이어리를 다시 돌려달라고 하여 면면을 복사하고 있는 나를 그려보았다. 누추하기 그지없었다. 나는 괜찮다고 말하며 손을 저었다. 그걸로 끝이었다. 우리는 마지막으로 이런 빈말을 주고받았다.

"급한 일 생기면 불러도 되지?"

"그럼요. 언제든지요."

무엇이든 그렇지만 카오디오도 금방 싫증이 났다. 결국은 돈이구나 싫어지는 순간이 되면 나는 싫증을 먼저 느꼈다. 다시 회사에 들어가고 싶었다. 2개월이 지나 있었다. 막연히 일이 필요하다는 생각이 들었다. 때려치울 때의 쾌감을 위해 내가 일을 찾고 있는 것 같다는 생각도 들었다. 제대하고, 졸업하고, 광고회사에 취직하고, 광고주 눈에 들어 관리직으로 러브콜을 받아 옮기고, 다시 비서실로. 그때마다 나는 새로운 곳으로 옮겨 간다는 것과 있던 자리를 떠나는 것에서 재미를 느꼈다. 구인광고 웹사이트에서 비서직 경력사원을 채용한다는 공고를 보았다. 나는 냉큼 결정을 내렸다. 기독교 회사라는 게 걸렸지만 주일을 확실히 챙길 거라는 장점을 떠올렸다. 급한 일 있으면 부를 테니까 와서 도와달라고 했던 이사님의 말이 떠올랐다. 그리고 필요하면 다이어리를 지금 복사해 가라고 하여 나를 쓸쓸하게 만들던 말이 떠올랐다.

인사과에 전화를 걸어 경력증명서를 우편으로 부처달라고 할까 하다가 나는 동사무소를 찾아가기로 했다. 팩스 민원을 신청하면 되었다. 동사무소는 성당 가까운 곳에 있었다. 거기에서 일을 본 다음 목사님을 만나러 부평으로 가기로 했다. 은평에서 살기 전, 나는 부평에서 살았다. 지원서 구비서류 중에 세례교인 증명서가 있었다.

　　동사무소 입구에서 주차 요원이 차를 막았다. 요일제에 참여하지 않는 차는 주차가 불가능하다고 했다. 나는 끌어갈 거면 끌어가라는 심정으로 인도에 차를 올려놓았다. 현관을 열고 들어가 번호표를 뽑았다. 사람이 많았다. 바닥에 그려놓은 노란 선이 눈에 들어왔다. 우중충했고 지저분했다. 그런데 노란색 선 위에 적힌 'Smile Line'이라는 글귀를 보자 귀엽다는 생각이 들었다. 누가 이런 이름을 붙였을까. 군데군데 스마일 마크가 붙어 있었다. 은행들에서 본 대기선이라는 말보다 훨씬 아름다웠다. 웃음선……. 갑자기 웃음이 나왔다. 그건 아버지와 마지막 시절을 보낸 지역의 사투리였다. 왜 그 따우로 웃음선 서 있능겨?(왜 그런 식으로 웃으면서 서 있어?) 웃음-선. 그 지역 사람들이 나한테 말을 하는 것 같았다.

　　현관문 쪽을 바라보았다. 관용 트럭이 시야를 가리고 있었다. 몸을 일으켜 세워야 내 차가 보였다. 차는 안전했다. 요일제를 지키기 위해 지하철을 탔다던 L여사님이 생각났다. 참 선하고 품위 있게 지내는 삶이었다. 그녀는 치료비만 정확히 요구할 정도로 관대했다. 나는 쿼터제 도움으로 공무원이 되었을 거라 짐작되는 장애인 직원이 일하는 모습을 지켜보았다. 그리고 벽에 붙어 있는 자리배치도에 적힌 이름과 직급들을 흘끔거렸다. 증명서를 발급하는 직원은 띵동띵동 버튼을 눌러 민원 신청인을 불렀다. 내 차례가 되었다. 나는 웃

음-선에 섰다. 어? 거기 정이가 있었다. 너 정이니? 우리가 이렇게
만나다니.

　　정이의, 매력적으로 불거져 나와 있는 광대뼈를 보면서 나는 굴
껍데기 안쪽면의 굴곡을 생각했다. 진주가 미끄러져도 하나도 이상
할 것 없을 것처럼 매끄러운 이면이었다. 그 어떤 투명함도 그 앞에
서는 초라해질 것 같았다. 맞다, 정이. 혹시 아닐 수도 있지 않을까.
겨울 바닷가. 굴 양식장의 가지런한 부표. 막 까낸 굴 껍데기 속에서
빛나던 투명함. 남쪽 바다의 굴막에서 우리는 첫 키스를 했고 비닐
하우스로 지은 그 굴막 안에서 동이 터오는 하늘의 색깔도 보았다.
우리는 스스로 구슬 속에 갇힌 아이들 같다고 생각했다. 추위가 익
게 하는 건 굴과 사랑. 나는 웃음-선에 서서 한참을 바라보았다. 정
이가 인사를 해 왔다. 허리를 굽힌 그 각도 그대로 몸을 돌려 그녀가
화장실 같은 데로 도망을 가버릴 것만 같았다. 나는 데스크에 있는
이름표를 보면서 쑥스럽게 말했다.
　　“팩스 민원 신청……하려고……요.”
　　그런데 정이가 나를 모르는 것 같았다.
　　“예. 여기 신청서 써주세요.”
　　정이는 일어서서, 양식지를 내밀었다. 나는 양식지에다 주민등
록번호, 근무했던 회사, 졸업한 학교 등의 이름을 적었다. 졸업한 학
교의 졸업증명서와 성적증명서도 함께 필요했다.
　　“인지세 칠천팔백 원입니다.”
　　“예. 꽤 많네요.”
　　“우리가 떼먹는 거 아닙니다.”

　　그녀의 말끝이 모질었다. 나는 지갑을 열었다. 현금이 5천 원밖에 없었다. 어쩜 이렇게 우연은 준비 없을 때에 찾아오는 것인지. 현금인출기 위치를 물어볼까, 나중에 줘도 되냐고 물을까, 여러 생각을 하다가 나도 모르게 이렇게 말했다.

　　“카드로 되나요?”

　　“아뇨. 카드는 안 되는데요.”

　　그럼 대신 내줄 수는 없나요? 퇴근 후에 갚을게……. 그러나 그녀는 정이가 아닐 수도 있었다. 이름과 얼굴 둘 다 닮은 사람일 수도 있었다.

　　“모자라는데 어떡하죠?”

　　“그럼, 찾으러 오실 때 가져오세요.”

　　“현금인출기는 여기에 없나요?”

　　“네. 여기에는 없어요. 팩스 민원은 오후 네시 이후에 나오니까, 그때 인지세 내시면 되세요. 지금 곧장 나오는 게 아니거든요. 팩스 요청을 해두면 거기서 처리해서 보내주는 데 시간이 걸리니까요.”

　　“저…… 업무 끝나고…….”

　　“네?”

　　“업무가 몇 시에 끝나는지…….”

　　“네시 이후에 오셔서 찾아가시면 됩니다. 오늘 못 오시면 내일 오셔도 되구요.”

　　그녀는 버튼을 눌러 다음 민원인을 호출했다. 나는 엉겁결에 웃고 말았다. 웃음이 헤퍼 보일 것 같아 손바닥으로 입을 막았다. 어후, 땀이 축축했다. 들고 있던 번호표는 땀에 젖어 손바닥에서 뭉개져 있었다. 나는 현관 밖으로 나와 차가 무사한지 살폈다.

운전석에 앉아, 다녔던 회사들의 인사과에 전화를 걸었다. 팩스 민원을 신청했으니 동사무소에서 연락이 오면 처리를 신속하게 해달라고 했다. 정이의 일을 간편하게 만들어주고 싶었다. 팩스 민원도 통하지 않는 회사에서 근무했었다는 인상을 주고 싶지 않았다. 옛 회사의 직원들과 통화를 하다 보니 자꾸만 그녀는 정이가 아닐지도 모른다는 생각이 들었다. 명찰을 확인했고 광대뼈를 확인했다. 그런데 왜? 착각, 그래, 착각일 수 있다는 생각이 들었다.

통화를 끝내고 부평으로 갔다. 가끔 수요예배에 참석하던 교회의 목사님을 만나야 했다. 세례교인 증명서를 떼어주실까? 나는 3층 계단의 창 앞에서 눈을 감았다. 정이와 나란히 무릎 꿇고 세례를 받던 모습이 떠올랐다. K목사님은 어디에서 뭘 하고 계실까. 환경운동을 하고 계실지도 모른다. 담론이 많이 바뀌었으니까.

노크를 하자 목사님이 큰 목소리로 "들어와요" 했다. 당회장실은 상상했던 것과 달랐다. 장판이 깔려 있어서 신발을 벗어야 했다. 양말을 신지 않은 게 민망했다.

"어? 이락 씨 아니세요."

"예. 목사님. 너무 오랜만에 뵙습니다. 죄송해요."

"죄송하긴 뭐가……. 그래, 앉아요."

목사님은 나의 근황을 물었다. 요즘은 왜 안 나오는지, 물으면서 다정하게 어깨를 잡아주었다. 나는 은평으로 이사했다는 것과 회사를 그만두었다는 말을 간략하게 했다. 그런데 무슨 일로 찾아오셨나? 그가 용건을 물어 오기 전에 내가 먼저 솔직해지기로 했다.

"목사님, 저……, 부탁이 있어서요……."

"허어, 이락 씨가 나한테 부탁할 일이 뭐 있죠?"

"새로 취직을 하려고 하는데, 저……, 기독교 회사라…… 증명서가 필요하다고 해서요."

"음……, 음……, 세례교인 증명서요?"

"죄송합니다. 예, 맞아요."

목사님은 소파에서 일어나 책상으로 옮겨 갔다. 나와 나란히 앉아 있기가 싫어진 것 같았다. 나는 처분을 기다렸다. 목사님은 눈을 감고 손끝으로 책상 위의 유리판을 톡톡 쳤다. 마지못해 내가 말했다.

"이럴 줄 알았으면 그때 목사님께서 하라고 하실 때, 세례라도 받아두는 건데 그랬나 봐요."

목사님은 이번에는 자리에서 일어나 허리를 숙이고 인자하게 나를 내려다보셨다.

"이락 씨. 세례는 받아두는 게 아니죠. 구원의 확신을 가지고 있다는 고백을 하는 겁니다. 모든 걸 하나님께 맡겨야 된다 이겁니다. 그게 무슨 자격증은 아니잖어."

그래, 쉽지는 않을 거라 생각했었다. 그래도 물러날 수는 없었다. 어디 가서 돈을 주고 살 수도 없는 것이었다. 입사지원서 구비 서류를 갖추려고, 더구나 세례교인 증명서를 발급받으려고 예전의 K 목사님을 수소문하는 것도 웃기는 일이었다. 목사님이 허심탄회하게 이야기했다.

"우리도 아조 골치 아퍼요. 위에서도 제발 허위 증명서를 발급하지 말아달라고 공문을 내려보내고 있어요."

"제도화되어서 그런 거겠죠."

"제도가 뭐 나쁩니까? 잘못된 제도가 나쁜 것이지. 예수 믿는 사람 뽑겠다고 하는데 허위로 믿는다는 거 가지고 가면, 그게 말이 됩니까? 친척이 예수 믿는 사람도 아닌데 소득공제 받겠다고 헌금 내역서를 만들어달라고 해서 안 해줬더니 그 집안 성도들이 모두 옮겨가버리는 일도 있었어요. 우리가 뭘 바라고 목회를 하겠습니까. 이락 씨 보기에는 어떻게 보일지 몰라도 우린 시대의 양심이 되는 사람들이에요. 유연하게 하려다가 나도 많이 당해요. 저번에는 대학에 교수로 취직한다고 세례교인 증명서를 좀 떼줄 수 없겠냐고, 우리 아파트 아래층에 사는 사람이에요, 소싯적에 교회 한번 안 다녀본 사람이 어디 있냐고 말하면서, 하도 간곡하게 사정을 하길래 만들어주기로 했어요. 교회에 나오기로 한다는 약속을 받고 해줬단 말입니다. 근데 뭡니까. 임용에서 떨어지고 나니까 싹 닦아버리는 거야. 이런 말 좀 그렇지만 외상 주고 손님 잃고, 그 짝이거든. 그러지 말고 신앙생활을 열심히 하세요. 이사를 했다고 하니까 여기까지 오라고는 말씀 못 드리겠네요. 드문드문, 참석하고 싶을 때만 참석하고 그러지 마시고. 이락 씨도…… 하나님께 의지를 하란 말입니다. 좀 편안하게 사세요. 의지하고 나면 얼마나 좋은 하나님이신데요……."

나는 목사님이 준 음료수를 천천히 마셨다. 목사님은 다시 내 옆으로 와 앉았다. 구멍 난 양말이 눈에 들어왔다. 신을 믿는 것은 나쁘지 않았다. 신의 삿됨 혹은 삿된 신을 믿는 것이 나쁠 뿐이었다. 왜 이렇게 내게는 빳빳한 목사들만 있었던 거냐. 나는 급진적인 생각을 해보았다. 그럼, 지금 당장이라도 세례를 주실 수 있다는 말씀이시죠? 고백할까요? 임마누엘. 주께서 제게 임하셨습니다. 하나님을 영접하겠습니다. 하지만 이 협박으로는 통하지 않는다는 것을 나는 알고 있었다. 6개월 이상 성실하게 예배에 참석해야 학습을 받을 수 있는 자격을 가질 수 있고, 학습을 받은 다음 또 6개월 이상 성실하게 예배에 참석해야 세례를 받을 수 있는 자격을 가질 수 있었다. 예수교 장로회의 규율이었다.

목사님이 몇 가지를 물었다. 무슨 일을 하는 회사에 취직하려고 하는 거냐고 물었다. 목사님은 "교회에 열심히 다니겠다고 약속할 수 있습니까?" 물은 다음 교회 관인이 찍힌 증명서를 만들어주셨다. 두 시간이 넘게 걸렸다. 세례를 받은 적 있다는 사실을 말해줘도 되었을 텐데 왠지 그러고 싶지 않았다. 목사였던 아버지의 죽음, 주일마다 피아노로 예배 반주를 했던 고교 시절, 정이를 만난 대학 시절에 대한 이야기로 이어질 것이 싫었다. 나는 유아세례를 받았었고, 중학생 때 아버지 교회에서 세례를 받았었고, 대학생 때 K목사님 교회에서 또 세례를 받았었다. 그런데 증명서를 떼려고 하니 무턱대고 죄스러웠다. 목사님 말대로 그게 자격증은 아니었다. 나는 목사님을 위해 빈말을 할 필요를 느꼈다.

"이런 마음이 들어요. 이번에 지원서를 넣는 건 어떤 쓰임을 받기 위해, 하나님께서 저를 인도하시는 길이다는 생각이…… 들어요. 워낙 좋은 기회거든요……. 요즘 취직하기 힘들잖아요. 죄송해요 목사님."

"미안할 거 없어요. 이제 교회에 열심히 나가시면 돼. 아셨지?"

목사님과 인사를 하고 주차장에 들어서면서 전화기를 켰다. 문자메시지가 다섯 통 연속으로 들어왔다. '신청하신 ○○회사 경력증명서가 발급되었습니다.' 동일한 문장이 회사 이름을 달리해서 반복되었다. 너 정말 이러기냐, 다정하게 말해주면 안 되는 거냐. 정이가 야박해 보였다. 졸업한 학교의 성적증명서와 졸업증명서가 발급되었다는 내용을 전하는 문장은 형식이 약간 달랐다. 나는 발급이 완료되면 컴퓨터에 의해 문자메시지가 자동으로 작성될 수도 있다는 생각을 했다. 그러자 야박하게 느껴지던 정이도 다시 다정한 거리에 서 있는 모습으로 달라졌다.

정이를 다시 만났다. 정이와 나는 주로 은평로터리 근처에서 국수를 먹었다. 국수집 메뉴에는 열무국수, 비빔국수, 콩국수, 불고기 국수 등이 있었다. 우리는 물국수만 먹었다. 요리하는 데에 시간이 걸리지 않는 기본 메뉴였다. 그래도 어떤 날은 국수를 기다리는 데에 30분이 넘게 걸리기도 했다. 우리는 빠르게 식사를 끝내고 이곳저곳 느린 속도로 걸었다. 미로와 같은 불광동 성당의 진입로를 걸을 때 기분이 가장 좋았다. 앞문이 뒷문처럼 보이고, 뒷문이 앞문처럼 보이는 설계 구조로 유명한 건물이라고 정이가 설명해주었다. 나는 시간을 거슬러 간다고 여겼다.

"여기 교구 규모가 커. 성당 건물도 유명하고."

"은평에서 오래 살았니?"

"올해 9년째야."

정이야, 우리 함께 돌아가는 거 맞지? 묻고 싶은 순간이 많았다. 진지해지려고 하면 정이가 다시 동사무소로 돌아가야 하는 시각이 되어 있었다. 점심시간은 그야말로 허기를 때우기 위해 존재하는 시간인 것 같았다. 이사의 비서로 있을 때는 그렇게 느끼지 못했었다. 접대를 하는 이사의 점심시간은 두 시간에서 두 시간 삼십 분이었다. 정이야, 결혼은? 물으려고 하면 그녀가 또 동사무소로 돌아가야 하는 시각이 임박해 있었다. 수요일엔 부서 회식이 있어서 점심을 함께 먹을 수 없었다. 헤어지고 나면 꼭 해야 했던 말이 그득 있었던 것 같았다. 준비했던 말을 한마디도 못한 것 같았다. 막상 다음에 만나면 무슨 말을 먼저 해야 할지 막연했다. 우리는 어제의 국수와 오늘의 국수를 비교하고, 어제의 성당과 오늘의 성당을 비교하는 것으로 시간을 보냈다. 헤어진 후 문자메시지를 주고받을 때는 경쾌한 내용들만 보냈다. 직장에서 일을 하고 있는 그녀를 위해 심각한 말들은 피했다.

점심 약속을 확인하고, 보고 싶다는 말을 날것인 채로 보낼 수 있게 되었을 때 나는 그녀와 자고 싶다고 생각했다. 그러나 정이는 이유를 말하지 않으면서 저녁 시간은 절대로 내게 줄 수가 없다고 말했다. 저녁에 있는 동사무소의 회식에서도 자기는 빠진다고 했다. 비밀스러움과 치밀함이 느껴졌다. 나는 그녀가 대학 졸업 후 하던 야학을 아직 놓지 않고 있는 것으로 생각했다. 낮에 일하고 밤에 가르치고……. 넌 아직 훌륭하구나. 나는 가슴이 뛰었다. 우리는 예수를 반만 믿자고 말하는, 예수는 가난한 자들의 좋은 술친구였다고 말하는 동아리에서 사회운동을 많이 했다. 거기서 만난 목사님들은 성경도 너무 믿지 말자고 했고, 하나님에게 너무 의지하지도 말자고 했다. 인간이 행복해야 신이 행복한 법이라고 했다. 인간의 행복을 방해하는 인간이 있다면 그는 무너뜨려야 할 적이었다.

“서류는 통과됐다고 했지?”

“응, 그렇다나 봐.”

나는 그만두는 쾌감을 위해서가 아니라 앞으로의 어떤 일을 준비하기 위해 회사에 충실해야 한다는 느낌을 받았다. 사랑은 그렇게 사소한 것들을 정밀하게 준비하는 작업이었다. 이 말을 그녀에게 물을 때 나는 목이 많이 말랐다.

"혼자니?"

정이는 아랫입술로 윗입술을 비죽 밀어 올리며 웃었다.

"왜 이제 묻나 싶네……. 넌 왜 혼자야?"

"내가 혼자인 건 어떻게 알아?"

"내가 공무원이잖아. 이름과 나이가 있으면 그 정도는 조회할 수 있어. 이락, 이름도 특이하잖아. 명절 무렵 되면 늘 생각나더라. 명절 때마다 네 생각이 났어."

1년에 명절이 찾아오는 횟수는 고작 두 번밖에 되지 않았다. 하지만 그게 정기적으로 지속되었다면 작지 않은 관심이었다. 명절 때마나 나는 또 얼마나 외로웠던가.

"월차는 언제야?"

"글쎄. 위에서 안 쓰니까 나도 잘 안 쓰게 되더라. 나이는 많고 직급은 낮고. 내가 좀 그래. 일을 늦게 시작했거든."

무슨 일을 하다가 뒤늦게 공무원 시험을 보게 되었는지에 대해서 그녀는 말하지 않았다. 나는 그녀가 활동을 계속했을 거라 판단했다.

"공무원들은 그래도 자유롭지 않나?"

"점심 먹고 들어가는 시간도 잘 지켜야 되잖아. 만만치 않아."

"내일도 점심 같이하는 거지?"

"응. 아마도."

국수를 먹고 나면 배가 빨리 고파졌다. 오후 네시쯤, 배가 고파

197

지면 정이를 보고 싶어졌다. 배고픔으로 기억되는 사랑이 그리 나쁜 건 아니었다. 나는 다음 날의 점심을 계획해보기도 했다. 빵을 사서 공원에서 먹으면 호젓할 것이다. 샌드위치를 포장해 가서 찻집에 앉아 먹는 것도 좋을 것이다. 어린 연인들이 그러는 것처럼 비디오방에 들어가 멋쩍게 키스를 하고, 영화가 반도 끝나지 않았을 때 나오는 기분도 좋을 것이다. 아니면 차에서 음악을 들으며 초밥 도시락을 먹는 것도 좋겠지. 어느 날 정이가 말했다.

"네가 취직이 됐음 좋겠어."

"왜?"

"그냥……. 부르면 달려올 수 있는 거리에 네가 있다는 게 좀……. 취직을 하면 그렇지 않을 거잖아. 너랑 나랑 같은 조건에 있었으면 좋겠어. 대학 다닐 때처럼."

나는 최종 면접을 보게 되었다. 대기실로 지정해놓은 대형 회의실 벽에는 창립자 사진과 사훈, 성경 구절이 들어 있는 액자가 군데군데 걸려 있었다. 그 회사의 첫 번째 창립 정신은 기독교의 전파를 위해 노력하는 회사가 되자는 것이었다. 마지막은 기독교 공동체의 확대와 확산에 노력하는 회사가 되자는 것이었다. 공동체라는 말을 회사에서도 쓰고 있었다. 저절로 이념이 들어가는 단어여서 함부로 말하면 안 될 것 같은 말이었다. 담배를 피우고 싶은 마음이 심하게 들었으나 참기로 했다. 몇몇은 기도를 하고 있었다. 각자가 다 자기의 채용을 바라며 기도했을 것이다. 나는 내 분야의 경쟁자가 누구인지 가늠하면서 사람들을 살폈다. 주여, 당신 뜻대로 하소서. 모두가 이런 기도를 한다면 서로 간에 질시하는 일은 생기지 않을 것이다. 모두가 그분의 뜻이니까. 회사 간부들의 선택도 그들에 의한 것이 아니라 그분의 선택에 의한 것이 되니까. 나는 사목(社牧, 회사의 목사)이 외우고 있는 성경 구절을 말해보라고 말한다면 창세기를 이야기하기로 마음먹었다.

면접관들의 인상은 참 좋았다. 중앙에 앉아 있던 사람이 말했다.

"자기소개를 해보시죠."

"저는 이락입니다. 한국 나이로 서른다섯 살입니다. 광고영업직에서부터 인사관리직, 대표이사 비서실장으로 근무한 경력이 있습니다. 현재는 재충전을 위해 운동과 공부를 열심히 하고 있습니다. 평소 존경해오던 ○○회사에서 경력자를 모집한다고 하여 즐거운 마음으로 지원하게 되었습니다. 채용해주시면 하나님의 뜻으로 알고 열과 성을 다해 일하겠습니다."

아마도 이보다 훨씬 더 노골적인 아부를 했을 것이다. 나는 구역질이 나는 기분을 참으면서 하나님의 뜻을 이야기했다. 괜스레 자신 없어 보이는 척한다거나, 겸손한 척하는 건 면접을 포기하는 것이나 마찬가지였다. 면접관들이 원하는 것 또한 과잉 충성의 자세였다. 그들도 지원자의 말을 다 믿는 사람들이 아니었다. 중요한 건 역할극에 임하는 태도였다. 누군가 물었다. 어떤 얼굴을 가진 사람의 입에서 나온 말인지 헷갈렸는데 나는 그 말을 한 사람이 사목이라고 판단했다.

"외우고 계신 성경 구절이 있습니까?"

"태초에 하나님이 천지를 창조하시니라, 입니다."

"어째서요?"

"처음부터 끝까지, 태어나는 것에서부터 죽는 것에 이르기까지 모두가 하나님께서 주관하시는 일이기 때문입니다."

잠깐 긴장했던 것 같기도 하다. 회사 면접이 아니라 세례식이 거행되는 예배당에 있는 것 같은 기분이 들었다. 예상했던 질문이었고 준비해둔 말이었다. 어쩐지 낭패스러웠다. 많은 사람들이 흡족한 표정으로 대해주었다. 만약 진행 요원의 안내를 받고 들어간 면접장에서 나를 배척하는 기운을 느꼈더라면 나는 섬기고 있는 구절이 간음하지 말라입니다, 라고 대답한 후 이 말이 주는 여흥을 즐겼을 것이다. 부평에서 가끔 수요예배에 참석할 때 개정판 성경을 산 후 가장 먼저 확인한 것이 창세기 첫 줄이었다. 그 다음 순서는 간음하지 말라는 예수의 말을 전하는 마태복음 5장 27절부터 32절까지의 문장이었다. 창세기 첫 줄은 변함이 없었다. 마태복음은 약간 달라져 있었다. 여자를 보고 음욕을 품는 자마다 마음에 이미 간음하였느니라라고 했던 예수의 말은 개정판에서 음욕을 품고 여자를 보는 자마다 마음에 이미 간음하였느니라로 바뀌어 있었다. 미세한 번역의 차이였다. 음욕을 품고 여자를 바라보는 것과 여자를 보고 음욕을 품는 것은 아주 달랐다. 이 말 다음에는 오른 눈이 음행을 저지르면 오른 눈을 파내고 오른손이 실족하게 하면 오른손을 자르라는 가르침이 있었다. 나한을 만나면 나한을 쳐부수고, 부모를 만나면 부모를 죽이고, 부처를 만나면 부처를 죽여야 인혹(人惑)을 끊을 수 있다는 『임제록』의 구절을 떠올리게 하는 말이었다. 『임제록』은 실천불교의 경전이었다. 누군가 말했다.

"회사에서 지정하는 교회에 출석하실 수 있겠습니까?"

"예! 할 수 있습니다."

나는 무엇보다 진지하게 보이도록 노력했다. 그것이 마지막 질문과 대답이었다.

　　정이와 내가 좋아했던 십계명은 이웃에 대해 거짓 증거하지 말라였다. 거짓말하지 말자는 것은 아버지가 설교 시간마다 반복하던 말이었다. 사모 자리를 탐내며 교회 일을 돕던 여자들은 아버지 장례식에 나타나지 않았다. 나이 많은 집사님 권사님들이 나를 대신해서 많은 일들을 해주었다. 몇 개월 지나 교회가 폐쇄된다는 말이 떠돌았다. 나는 서울로 전학을 했다. 한 사람의 가족도 남지 않은, 혈혈단신이었다. 그런데도 내가 대학을 마치고 취직을 하자 채권자들이 내게 달려들었다. 세상은 참 정교한 곳이었다. 나는 아버지가 죽은 지 거의 십 몇 년 만에 상속포기 절차를 밟느라 법무사와 변호사의 도움을 받아야 했다.

　　정이와 나는 연애를 하면서도 각자 외로웠다. 우리는 거짓말을 하지 않기로 했기 때문에 투명하게 이별했다. 진심은 아니었을 것 같은데 거짓을 꾸미지 않겠다는 다짐이 너무 강렬해서 그만 헤어지는 게 좋겠다는 판단이 진심으로 변했던 것 같기도 하다. 나는 말했다. 네 주변에 대해 너무 미안해…… 이렇게 작은 희망을 품고 사는 것에 대해 나는 환멸이 들어…… 더 큰 사랑을 하고 싶어. 더 큰 사랑을 하기 위해선 둘 중 누군가가 우리 둘만의 사랑에 헌신적이 되어야 할 거야. 난 너에게 헌신적일 수 없어. 이대로 가다가는 내가 너에게 강요하게 될 거야. 나한테 헌신적이 되라고 말이야. 그러니까 우리 만남은 서로에게 독이 될 수도 있을 거야. 이런 건 사랑이 아니야. 그리고 너의 따뜻함이 이제 내게는 익숙해져 버렸어. 20대의 찬란한 나이에 사랑을 한 사람의 이성(異性)에게 수렴시키는 건 바람직하지 않아. 핍박받는 민중 속으로 들어가야 해. 우어……. 너무 말이 거창했다. 하지만 그때는 민중이라는 말을 입 밖에 낼 때마다 온몸의 신경에서 박동이 강하게 느껴졌다.

우리는 헤어지기로 약속한 다음에도 띄엄띄엄 만났다. 그래서 연애의 끝이 언제였는지 기억이 가물가물하다. 시작은 해방신학을 전공한 목사님으로부터 나란히 세례를 받은 순간이라고 기억되지만 그 끝은 아주 모호한 것으로 남아 있는 것이다.

나는 면접이 잘 끝났다는 내용과, 저녁을 함께 먹고 싶다는 내용의 문자메시지를 보냈다. 정이는 내가 최종면접을 가게 되면 저녁을 함께 먹자고 했었다. 정이는 열시까지는 함께 있을 수 있다고, 수줍게 답문을 보내왔다. 퇴근 시각의 대기가 이내로 푸르러지는 계절이었다. 나는 그 분위기를 틈타 집까지 바래다주면서 정이에게 많은 이야기를 하려고 했었다. 그러나 정이는 저녁 시간을 그 하루만 허락했다.

오후 세시였다. 나는 대형서점의 팬시점으로 들어갔다. 차량용 유리 액자와 가위를 샀다. DVD 매장으로 가서 〈노틀담의 꼽추〉를 샀다. 그것은 고전명작 코너에 꽂혀 있었다. 차로 돌아가 정이의 사진을 꺼냈다. 며칠 전 옛날 앨범에서 꺼내 지갑에 넣어둔 것이었다. 야학 교실에서 강의를 하고 있는 대학생 정이였다. 일부러 흑백으로 찍은 사진이었다. 액자 크기에 맞춰 가위질을 하자 정이의 얼굴만 남았다. 사진을 넣고 액자 뒷면의 플라스틱판을 끼웠다. 뚝 하는 소리가 났다. 나는 액자를 붙일 방향을 이리저리 재면서 생각했다. 아이를 낳으면 이 옆에다 액자를 하나 더 붙이게 되겠지. 운전석에서 잘 보이는 방향으로 액자를 고정시켰다.

저녁에 비가 오기로 되어 있었다. 임진각 방향으로 가다가 예술 마을 들어가는 인터체인지에서 빠져나갔다. 다시 전화로 ARS 일기 예보를 들어보았다. 비가 온다고 했다. 오디오에 〈Somewhere over the rainbow〉와 〈Not going anywhere〉 두 곡을 반복 재생으로 조작해놓고 속도를 내보았다. 오디오의 시스템은 문제가 없었다. 기분이 좋아지니 사운드도 아주 쾌활하게 들렸다. 정이의 전화기 컬러링에 들어 있는 노래였다. 앞의 노래에서 뒤의 노래로, 우연인지 몰라도 나를 만나면서 정이가 컬러링을 바꾸었다. 무지개 너머 어딘가를 찾던 그녀가 그냥 거기에 있겠다고 말하고 있었다. 난 아무 데도 가지 않아, 조수가 밀려오고 밀려가도, 난 아무 데도 가지 않아, 여기서 사랑을 나눠줄 거야……. I'm not going anywhere, I'm not going anywhere…….

비가 오면 극장을 닫는다고 했다. 나는 DVD를 주면서 우리를 위해 빗속으로 영상을 보내달라고 했다. 하늘이 지붕인 노천 자동차극장이었다. 직원과 대화를 하고 있을 때 정이에게서 연락이 왔다. 동사무소 앞으로 차를 바짝 대지 말고 버스 정거장 앞쪽의 횡단보도에서 기다리라는 내용이었다. 퇴근 시각이 가까워진 모양이었다. 나는 대형 할인마트로 차를 몰았다. 식료품 코너로 가서 초밥 도시락을 종류별로 샀다.

"오늘 저녁은 차에서 해결하기로 했어."

"어머, 왜?"

"식당에 들어가면 술 마시고 싶어질 것 같아서."

“마시면 되지 뭐.”

“그냥……. 술한테 널 뺏기고 싶진 않아.”

“심각한 얘기 하려고 이러는 거니?”

“아니 그냥……. 첫 저녁식산데 술에 취하면 좀 그렇잖아.”

정이는 배고팠다면서 초밥을 하나 먹었다. 나는 극장을 향해 차를 움직였다. 정이가 종류별로 하나씩 초밥을 맛있게 먹었다. 내 입에 넣어주려고 할 때, 나는 운전에 방해가 된다고 말하면서 그녀를 바라보았다. 가끔 그녀가 무릎에 올려놓고 있는 도시락 쪽으로 손을 뻗어 초밥을 집어 먹었다. 꼭 무릎을 짚고, 예전처럼 입술을 손끝으로 만지는 것 같았다. 오토바이들이 시선을 끌었다. 곧 비가 뿌릴 것이었다. 라이딩도 좋지만 빗길에 미끄러져 죽으면 어떡하나 걱정이 들었다.

“오토바이들 빠르잖아. 난 저거 볼 때마다 내가 캥거루였으면 좋겠다는 생각이 들더라.”

“무슨 시적인 말이야?”

“우리 참 이상해 보일 것 같거든. 네발짐승들이 우릴 보면 얼마나 불안해 보일까? 신호 대기 하면서 오토바이들 서 있는 거 보면 불안해 죽을 지경이야. 네발짐승들이 우리 사람들 보면 꼭 그런 느낌일 거 같아. 공룡 서 있는 거 보면 불안하지? 달릴 때는 괜찮은데.”

“이상한 걱정도 다 한다. 그런데 웬 캥거루?”

“서 있을 때 걔는 네 발로 있다가, 뛸 때는 두 발로 뛰잖아. 빠르잖아.”

“난, 네게 모성애 같은 부성애가 있는 줄 알았다. 애기 얘기 하려는 건 줄 알았어. 걔들은 아이를 주머니에 넣고 다니잖아.”

정이는 말을 마친 다음 후…… 한숨을 쉬면서 마요네즈가 많이 들어 있는 참치초밥을 손에 들었다. 나는 액자 속의 정이를 바라보았다. 정이가 물었다.

"액자 떼어서 봐도 되니?"

"왜?"

"내 쪽에서는 잘 안 보이거든. 떼어서 봐도 돼?"

"응. 그래. 요렇게 요렇게 흔들면 떨어져."

정이는 웃으면서, 내가 요렇게 요렇게 흔들라고 말하면서 몸 비트는 것을 보고 웃으면서, 액자를 떼어냈다. 10년도 더 된 사진이었다. 전조등 앞으로 비가 하루살이 떼처럼 몰려들어 왔다. 정이는 자기 사진을 보면서 흐뭇하게 웃었다.

"비 온다."

"응. 이제 막 오기 시작했어."

정이가 액자를 가리키며 나직하게 말했다.

"다시 붙여놓을까?"

나는 대답하기 민망했다. 정이는 그것을 원래 있던 자리에 붙이지 않고 내 손에 넣어주었다. 나는 정이의 손을 잡았다.

"비 오는 날 자동차극장…… 할까 안 할까?"

"글쎄. 맑은 날도 가본 적 없는데?"

"가보자. 곧 시작하는 영화가 있어."

표를 받고 들어갔다. 라디오를 틀어 표에 적힌 주파수에 맞추고 오디오를 서라운드로 조절했다. 아직 정이는 내 오디오를 칭찬해주지 않았다. 이제 알게 될 것이었다. 콰지모도가 종각에서 그네를 타듯이 줄에 매달려 종을 칠 때 그 소리가 얼마나 장대하게 들리는지, 군대가 성당 문을 부수기 위해 돌기둥을 눕혀 그것으로 문을 칠 때 그 소리가 얼마나 큰 것인지. 영사실의 사내에게 실내등을 켰다 껐다 반복해서 신호를 주었다. 영상이 시작되었다. 정이가 말했다.

"비 오는 날도 하네?"

"그러게. 운치 있다. 그지?"

조금씩 내리는 것 같던 비가 시야를 많이 가렸다. 와이퍼를 조작했다. 자갈을 밟고 들어오던 때처럼 와이퍼 소리가 크게 들렸다. 그녀가 와이퍼를 멈춰보라고 했다.

영상이 흐물거렸다. 영사실에서 시작된 빛이 비를 정직하게 비추고 있었다. 비는 직선으로 내리고 있었다. 스크린 너머에는 산이 있었다. 낮에 보았을 때 스크린은 아주 지저분하고 조악했다. 태풍이 불면 간단하게 날아갈 것 같았다. 밤은 참 많은 것을 가렸다.

정이는 영화가 아니라 창에 어리는 빛깔을 즐기는 것 같았다. 어떤 빗방울은 매우 빠르게 흘러내리면서 물길을 만들었다. 어떤 빗방울은 한자리에 오래 붙어 있었다. 빗방울에 물이 들었다. 영사기에서 나온 빛이 스크린으로 갔다가 다시 반사되어 차창으로 와 멎는 것 같았다. 여러 색깔의, 붉은색 푸른색의 비가 창 위에서 흘러갔다. 나는 핸드브레이크에 올려두고 있던 손을 들어 정이의 어깨를 만졌다. 키스하고 싶었다. "키스를 하면 그건 연애가 아니야, 그건 결혼이야, 못 하는 게 있어야 연애야……." 정이는 몸의 만남을 나중으로 미룰 때 언제나 그런 말을 했었다. 문득 생각이 났다. 점심을 즐기면서 왜 우리는 지나간 날에 대해서만 줄곧 얘기해왔던 걸까. 앞으로의 일에 대해 얘기할 수는 없었던 걸까.

야학으로 찾아갔을 때 그녀는 전철 막차가 끊어졌다면서 여관 방을 잡아주었다. 크리스마스 시즌이라 전철역 부근에서 방을 잡기가 힘들었다. 남한산성 닭죽촌에서 그리 멀지 않았던 것 같다. 빈방이 있었다. 이제 우리는 강을 건너는구나, 마음이 설레었다. 일이 잘못됐을 경우 크리스마스 베이비가 태어날지도 모른다고 생각했다. 그런데 그녀는 카운터에서 계산을 마친 다음 "자, 받어." 열쇠를 내밀더니 그곳에서 돌아섰다.

거짓말이 필요한 순간이었다. 무서우니까 잠깐만 같이 있어줘. 내가 자는 방이 어떻게 생겼는지 보기라도 하고 돌아가면 내 마음이 편할 거야. 상식적인 거짓말들이 맴돌았다. 나는 아무 말도 하지 못했다. "정말 갈 거야?" 이 말만 입에서 나왔다. 나는 그때 비공식적인 수배 대상이라 아주 자유롭지는 못했다. 그녀는 나를 보호해주고 싶어 했다. 매달리면 잡을 수 있을 것 같았다. 그런데 나는 거짓말을 할 수가 없었다. 내가 하고 싶은 말이란, 너랑 자고 싶어, 이 말이었다. 택시를 잡아주겠다고 했지만 그녀가 거절했다. 그녀는 갔고 나는 빈방으로 들어가 잠을 잤다. 다음 날 아침 일찍 그녀에게서 전화가 걸려왔다. 식당으로 나오라는 것이었다.

몇몇 선배가 집행유예로 풀려났고 나는 휴학을 했다. 서해안 바닷가에서 잠깐 일을 했다. 쉬운 일은 아니었을 것이다. 어느 날 그녀가 왔다. 그녀는 여전히 야학을 하느라 바쁘다고 했다. 나를 만나러 온 것은 밤 열한시가 가까웠을 때였다. 우리는 간단히 맥주를 마셨다. 그리고 망설였다.

여관에 가자는 말을 하려니 입이 떨어지지 않았다. 우연히 여관 간판을 발견한 것처럼 내가 손을 잡고 끌어당겼다. 그녀는 스르르 나를 따라왔다. 나는 그녀가 몸을 허락해줄 줄 알았다. 방문을 열고 들어가서 내가 물었다. "혼자 괜찮을까?" 그녀는 혼자 못 자겠다고 했다. 더 깨끗한 여관을 찾아보자고 하지도 않았다. 이미 돈을 지불하고 들어간 곳이었다. 나는 스탠딩 옷걸이에 코트를 걸고 정이에게 코트를 걸어주겠다고 눈짓을 보냈다. 가슴이 뛰었다. 정이는 코트 깃을 여미며 이렇게 말했다.

"네가 침대에서 자. 난 잠깐 앉아 있다가 밝아지면 나갈게."

"정말? 지금 그냥 나가서 산책이나 할까?"

"밤이 깊었잖아. 무서워."

맥주를 사러 나가려다가 그만두었다. 한순간이라도 그곳에 정이를 혼자 두고 싶지 않았다. 그리고 나는 한 시간도 못 기다리고 잠들었다. 어쩜 그렇게 성욕도 미약했을까. 새벽에, 그녀가 나가는 소리를 들었다. 잘 가라는 말을 하지 못했다. 잘 가라는 말을 하려면 일어나야 했고, 일어나면 잘 가라는 말만 하고 다시 누울 게 아니라 그녀를 바래다줘야 했기 때문이었다. 성남까지는 멀었다. 언젠가의 편지에서 정이는 바래다주지 않았던 나를 책망하는 대신 "넌 여전히 낭만적이더라" 하면서 끝맺었다. 그것이 마지막 만남이었다.

"넌 지금도 참 낭만적이야. 그치? 저 영화 우리 몇 번이나 봤을까?"

또 옛이야기였다. 나는 키를 돌려 와이퍼를 작동시켰다. 영상이 선명해졌다. 콰지모도가 종을 치는 장면이었다. 그가 종 안의 추에 매달려 그네를 타는 동작으로 타종을 했다는 인상을 주는 장면이었다. 종 속에 들어가 온몸으로 추를 굴려 벽을 때린다…… 귀가 찢어

지겠지. 추에 매달려 그네를 구르듯 몸을 실어 종을 치는 인간, 참으로 헌신적인 느낌이었다. 그것과 다른 실제 영상을 보면서 나는 콰지모도가 추에 매달려 종을 치는 것으로 생각하고 있었다. 정이가 말했다.

"나, 개종했어. 가톨릭으로."

"왜?"

"격식 있는 게 좋더라. 안정적이고. 이제 나이가 들었나 봐."

"원래 넌 좀 그런 취미가 있었지."

"넌 어때? 교회엔 나가니?"

"가끔……. 한가한 수요예배 때만 가끔 나갔어. 여기로 온 뒤에는 그것도 안 나가지만."

나는 나도 개종할까? 물으려다 그만두었다. 너무 직접적으로는 말하지 않기로 했다.

"K목사님은 어떻게 지내실까?"

"글쎄. 소식 들은 지 오래됐어. 가톨릭은 교구가 있어서 불편한 것도 있는데, 나한테 맞는 목사님 찾아 교회 물색하러 다니는 시간 안 버려서 좋기도 하더라. K목사님 같은 분이 필요한데……."

정이는 여전히 종교가 사회변혁의 임무를 수행해야 한다는 신념을 유지하고 있는 것 같았다. 이념이 약해질 때 종교적 신념은 돋보이는 법이었다. 난 우리가 점심을 먹고 산책을 하면서 거닐었던 불광동 성당의 넓은 후원을 떠올렸다. 처음에는 정문인 줄 알았던 후문, 정원인 줄 알았던 후원.

"열시에는 가야 한다고 그랬지?"

"응."

“가자. 이제.”

“시간 참 빨라. 너랑 있으면 어쩔 줄을 모르겠어…….”

정이가 손을 잡아주었다. 그때 키스를 했어야 했다. 나는 영사실에 맡긴 DVD는 나중에 다시 와서 찾기로 하고 차를 출발시켰다. 정이는 성당 앞에서 내려달라고 말한 다음 잠들었다.

서른다섯 살의 우리가 이렇게 순수해도 되는 걸까. 얼굴을 만지고 싶어 터질 것 같은 마음을 다잡고 “정이야” 나직하게 불렀다. 정이는 “응” 하면서 잠에서 깼다. 성당 앞이었다. 그녀는 나에게 내리지 말라고 했다. 그녀는 성당으로 들어갔다. 나는 그녀를 보면서 노래를 나직이 불렀다. 하루 종일 들었던 그 두 노래였다. 무지개 너머 어딘가에 뭐가 있어……. 난 아무 데도 가지 않아……. 유치하지만 행복했다. 집에 도착하니 배가 고팠다. 나는 정이가 몇 개씩 먹다 남긴 초밥을 큰 접시에 꽃 모양으로 놓은 다음 하나씩 집어 먹었다.

인사과로 전화를 걸어보았다. 직원은 월요일에 정확한 출근 날짜를 알려줄 테니 일단 채용은 확정된 걸로 알라고 했다. 면접을 본 것이 화요일이었다. 그 후 정이에게서는 아무런 연락도 없었다. 잘 들어갔냐는 연락도, 점심을 먹자는 연락도, 면접 결과는 언제 나오느냐는 연락도 없었다. 내가 연락하지 않으면 이대로 또 우리는 끝나는 것이었다.

일요일 아침, 면접 때 입고 갔던 양복바지를 꺼내 접힌 부분을 다렸다. 열한시에 미사가 시작된다고 했다. 나는 미사가 시작될 시각에 집을 나섰다. 가을이 보기 좋게 와 있었다. 보아둔 꽃집은 성당과 집 중간에 있었다. 꽃집에 도착해서 나는 꽃보다 거울을 더 자주 보았다. 포장지와 꽃의 종류를 고르는 데에 20분이 걸렸다. 아마도, 정이에게 꽃을 선물하기는 이번이 처음인 것 같았다. 나는 나에게 말했다. 너도 꽤나 상투적인 연애의 방식을 따르고 있구나……. 나이가 든 거야……. 정이가 꽃을 싫어하면?

　　미사가 끝난 시각이었다. 나는 꽃을 등 뒤에 감추고 미로와 같은 불광동 성당의 진입로에서 정이를 기다렸다. 많은 사람들 사이에서 정이가 돋보였다. 와……. 참 근사했다. 그녀는 너무나 행복해 보였다. 빛바랜 청치마에 감색 계열의 재킷을 입었는데 얼굴이 너무나 밝고 환해 보였다. 그녀 옆에는 남편으로 보이는 사내가 있었다. 사내 옆에는 아들로 보이는 유치원생쯤의 아이가 있었다. 정이 옆에는 딸로 보이는 초등학생쯤의 소녀가 서 있었다. 맨 끝에는 시어머니로 보이는 여자가 서 있었다. 은혜에 충만한 가정이로고……. 나는 그 앞으로 불쑥 다가가는 상상을 했다. '어머, 락이구나? 어머님 제 친구예요. 여보, 내 친구야. 인사해요. 얘들아 엄마 친구야. 인사해.' 정이는 밝고, 맑고, 자신 있게 나를 소개할 것 같은 분위기였다. 웬 꽃이야? 환히 웃으면서 물을 것 같은, 못된 기집애. 뛰어가 발가락을 확 밟아 부러뜨려 주고 싶게 부아가 치밀었다. 그러나 그녀에겐 죄가 없었다. 괜히 실실 웃음이 났다. 미래를 떠올린 죄와 오늘의 그녀에 대한 확인을 내일로 유보했던 죄가 나에게 있었다. 그리고 순수한 척하려 했던 죄. 나는 돌아와서 새로 살 만한 동네를 찾아보기 시작했다.

나는 아버지에게 간다

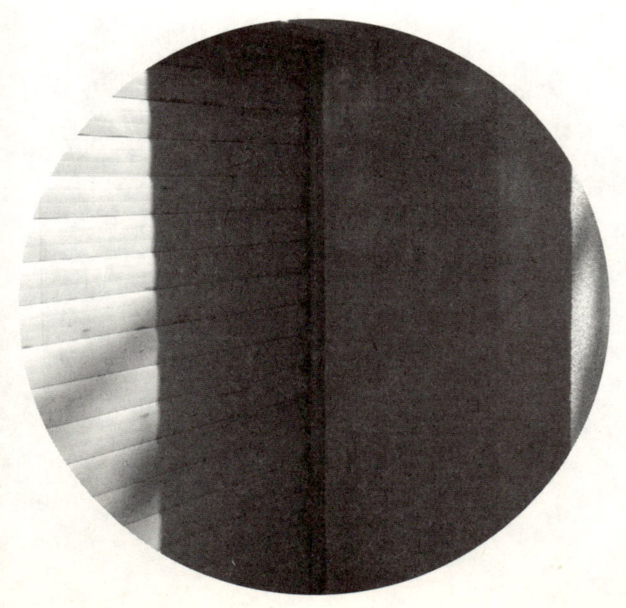

지긋지긋하게 외로웠다. 태양이 모든 빛에 우선하여 그림자를 하나로 만드는 한낮에도, 불빛이 현란해서 그림자가 여러 갈래로 길바닥에 뿌려지는 유흥가의 밤을 거닐 때에도 나의 발걸음을 관리하는 건 외로움이었다. 아이스 발레를 하는 피겨 스케이터나 축구장에서 뛰는 남자 선수처럼, 나도 스포트라이트를 받으면 네 개 이상의 그림자를 가질 수 있었다. 선수들을 따라 빠르게 움직이는 동서남북 방향의 스포트라이트가 만들어내는 그림자는 엇갈림 그 자체가 예술이었다. 빠르게 엇갈릴 때 그것은 프로펠러가 되었다. 구경꾼들은 거기에 흥분을 실어 마음을 하늘로 날려 보내는 것처럼 보였다. 나도 그런 눈에 보이지 않는 선체에 마음을 실어 비행을 하고 싶었다. 나를 비추는 스포트라이트는 없었다.

어제, 아버지는 소유(素惟)에 대해 얘기했다. 소유는 내 동생 이름이다. 그 애의 안부는 예의상 물은 것이었다. 아버지의 설명은 길었다. 재수학원에서 보는 모의고사에서 고득점을 하고 있다고 했다. 최종 점수는 다음 달에 있을 대학 시험을 기다려봐야 알 일이었다. 소유의 불만은 우리 집에서 딸로 태어났다는 것이었다. 우리 집에서 태어난 것이 문제가 아니라 딸로 태어난 것이 문제였다. 작년 대입 시험에서 웬만한 대학에는 갈 수 있는 점수를 받았는데 나보다 더 좋은 대학엘 가기 위해서 재수를 택했다. 여자의 장벽을 넘겠어. 소유는 그렇게 말했다. 우리 집에서 여자의 장벽을 넘겠다는 말은 오빠인 나를 넘겠다는 말과 다르지 않았다.

여성이 남성을 넘을 수 있는 가능성은 없다고 보아야 한다. 자본주의의 대공장(大工場)이 노동을 매입하면서부터 그것은 여성을 가사로부터 해방시키고 여자의 권익 신장에 주도적 역할을 해왔지만 무주공산인 것만 같고 전부가 공짜인 것만 같은 사이버 세계의 소유와 권력까지를 남성이 가지게 되자 여자들은 다시 집안으로 후퇴하고 있는 상황이었다. 시간이 없어서 쇼핑을 못 하는 여인들을 위해 남자들은 사이버 쇼핑몰을 만들었고 수많은 여성 모델을 광고에 이용했다. 덩달아 택배회사가 호황을 누렸다. 점점 생산과 관계없는 자들이 세계의 주인이 되고 있었다. 어디나 포주와 같은 자들이 있었다. 남자들은 여자들에게 지능으로 밀리는 것 같으면 임신을 시켰다. 여자들이 전투력을 잠재운 상태에서 태아와 대화를 나누며 의지적으로 온순해지는 동안 남자들은 또 다른 일을 벌였다. 소유는 그런 남자로 태어나지 못한 것이 불만이었다.

소유는 괜찮은 남자를 만나 결혼함으로써 나의 삶보다 높은 삶을 살겠다는 평범한 계획은 세우지 않았다. 아무리 부정하려 해도 평범한 것은 보수적이라는 비난을 받으면서 평범하다는 것만큼의 책임을 지는 법이다. 티브이 드라마의 진부한 삼각관계가 실제의 어느 연애에나 끼어드는 것과 마찬가지다. 가난한 자들은 뭐든 밥으로 바꾸려고 추악한 짓을 한다. 그런 것들이 평범이다. 여자가 성공하는 지름길은 괜찮은 남자를 만나는 일일 수밖에 없다. 소유도 곧 알게 될 것이다. 그 평범한 선택을 하게 되는 자신을 만나게 될 것이다. 소유는 마흔이 되기 전에 자기 몫의 모든 걸 상속받겠다는 계획을 나에게 말한 적 있었다. 나는 대답했다. "난 상속 같은 거 원하지 않는다". 오빠로서 건전한 경제관을 피력했던 것이었다. 소유는 "아버지 것을 어차피 받게 돼 있다고 믿는 자만은 버리는 게 좋을 거야" 하며 충고했다. 그 애에게는 상대를 위협하고 제압하는 말재주가 있었다. 법대에 간다고 하는데, 변호사가 되면 탁월한 재능을 발휘할 것이다.

내가 재외국민 특별전형으로 대학에 들어갈 수 있는 시기가 되어 가족이 서울로 돌아온 이후 소유는 모든 게 내 일정대로 흘러가는 것이 불만이었다. 내가 대학에 입학했을 때 그 아이는 고등학교에 입학했다. 2년 정도 흐른 뒤에 입국했으면 그 아이도 특별전형의 혜택을 보았을 것이다. 특별전형보다는 정원 외 입학이라는 말이 더 실감난다. 아버지는 소유가 캐나다에 남는 걸 원치 않았다. 어머니도 원하지 않았다. 캐나다에서 지내는 동안 할머니께서 힘을 잃었으므로 어머니에겐 극진히 모셔야 할 시어머니가 시간 속으로 사라진 셈이었다. 소유만 빼고 우리는 모두 돌아오고 싶어 했다.

소유는 학교에서 친구를 만들지 못했다. 대신 학원에서 마음에 맞는 아이들을 만났다. 같은 삶을 살아온 아이들이 모였던 그 사설 학원은 그 애의 놀이터였고 범퍼였고 사교장이었다. 그 애 말을 들어보면, 모로코에서 우즈베키스탄, 두바이, 하와이, 뉴기니까지, 십대의 상당 기간을 외국에서 보내다 온 아이들이 참 많았다. 친구를 사귄다는 건 마음의 안정을 위해 필요했다. 소유는 나보다 더 높은 대학에 들어갈 것이다. 하지만 우리에게 대학의 등급이 무슨 의미란 말인가.

대학에 들어간 다음의 일이란 예측할 수 없다. 소유는 여자니까, 가족들 모르게 몇 번 산부인과에 갈 수도 있다. 호텔비가 없는 구질구질한 남자를 자기 손가락에 꼭 맞는 반지인 줄로 착각하고 그 남자의 손에 이끌려 반지하 자취방으로 인도되어 갈 수도 있다. 그래서 아주 작은 마음을 받고서는 그것을 행복으로 여길 수도 있다. 이럴 수도 있다. 나이트클럽에서 웨이터들 손에 이끌려 다니면서 남자를 고르다, 몸이 힘들어 자포자기하는 심정으로 합석한 남자와 뜻하지 않게 원 나이트 스탠드를 보낼 수도 있다. 어쩌면 이미 그런 밤을 보낸 적이 있을 수도 있겠다. 스무 살은 비밀이 많아지는 나이이다.

소유에게 바라는 바가 있다. 키스할 곳이 없어서 DVD 상영관이나 노래방 같은 데를 찾아 들어가지는 말았으면 하는 것이다. 차라리 공개적으로 호텔을 찾아가는 용기를 내야 한다. 가난한 자와 사귈 거라면 자정 무렵 불 꺼진 재래시장의 낡은 처마 밑이나, 월요일 고궁 앞의 닫힌 매점 처마 아래에서 한낮의 키스를 즐겼으면 좋겠다. 고양이의 움직임 하나에도 가슴이 놀라 덜컹거릴 수 있는 그런 고요가 있는 처마 밑의 키스. 그것이야말로 내가 그녀에게 권하고 싶은 생의 아름다움이다. 내게 가난한 여자가 다가온다면 나도 그러고 싶다. 사랑에 확신이 든다면 나는 그녀가 사는 곳을 오래된 목판 활자의 보관실로 만들어줄 수도 있다. 방부(防腐)에 가장 적당한 박물관의 환경을 만들어줄 것이다. 균이 번식할 수 없는 청량한 온도와 습도와 통풍 공간 속에 우리 생을 넣어두고 싶다.

경영학과로의 전과가 무산되었을 때였다. 거실에는 나, 아버지, 어머니, 그렇게 셋이 앉아 있었다. 나는 아무렇지도 않게 말을 꺼냈다.

"저…… 여자를 사고 싶은데요. 공개적으로."

잠깐 시간이 정지했다가 흘렀다. 어머니가 뭐라 말을 하려고 했다. 나는 아버지 쪽으로 고개를 돌렸다. 어머니가 자리를 피해줬으면 하는 마음이었다. 아버지는 굼뜬 사람인 척했다. 그리고 이런 식으로 에둘러 아름답게 말했다.

"계약 동거 같은 거라도 하겠다는 얘기냐?"

아버지는 자기의 욕망을 얘기하고 있는 것인지도 몰랐다. 어머니가 표정을 바꿔 웃으며, 속으로 무슨 생각을 했는지 모르겠으나 겉으로는 웃으며, 말했다.

"동희야. 엄마가 네 계모니? 어떻게 엄마 앞에서 그런 말을 할 수 있는 거야? 여자를 사겠다니?"

간사한 내 머리가 원했던 것은 그런 유한 분위기가 아니었다. 둘 중 한 분은 슬리퍼를 들고 던지거나 따귀를 치면 좋을 것 같았다. 그런데 워낙 고급스러운 분들이라 불쑥 내민 나의 칼날을 투명하지만 육중한 물의 무게와 힘으로 정교하게 막아내며 분위기를 부드럽게 리드하고 있었다. 나는 당시에 가지고 있던 내 절망의 원인을 사회적인 문제로 돌려 말하려 했다. 그런데 이런 말이 나왔다.

"엄마, 형이상학적으로 해석해줬으면 좋겠어. 내 말에서 여자는 메타포거든?"

어머니가 말했다.

"여자를 산다는 건 그래도 가장 무서운 죄다. 지옥에 갈 거야."

"아버지, 전과가 안 되는 건 제 책임이에요. 학점이 너무 부족하거든요. 저도 경영학과로 전과를 하고 싶은데. 돈으로 여자를 사는 사람들의 마음을 알게 됐어요. 전과는 욕망이 아니라 그냥 단순한 충동이고 욕구가 아닌가 생각이 들었어요."

"무슨 얘긴 줄 알겠다. 내가 좀 움직여보마."

아버지가 말했다. 내가 정말 전과를 하고 싶어 하는 것으로 받아들이는 것 같았다. 나는 살짝 눈물이 나는 것 같았다. 눈가를 훔치며 내 방으로 올라갔다. 부모님이 바라보았던 내 뒤태가 어떤 것이었는지 나도 궁금하다. 나는 아버지의 능력이 어디까지일지를 생각하면서 대학 행정의 양심 정도를 생각했다. 아버지가 도대체 어떻게 움직여본다는 말씀이신가.

경제학과 교수들과 강사들은 경제학에 대한 자부심으로 겸손한 자만을 보여주었다. 그 이상한 자만이 전공 학문을 가진 사람들이면 누구나 가지게 되어 있는 습관에서 나오는 것인 줄은 몰랐다. 하나의 세부를 가지게 된 사람들은 그 세부의 절대성을 타인에게 PR해야 자기의 입지가 생긴다고 믿었다. 그들은 자기의 학문 대상이 위대해야 자기가 위대해진다고 믿었다. 입학 시절을 돌이켜 생각해보기로, 경제학과 경영학을 구별할 줄 아는 식견을 가지고 대학에 들어온 동기생들은 나 말고 없었다. 대부분 어쩌다 보니 경제학과 학생이 되어 있었고, 어쩌다 보니 그 학과를 사랑하는 척하며 학교를 다니고 있었다. 경영학은 시장의 것이고 경제학은 교실의 것이었다. 못이 유행이었다. M.O.T. 진실의 순간(Moment Of Truth)의 약자였다. 소비자가 상품을 선택하는 순간은 영점 몇 초에 지나지 않는다는 이론이었다. 경영 쪽에서 유행하는 용어였다. 투우사가 칼을 소의 이마에 찌르는 순간, 목수의 못이 망치를 맞고 나무에 들어가는 속도, 그런 것이 M.O.T였다. 내가 여자를 사고 싶다고 말하던 때의 몇 분은 아버지와 어머니가 내게 바깥 살이를 허락하기로 마음먹게 된 M.O.T, 진실의 순간이었을 것이다.

아버지가 몇 번 내 소속 대학 학장님과 경영대학 학장님을 만났지만 전과는 이루어지지 않았다. 사회주의에 반대하는 시장 학문의 사람들이 이상하게도 사회를 찾았다. 아버지는 공적 사회의 투명성을 위해 사적 이익은 희생할 수밖에 없다는 논지의 충고를 듣고 왔

218

다. 학장님은 경제학과를 다니면서 이중 전공으로 경영학 과정을 이수하거나 아예 입학을 새로 하는 방법이 있다고 했다 한다. 내가 경제를 택한 건 재외국민 특별전형 입학 커트라인이 더 낮았기 때문이었다. 아버지의 회사 규모가 그 정도여서 그런 대우를 받았을 것이다.

나는 아버지의 실패를 바라보면서 방을 얻어 나가 살아보고 싶다고 말했다. 허락은 봄, 여름이 지나가고 가을이 시작될 때 떨어졌다. 아버지는 졸업을 하면 집으로 들어온다는 조건을 앞세웠고 나의 신념을 물었다. 바깥 살이를 하겠다는데 무슨 신념이 필요하겠는가. 방을 구하고 이사를 하려면 1개월 정도는 걸릴 것이다. 겨울이 시작되고 있겠지. 나는 늦가을에 이사를 하겠다는 생각을 하면서 좀 외로워져 보겠다는 말을 했다. 아버지는 이렇게 말했다.

"앞으로는 전문경영인이 배출될 테니 그 사람을 잘 관리할 수 있는 인문학적 소양을 키우는 것도 큰 공부다. 너는 머리 아프게 경영에 신경 쓰지 않아도 된다. 방황하는 것도 목적 있게 방황해야 해. 남자는 혼자라는 게 뭔지에 대해서도 잘 알아야 한다."

회사가 어려워지고 있다는 말을 하고 싶었던 것일까. 자기가 외롭다는 말을 하고 싶었던 것일까. 아버지는 언제나 절반 이상의 말은 자기 자신을 향해 하는 버릇이 있었다. 신부님도, 목사님도, 스님도, 교도들에게 하는 절반 이상의 말은 자기의 나약해지고 있는 신심에 채찍을 가하기 위해서 꺼낸다. 아버지는 경영에서 물러나 CEO를 고용하고 뒷선에서 지휘를 하고 싶다는 포부를 가지고 있었다. 나는 크게 신경 쓰지 않았다. 어머니는 학교에서 가까운 오피스텔을 알아봐주었다.

아버지는 이사하던 날 아침 식탁에서 가난한 친구들과는 사귀지 말라는 당부를 했다. 잃을 것이 없는 자들과는 대화하지 말라는 것이었다. 연애를 하더라도 바닥은 보이지 말 것이며 상대의 바닥을 보지도 말라고 했다. 감정이든 물질이든 바닥이 확인되면 적나라한 전쟁으로 치닫게 되고 만다는 것이었다. 제왕은 적당히 중산층을 확장시켜야 나라를 쉽게 다스릴 수 있다. 신하들은 백성에게 항산(恒産)을 주도록 힘써야 한다. 그것이 제왕과 백성 모두를 위하는 길이다. 항산이 있어야 항심(恒心)이 있을 수 있다는 건 맹자의 말이다. 유물론자의 시각으로 맹자를 해석하자면 이렇다. 잃을 게 있어야 두려움을 알고 두려움이 있어야 굴종의 미덕을 몸에 지닐 수 있다. 굴종을 끝이라고, 이 세계의 종말이라고 여기는 사람은 지식은 습득했으나 잃을 재물이 없는 사람이다. 자존심이라는 건 최종적으로 재물 앞에서 소멸한다.

아버지는 또 이런 말도 했다. 어쩔 수 없이 가난한 친구를 사귀게 되면 끝까지 그를 예술적으로 지원해라. 예술적이라는 단어의 의미가 조금 모호했다. 나는 뜻을 묻지 않고 마음으로 받아들였다. 돼지고기를 먹어서는 안 된다. 그러나 필요에 의해서, 어쩔 수 없이 먹는 건 괜찮다고 말하는 코란의 계시와 같은 논법이 아버지 말에 들어 있었다. 어쩔 수 없이 사귀게 된 가난한 친구는, 나와의 관계를 최초의 자산으로 가지게 되었다고 판단할 것이니 내가 그에게 잘해준다면 그는 나와의 관계를 재산으로 삼고 그 관계를 잃지 않기 위해 나에게 헌신해줄 수 있다는 뜻으로 나는 해석했다. 예술이라는 말은 우회와 은밀의 다른 이름이었다. 직접적이지 않은 방식으로 지원하면 절대로 직접적인 배신은 당하지 않는다는 뜻이었다. 현금을 주고

받는 것처럼 직접적인 방식은 관계를 천박하게 만든다고 했다. 가난한 친구와의 그런 교제는, 그러나, 어쩔 수 없을 때만 해야지 먼저 다가가는 일은 삼가야 한다고 아버지는 말했다.

이사를 한 후 나는 소리를 들었다. 냉장고 모터 소리가 그렇게 큰 줄은 처음 알았다. 원룸에서의 첫 새벽이었다. 방 안이 웅웅거려서 겁이 났다. 가만히 소리의 근원을 따라가 보았다. 내 귀 앞에 냉장고가 있었다. 놀라운 경험이었다. 근원을 알게 되자 소리는 점점 더 커졌다. 어떻게 할까. 소리를 내쫓고 싶었다. 할 수 있는 저항은 두 가지였다. 코드를 뽑거나 창을 여는 것. 나는 창을 열었다. 바람이 들어왔다. 원룸이 세상과 연결되자 냉장고 모터 소리가 사라졌다. 냉장고 소리가 쫓겨난 게 아니었다. 21층 높이에서 떠돌던 바람과 도로의 소리가 방으로 들어와 냉장고를 덮은 것이었다. 작은 것들은 큰 것 앞에서 사라진다. 아버지의 말은 언제나 옳았다. 큰 것 앞에서 작은 우리는 몸을 낮춰야 하는 법이다.

창을 열고 바깥을 내려다보았다. 집이 그리웠다. 아버지 말대로 목적이 있을 때 방황을 했어야 하는데 나는 방황의 목적을 설정하지 못한 채 덜커덩 발을 내디딘 것이었다. 내게 정해져 있는 목적은 하나였다. 1년 후에 집으로 들어간다는 것. 1년 동안 무얼 할지는 계획한 바가 없었다. 1년이 지나면 졸업이 다가와 있을 것이었다. 그러면 아버지 회사에 들어가게 될 것이었다. 바람이 차가웠다. 문을 닫고 싶었다. 문을 닫아야겠다고 생각하자 사라졌던 냉장고 모터 소리가 상상되었다.

노트북을 켜고 음악을 틀었다. 볼륨을 키우고 창을 닫았다. 냉장고 소리는 살아나지 않았다. 그런데 이번에는 노트북 팬 소리가 나를 새롭게 찾아왔다. 노트북은 음악을 내뱉기 벅찬지 가끔씩 과부하에 걸린 것처럼 웨에에에엥 웨에에에엥 숨소리를 뱉었다. 정기적으로 반복해서 같은 증상을 내뱉었다. 나는 밖의 소리들을 불러오기 위해 창을 열었다. 현관문을 열자니 불러들이고 싶지 않은 누군가가 불쑥 들어올 것 같아 겁이 났다. 음악을 듣기 위해서 창을 열어야 한다니…… . 무언가를 하기 위해서는 목적한 그것 외에 무언가 한 가지를 더 해야 한다는 것이 혼자 사는 삶의 법칙이었다. 밥을 먹으려면 앞에 앉아 있으면 좋을 누군가를 상상해야 했다. 나는 새벽 내내 창을 열어놓고 음악을 듣다가 사이버 고객상담센터에 접속해 방문 서비스를 신청했다.

아침에 나를 찾아온 전화는 고객상담센터 여직원의 것이었다. 그녀는 내게 증상을 물었고 방문 수리를 받기에 편한 시간을 알려달라고 했다. 나는 다시 내가 원룸에 있다는 사실을 실감했다. 혼자라는 건 그런 것이었다. 누군가가 오면 둘이 된다는 것. 바람이 들어와 벽에 붙여놓은 초상화 복사본들을 흔들고 있었다. 나는 내 것을 누군가에게 보여주고 싶지 않았다. 집에 있을 때는 언제나 누군가 있었다. 소리치면 다가오는 누군가 있었다. 할머니는 침대에서 벨을 눌러 사람을 불렀다.

원룸에 사람을 들인다는 것은 모험이었다. 나는 찾아올 사람이 상냥한 목소리의, 지금 전화를 걸어온 여인이 아니라, 장비 가방을 든 남자일 거라는 생각을 했다. 출장 기사는 기름기 묻은 손으로 내 책상을 만질 것이다. 호주머니에서 칼을 꺼낼 수도 있다. 전화를 건 여인이 대답을 재촉했다. 나는 방문 수리 신청을 취소하겠다고 말했다. 지하 상점에 있는 수리 센터로 들고 가기로 했다.

　1층 식당에서 밥을 먹고 지하의 수리 센터에 갔다. 수리공은 기종의 문제일 거라면서 제작사의 AS센터를 찾아가는 게 가장 빠른 방법이라고 했다.

　그래서 나는 태어나서 처음으로 AS센터라는 데엘 갔다. 번호표 기계의 모니터에서는 97이라는 숫자가 깜빡이고 있었다. 기다리는 사람의 수를 가리키는 숫자였다. 연휴 끝의 월요일이었다. 나는 사람을 시켜서 기다렸다가 내 차례가 되면 알려달라고 하고 싶었다. 그럴 사람이 없으니 시장통 같은 대기실에 서서 기다리는 수밖에. 한 시간 정도를 기다렸다. 수많은 밥솥과 휴대전화기와 청소기가 내 눈앞을 스쳐갔다. 기사에게 지불해야 하는 출장비를 아끼려고 나온 사람들이었을 것이다. 내게 아까웠던 건 나만의 방이었다. 그들에게 아까웠던 건 돈이었다. 차임벨이 계속 울려 내 차례가 되었다. 접수원은 일어나 인사를 한 다음 치맛단을 싹 쓸어 모으며 의자에 앉았다.

　"고객님, 죄송합니다. 너무 많이 기다리셨죠? 그래도 다행이네요. 접수를 할 수 있게 돼서요. 금방 접수해드릴게요. 뭐가 불편해서 오셨어요?"

　그녀는 개인병원 접수원처럼 상냥하게 말했다. 존재 자체가 상냥한 사람이었다. 나는 노트북을 내밀었다. 그녀가 노트북 밑면의 스티커에서 바코드를 스캔했다. 기계의 시리얼넘버와 나의 정보가 그녀의 모니터에 떴을 것이다. 그녀가 말했다.

　"성함이 잭키 씨로 돼 있네요. 맞나요?"

　나는 고개를 끄덕였다. 잭키는 예명이나 사이버 아이디처럼 보이는데, 캐나다에서 살 때 중국인이나 일본인으로 불리지 않으려고 사용한 이름이었다. 아시아라는 큰 이름을 써야 코리안은 일본인이나 중국인과 동급의 부류가 될 수 있었다. 아시아라는 큰 이름은 내 피부가 말해주고 있었다. 대학에 다니면서 노트북을 샀을 때 그 시절이 그리워 노트북 제작사 웹사이트에 들어가서 해야 하는 사용자 등록을 그 이름으로 했었다. 나는 고개를 끄덕였다. 그녀는 이름에 대해 별 반응을 보이지 않고 주소와 전화번호를 확인했다. 나는 주소를 새로 살기 시작한 원룸으로 수정해달라고 했다. 휴대전화번호는 그대로 두었다.

노트북 수리 담당자는 내게 증상을 물었다. 나는 새벽에 들었던 팬 소리에 대해 설명했다. "어떤 소리요 손님?" 기사가 자주 물었다. 워낙 시끄러운 곳이었다. 옆에서는 다른 기사가 노트북을 분해하고 있었다. 대각선 방향에서는 다른 기사가 진공청소기를 작동시키고 있었다. 거기서 부팅을 시켰더니 내 노트북은 음소거 버튼을 눌러놓은 티브이처럼 조용했다. 나는 갑자기, 한 남성 작가가 동성애 심리를 고백한 글에서 사촌 누나가 자기 허벅지를 베고 누웠을 때 느껴지던 무게에 대하여 쓴 문장을 떠올렸다. "넓적다리 위에 잠깐 존재했던 사치스런 무게"(미시마 유키오, 『가면의 고백』). 나는 사치라는 말이 그렇게 적절한 말인 줄 그때 처음 알았다. 그 말은 수리 센터의 나를 꾸미기에도 최상인 단어였다. 나는 사치스런 증상을 가지고 있었다.

수리 기사는 자판에 귀를 대면서 윙 소리를 체크했다. 그 정도는 부팅할 때 어느 기종에서나 나는 소리라 했다. 나는 새벽에 들었던 윙윙 소리를 설명했다. 그런데 설명을 길게 하면 할수록 내 귀가 이상하다는 쪽으로 말이 흘러갔다. "제 귀가 이상해서 그런가요?" 나는 꼭 말끝마다 그렇게 되물었다. 거긴 기계를 손보는 데지 사람의 청력을 테스트하는 데가 아닌데 말이다. 노트북의 증상을 제대로 설명하려면 원룸의 새벽으로 누군가를 초빙해야 하는 일이었다.

원룸에 돌아왔을 때 접수원 신주연의 얼굴이 계속 떠올랐다. 그녀가 사뿐히 걸치고 있던 노란 헤어밴드가 떠올랐다. 냉장고의 모터는 여전했고 노트북의 소음도 여전했다. 이튿날 제출해야 하는 수업의 과제가 떠올랐다. 재수강을 하는 작문 수업이었다. 자유 주제의 글감으로 나는 음식을 먹는 것은 의무인가 권리인가라는 엥겔스의 질문을 고민하고 있었다. 음식을 먹는다는 건 삶 자체였다. 그러니 엥겔스의 질문의 핵심은 살아가는 것은 의무인가 권리인가였다. 나는 그것에 대한 답을 낼 수 없었다. 하지만 확실한 것은 있었다. 음식을 먹는 것이 의무인지 권리인지는 모르겠으나 맛있는 음식을 먹는 것은 의무와 관계없는, 무조건적인 권리였다. 음식을 먹는 행위에 결혼이 오버랩 되었다. 내게 결혼이 의무인지 권리인지 모르겠지만 괜찮은 상대와 결혼하는 것은 당연한 권리일 것이다. 학기말이 다가오고 있었다. 재수강하는 작문 과목에서 어떤 학점을 받게 될 것인가. 새벽의 원룸에 초대해도 좋은 사람. 내겐 그런 사람이 없었다. AS센터의 신주연을 떠올리자 노트북에 다른 이상이 생겼다. 자판이 너무너무 뜨거웠다. 손에서 땀이 뚝뚝 떨어질 정도였다.

일주일 뒤 월요일이었다. 나는 대기 의자에 앉아 신주연이 일하는 모습을 물끄러미 바라보았다. 첫 번째 갔을 때처럼 대기자 수가 많지는 않았다. 스물세 명이 앞에 있었던 것 같다. 나는 그것이 목적이었다는 듯이 신주연을 바라보며 의자에 앉아 있었다. 목적이 있다는 것은 신나는 일이었다. 노란 플라스틱 헤어밴드가 눈에 들어왔다. 목적을 떠올리자 아버지가 생각났다. 잠깐이면 괜찮다, 그러나 바닥까지는 가지 마라. 내 머릿속의 아버지가 말했다. 그래, 내게도 영원히 그녀를 소유하고 싶다는 생각은 없다. 바라만 보고 있어도 기분 전환이 되는 상대가 있다는 것은 얼마나 큰 행복인가. 나는 발열 증상을 그녀에게 얘기했다. 그녀가 수리 기사를 연결해주었다. 기사는 소음 증상을 판결할 때 그랬던 것처럼 자판이 뜨거워지는 문제도 어느 기종에나 있는 최소한의 발열이라 했다. 신주연을 만나러 처음 갔을 때는 노트북이 시끄러워서였고 두 번째는 노트북이 뜨거워서였다. 소음과 발열. 두 가지를 조합하면 시끄럽고 뜨겁다는, 일종의 에로틱한 증상이었다. 시끄럽고 뜨거운 사랑이 온다면 나는 대환영이었다.

　　신주연의 얼굴을 보고 싶은 날이었다. 모니터에 흠집을 내서라도 수리를 맡기고 싶다는 마음이 들었다. 실제로 그렇게 한다는 건 대단한 낭비였다. 어떻게 되든 일단 그녀 앞으로 갔다. 대기 의자에 앉아 그녀를 보고 있으니 마음의 문제는 금방 해결되었다. 분주히 일을 하며 새로운 고객을 맞이할 때마다 변함없는 미소를 짓는 그녀가 보이는 자리에 그냥 앉아만 있어도 좋았다. 그런데 뜻밖의 일이었다. 그녀가 나를 보며 웃었다. 그리고 말을 건넸다.

　　"고객님 무엇이 불편해서 오셨어요?"

　　나는 손에 들고 있는 노트북으로 눈을 돌렸다. 눈빛을 마주 대하고 있기 민망했다. 신주연이 연달아 말했다.

　　"수리를 접수하시려면 번호표를 뽑고 기다리셔야 하는데요."

나는 알았다고 말하고 번호표 기계로 갔다. 기다리는 사람의 수가 아주 적었다. 9. 절벽 같은 숫자였다. 아홉 명이 지나가면 내 차례가 되는 것이었다. 어디가 이상하다고 말을 하면 좋을까. 소음, 발열……. 거기에 이어지는 증상으로 뭐가 있으면 좋을까. 모니터의 밝기를 문제 삼으려다가 그건 너무 식상한 수작이라는 판단을 했다. 노트북을 사용하다 보면 모니터에 자주 문제가 생길 수 있는데도, 나는 신주연에게 '보이는 것'과 관련된 문제를 제기해야 하는 것이 조금 상투적이라고 생각했다. 그래서 한 사람 한 사람 차임벨에 의해 불려 가는 모습을 보다가 1층으로 내려갔다. 1층에는 매장이 있었다. 거기에서 나는 어이없게도 10인치 크기의 아주 귀여운 노트북을 한 대 샀다. 그날 신용카드 사용 내역을 놓고 아버지와 통화하면서 나는 노트북의 사양에 대해, 새 노트북의 구입 배경에 대해 장황한 설명을 했다. 접수원 얘기를 꺼냈으면 아버지는 즉석에서 카드를 정지시켰을 것이다.

새 노트북에 맞는 시스템을 갖췄다. 프로젝터 테이블을 따로 구입했고, 창문 가리개 자리에 이동식 스크린을 배치했다. 소파에 앉아 스크린을 보면 창으로 들어온 바깥의 불빛이 스크린의 테두리가 되었다. 프로젝터로 송출하는 영상이 마치 바깥 불빛을 배경으로 재생되는 듯한 느낌이었다. 내가 어디에 있는지를 실감나게 알려주는 상징이었다.

영호라고, 꿈이 박물관장인 아이가 있었다. 그 애가 관심을 갖는 것은 쌓여가는 시간이었다. 아버지는 회사원이었고 어머니는 주부였다. 위로 누나가 있고 아래로 남동생이 있었다. 내가 밥을 사면 걔는 차를 샀고 내가 클럽에 데려가면 걔는 택시비를 냈다. 가난하지만 기브 앤 테이크에 능숙한 아이여서, 그리고 꿈이 있어서 좋았다. 사람이 꿈을 가지는 건 자기를 위해서도 그렇지만 함께 있는 타인을 위해서 유쾌한 일인 것 같았다. 내가 꿈을 가져야 아버지도 즐거워하실 거라고, 나는 그 애를 보면서 생각했다. 영호는 중국어를 잘해서 주말에 가이드 아르바이트로 용돈을 벌었고, 길거리 음식을 즐겼다.

신주연에게 가서 노트북을 사 온 뒤—그렇다, 내게 새 노트북을 판매한 존재는 매장 직원이 아니라 AS센터의 노란 화분 같은 접수 직원이다—하필이면 그때 나는 영호와 전공 수업에서 팀플레이를 하게 되어 있었다. 영어강의(모든 걸 영어로 하는 강의, 질문도, 답안지 작성도)였기 때문에 내가 인기 있었다. 영어강의는 상대평가가 아니라 절대평가 혜택을 받고 있어서 수강 부담이 덜했다. 교수가 스스로 자기를 낮추는 경우가 많아서 수업 분위기가 다정했다. 나는 발표를 하기로 했다. 내게 있는 캐나다 영어 덕분이었다. 영호는 파워포인트 디자인을 맡았다. 다른 팀원들과 함께 발표 주제를 토론하고 내용을 작성하는 동안 나는 필요한 말만 하다가 발표가 이튿날로 다가온 날 밤에 영호를 내 원룸으로 초대했다. 노트북 하나 없는 그 애의 가난이 가여웠다.

벽을 공개하는 것이 조금 민망했다. 니체, 마르크스, 엥겔스, 레닌, 트로츠키, 마키아벨리, 토마스 아퀴나스, 생텍쥐페리, 미하엘 엔데, 국수나무, 세잎소나무, 박정희, 이승만, 김구, 정약용, 마오쩌뚱, 스트라빈스키, 찰리 채플린, 아돌프 히틀러, 임방울, 청포도나무, 첫돌 때의 나. 벽에는 이런 초상화의 복사본이 붙어 있었다. 집에 있을 때는 아부를 하기 위해 할아버지와 아버지 사진을 붙여두어야 했다. 아버지 사진은 책상 안에 있었다. 아버지가 온다고 하면 붙일 생각이었다. 특히 이승만, 김구, 박정희, 이런 한국의 위인들 사진이 민망했다. 영호가 만들고자 했던 박물관도 그런 인물들이 남긴 유물의 전시관이 아니었을까. 박물관에 이름을 올리는 방법에는 두 가지가 있었다. 하나는 유품이 가치 있는 인물이 되는 것이고, 하나는 유물을 기증해서 기증자 명단에 이름을 올리는 것이었다. 거기에 영호는 한 가지가 더 있다고 말했다. 그에 따르면 우리는 위인의 이름보다 기증자 이름이 더 가치 있는 세계에서 살고 있었다. 자기는 훌륭한 인물도 못 될 것이고, 기증품 소장자도 못 될 것이니 박물관장이 되어 자기 이름을 거기에 올리겠다고 했다. 경제학과에 다니면서 왜 그런 생각을 하는지 알 수 없는 일이었다. 어쨌거나 다니고 있는 전공 학과와 하고 싶은 일이 서로 다르다는 건 특별한 일이 아니었다.

나한테 없는 타인의 것은 눈에 쉽게 띄기 마련이었다. 아버지 어법으로 말하자면, 물론, 자기와 닮은 무언가도 눈에 쉽게 띄기 마련이다. 나에게는 외로움이 있었고 그에게는 가난이 있었다. 외로움은 내가 개와 비슷하게 가지고 있는 것인 줄도 몰랐다. 그는 새 노트북을 발견하면서 이렇게 말했다.

"어? 야, 너 노트북이 두 개네?"

"며칠 전에 하나 새로 샀어? 넌?"

"없다고 말했잖아. 저거에는 뭐 들었어? 내가 좀 만져줄까?"

영호는 새 노트북을 가리키면서 말했다. 만진다는 건 컴퓨터를 손보거나 그것으로 무언가를 만들어 보여줄 때 쓰는 말이었다. 우리는 헌 노트북을 가지고 작업을 하고 있었다. 새 노트북에 영호의 손이 닿는 게 싫었다. 영호는 자꾸만 새 노트북을 구경시켜달라고 했다. 나는 여전히 싫었다. 윈도 비밀번호가 신주연이었다. 영호에게 미안한 마음이 들었다. 나는 예술적인 독약을 써서 나를 위로했다.

"자꾸 그러지 마. 발표 끝나고 나면 이거 너 가지게 해줄게."

"정말?"

영호는 파워포인트 디자인을 아주 훌륭하게 마무리했다. 보너스로 받을 게 있어서 더 신나게 했을 것이다. 나는 노트북을 버리는 것도 아깝고 그렇다고 소유에게 물려주는 것도 소유 편에서는 기분 나쁜 일이고, 중고로 팔자니 복원될 나의 데이터들이 아깝고 꺼림칙해서 강물에나 가져다 버릴 생각이었다. 이튿날 발표를 끝내고 나는 노트북을 영호에게 가져가라고 했다. 아버지의 말을 잊지 않았다. 예술적으로 지원해야 한다는 것. 나는 이 말을 했다.

"아주 주는 거 아니다. 맘대로 써. 하지만 나중에 망가지거나 새 거 사게 되면 꼭 돌려줘야 해."

기말이 되었고 우리는 모두 A⁺를 받았다. 나는 돼지갈비집에서 팀원들에게 밥을 샀다. 방학이 되면 영호는 P국으로 어학연수를 떠난다고 했다. "돈은 얼마나 들어?" "무슨 알바 했는데?" 냄새나는 갈비를 먹으며 아이들은 주로 그런 얘기들을 주고받았다. 군대를 갔다 와서 학년이 낮은 아이도 있었다. 그래서 나는 외로웠다. 기왕 갈 거면 미국으로 가지. 그런 말을 건넬 만한 친구들이 아니었다. 아르바이트를 알바라고 줄여 말하는 것도 꺼림칙했다. 천박해 보였다.

영호는 자기네들 자리에 밥값이 필요해서 나를 끼워 넣은 것 같았다. 가난한 친구와 교제하게 되면 끝까지 예술적으로 지원하라는 아버지의 말이 생각났다. 지금 생각하면 그 방학이 왔을 때 그냥 집으로 돌아갈 걸 그랬다. 그러나 방학을 보내고 나면 봄이 올 것이고, 봄이 오면 내게 새로운 친구도 생길 거라는 기대가 더 크게 자리잡아가고 있었다. 나는 영호가 가는 어학연수가 싸구려지만 거기에서 좋은 걸 많이 배워 오길 바랐다.

아버지 말을 처음 들었을 때는 예술적이라는 말이 애매했었는데 그때는 끝까지라는 말이 먼저 다가왔다. 가난한 친구와 어쩔 수 없이 만나게 된다면 끝까지 그를 예술적으로 지원해라. 영호와의 관계는 아직 시작된 게 아니니 거기서 멈추면 예술적 지원도, 끝까지 하는 지원도 할 필요가 없는 것이었다. 어학연수를 다녀오고 나면 그때 결정해보기로 했다. 아버지의 말이 떠올라 노트북 얘기를 꺼냈다. 돼지갈비집에서 나와 흩어질 때였다.

"노트북은 가져갈 거니?"

"야, 희야, 진짜 민망하다. 말하려고 했는데."

영호는 꼭 나를 희라고 줄여서 불렀다. 내 이름 동희가 너무 여성적이어선지, 너무 평범해선지. 아무튼 개의 말은 도서관에서 도둑을 맞았다는 것이었다. 똑같은 걸로 사서 모르게 하려고 했는데 먼저 내가 말을 꺼내서 민망하다고 했다. 나는 그를 예술적으로 지원하기 위해 클럽으로 데려가 맥주를 사주었다. 소중한 거지만 네가 잃어버려서 괜찮다는 말도 해주었다. 그가 곧 어학연수를 떠났고 나는 고객센터에 전화를 걸어 도난 신고를 했다. 시리얼넘버가 있으니 재수가 좋으면 낚이는 수가 있을 것이라 생각했다. 돌아오면 영호에게 그것을 다시 내밀 생각이었다.

그가 가고, 뜻하지 않게 나는 전화를 받게 되었다. 저…… 잭키

고객님 맞으신가요? 고객센터의 전화였다. 거기를 생각하면 신주연이 먼저 떠올랐다. 꼭 그녀가 전화를 걸어왔던 것으로 착각이 되었다. 새 노트북을 산 뒤로 나는 내가 자본에 놀아났다는 자책감이 들어 신주연을 잊고 있었다. 자본은 여성의 노동만 상품화하는 게 아니라 성까지 상품화한다. 내가 1층 매장에서 산 것은 제품이 아니라 2층에서 내게 흥분을 제공했던 그녀의 성이었다. 그런 반성의 끝자락에서 내 삶이 진행되고 있었다. 잭키 고객이라. 나는 퍼뜩 노트북을 떠올렸다. 도둑을 잡는 데에는 경찰보다 기업이 더 뛰어났다.

나는 고객센터의 안내에 따라 AS센터로 갔다. 신주연이 있는 곳이었다. 나는 번호표를 뽑지 않고 신주연에게 갔다. 그녀는 인사를 하더니 한 학생을 불렀다. 영호보다 더 가난해 보였다. 키보드의 키 하나가 말을 듣지 않아 수리를 의뢰하러 온 학생이었다. 신주연은 시리얼넘버가 있는 바코드를 스캔했을 것이고 도난 신고가 돼 있다는 고객센터의 메시지를 모니터에서 발견했을 것이다. 그리고 그녀는 담당자에게 전화를 했을 것이다. 그녀가 내게 직접 전화할 일은 없었다. 나는 신주연을 젖히고 남학생에게 직접 물었다.

"이 노트북, 어디서 나셨어요?"

"장터에서 샀어요."

남학생은 내가 도착하기를 기다리면서 자기가 장물을 구입했다는 사실을 전해 듣고 있었다. 나는 노트북이 더러워진 것 같아서 망치로 깨뜨려버리고 싶었다. 그 남학생은 나와 같은 학교를 다니고 있었다. 그래서 AS센터도 그곳을 이용한 것이었다.

"이거 장물인 거 알고 샀어요?"

"미쳤어요? 그런 줄 알면 샀겠어요?"

“미안하지만 이거 내가 가져갈게요. 내가 잃어버린 거야.”

“미쳤나 정말. 야, 니가 경찰이야? 왜 이래?”

“구질구질하게 이러지 말자고. 장물을 산 주제에. 나랑 경찰서에 갈래?”

우리는 수리센터의 귀퉁이에서 단독강화(單獨講和)를 행하고 있었다. 나는 112로 경찰을 부를 생각을 하고 있었다. 남학생이 한 발 물러섰다.

“나도 뼈 빠지게 알바 해가지고 산 거란 말야. 나도 피해잔데?”

“장물은 사는 사람한테도 죄가 있어요. 누구한테 샀는지 말하면 되겠네.”

“여기 있어요, 전화번호. 직접 걸어봐요.”

남학생은 휴대전화기의 전화번호부를 펼쳐서 내게 보여줬다. 거기에 영호 이름이 있었다. 송영호 씨(노트북). 이름 옆의 괄호에 적힌 노트북이라는 말이 너무나 확실한 증거로 보였다. 필자 이름 옆에 (1984∼2006) 이런 식으로 적혀 있는 것을 보다가 나는 눈물을 흘린 적 있었다. 나와 같은 해에 태어났는데 이미 삶이 완료된 것이었다. 살아 있는 필자를 표시할 때 사람들은 ‘∼’표 뒤에 공란을 남겼다. 몰연대(歿年代)가 미상인 필자를 알릴 때는 공란 자리에 물음표를 남겼다. 노트북을 잃어버려서 미안하게 됐다고 말하던 영호의 동작이 떠올라 머리가 어지러웠다. 나는 깊이를 알 수 없는 허방에 빠진 것이었다. 나는 속으로 소리쳤다. P국에서 사고나 나라, 거지 같은 놈. 나는 남학생에게 미안하다고 말하며 머리를 조아리고 나왔다.

집에서 나온 지 1년이 지났다. 신주연에게 인사를 하고 싶었다.

나는 원룸에 앉아서 창밖을 바라보았다. 하늘에서 단조로움이 느껴졌다. 뾰족한 것이 있으면 좋겠다는 생각이 들었다. 내 몸에 가시가 있어서 영호를 안으면 개 몸이 걸레처럼 지저분해지면 좋을 것 같았다. 짐 싸는 걸 도와달라고 부를 수 있는 친구는 그 애밖에 없었다. 그 애는 올 수가 없는 상황이었다. 지난여름 목을 매달았다. 나는 장례식장에 가지 않았다. 그의 가족들을 보고 싶지 않았다. 구질구질해지는 것이 싫었다. 내 목에 검은 넥타이를 매기가 싫었다. 알 수 없는 일이었다. 툭! 자살은, 발끝에 차이는 밤길의 눈뭉치 같은 것이었다.

　이제 졸업이 앞에 다가와 있었다. 한 손에는 노트북, 한 손에는 메를로 퐁티의 『지각의 현상학』을 들고 AS센터에 갔다. 제목에 이끌려 샀던 책이었다. 인생은 늘 지각이었다. 늦어도 지각, 빨라도 지각이었다. 퐁티는 그런 것에 대해 얘기하려고 하는 것 같았다. 느림과 빠름을 지각하는 것의 불명확성 같은 것. 누구에게는 빨라 보이고 누구에게는 느려 보인다. 모든 게 그렇다. 비행기의 속도, 파일의 다운로드 속도, 장마가 지나가는 속도 같은 것도 그렇다. 누구에게는 빠르게 찾아오는 것 같지만 누군가에게는 너무 느리게 찾아온다.

　대기 순번을 위해 번호표를 뽑으면서 나는 기계한테서 위로를 받았다. 외롭고 우울한 날에, 거기에서까지 사람을 기다리면 나는 더 외롭고 우울해질 것 같았다. 대기자가 열 명 이상이면 돌아 나오려고 했다. 번호표 기계에는 3이라고 쓰여 있었다. 내가 표를 뽑자 숫자가 4로 바뀌었다. 기계한테서 느끼는 고마움은 사람한테서 느끼는 절망에 비해 참 따뜻했다. 기계로부터의 인간 소외는 옛말이었다. 기계와 벗이 되는 날, 기계 속으로 걸어 들어갈 날은 멀지 않았다.

　기다리는 동안 티브이를 보았다. 화면은 선명했다. 언젠가 영호와 T시로 놀러 간 적 있었다. 기차를 기다리면서 우리는 대형 모니터를 바라보고 있었다. 사람들이 이제 곧 화면 속으로 걸어 들어가겠구나라는 말을 소리 내서 다섯 번인가 했던 기억이 떠올랐다. 붉은 플레어스커트 원피스를 입은 여인이 붉은 입술을 내민 채 웃으며 춤을 추었다. 인류의 실물 크기와 똑같았다. 결혼을 하게 되면 아내 사진을 실물 크기 브로마이드로 인화해서 붙여놓을 거라고 나는 영호에게 말했다. 화면 속으로 걸어가는 사람의 뒷모습을 상상해보았다. 그는 검은색이었다. 빛 앞의 인간들이 늘어뜨리는 그림자 색깔이 그렇듯이 상상 속의 그는 순수한 검은색의 형상을 가지고 있었다. 그림자는 조명의 색깔과 상관없이 검었다. 그림자는…… 조명의 색깔과 상관없이…… 검었다……. 빨간 불빛 아래의 그림자. 노란 불빛 아래의 그림자. 백인, 흑인, 황인. 인종이 청소되었다. 백열등 아래의 폭력, 나트륨등 아래의 사랑, 그림자는 검은색이었다. 밤이 멋있는 이유가 거기에 있었다. 느와르 영화의 미학에 대한 연구는 그림자 색깔에 대한 탐구에서부터 시작해야 한다. 영호는 내게 가난의 대표 주자가 되었다. 아버지 말이 맞았다. 어쩔 수 없을 때에만 교제를 했어야 하는데 나는 삼가지 않고 내가 먼저 손을 내밀었다. 후회해봐야 소용없다.

차임벨이 생각을 끊었다. 나는 화살표가 가리키는 방향에서 일어나 웃으며 내 번호를 부르는 신주연을 보았다.

"고객님 어떤 점이 불편해서 오셨어요?"

나는 그녀의 액세서리를 죽 훑어보았다. 노골적으로 욕구를 표출해도 좋을 것 같았다. 네 주제에 나를 어떻게 할 거냐. 나는 다시 그녀가 물어올 때까지 그녀를 눈으로 훑었다. 그녀는 머리를 완전히 쪽 지고 있었다. 그리고 검은색 플라스틱 헤어밴드를 두르고 있었다. 눈동자가 커 보이는 서클렌즈를 끼고 있다는 것이 내 눈에 느껴졌다.

"화면이 어두워서 왔어요."

"어머. 많이 불편하셨겠네요. 잠시만요. 몇 가지 확인하고 접수 도와드리겠습니다."

신주연은 노트북 아랫면의 스티커를 스캔했다. 새로 사면서 등록한 이름은 내 본명이었다. 신주연은 이제 나의 본명을 알 것이다. 많은 것이 의도적이었지만 거기서 돌발 상황이 생기리라고는 예상하지 못했다. 전에도 들은 말이었을 텐데 이 말은 처음 듣는 것처럼 낯 뜨거운 질문이었다.

"점검할 때 필요해서 그러는데, 고객님, 혹시 비밀번호 락 걸려 있는 거 있나요?"

나는 이러지도 저러지도 못하면서 천장을 올려다보았다. 그리고 흥분이 가라앉자 고개를 끄덕였다. 비밀번호는 앞에서 말했지만 그녀의 이름 신주연이었다. 실제의 신주연이 내게 빠르게 물었다.

"고객님, 점검하려면 필요해서 그러는데 혹시 가르쳐주실 수 있나요?"

나는 사실을 말할까 말까 당황했다. 그녀가 재촉했다.

"고객님. 뭐세요?"

나는 할 말이 없었다. 달러 표시 키 다섯 번이라고 거짓말을 할까 말까. 포스트잇과 볼펜을 쥐고 있는 그녀의 손끝을 바라보며 말했다.

"저…… 신주연……."

내 입에서 말이 떨어지자마자 시간은 절벽이 되었다. 신주연은 과연 어떤 반응을 보일 것인가. 기다릴 필요가 없었다.

"고객님 신주연이라고 하셨죠? 네. 접수되셨어요."

그녀는 신속하게 비밀번호를 받아 적었다. 그리고 늘 그랬듯이 기사가 연결될 때까지 대기 의자에 앉아서 기다리라고 상냥하게 말했다. 어머, 제 이름하고 똑같네요? 이 정도의 애교도 없이 말이다. 나는 영호의 행동에서 느꼈던 좌절감을 신주연에게서 느끼고 있는 좌절감과 비교해보았다. 어떤 것이 더 잔인한 것인지 구분이 안 되었다. 그녀는 시종일관 상냥했다.

기사로부터 나는 모니터에 대한 기술 정보를 얻었다. 모니터 밝기는 제품마다 다르다. 지원하는 해상도와 픽셀이 밝기를 결정한다. 고광택이냐 아니냐에 따라 또 밝기가 다르다. 매장에 내려가면 금방 알 수 있다. 일반적으로 저가형 모니터가 조금 어둡다. 나는 백라이트를 교체하면 더 밝아지지 않느냐고 물었다. 인터넷 포털 사이트에서 얻은 지식이었다. 신주연이 증상에 대해 자세히 물으면 그런 전문 지식을 선보일 생각이었다. 그게 내가 갖추고 있어야 할 예의인 것 같았다. 수리 기사는 기능키를 눌러 밝기 변화를 보여주면서 설명했다. "지금 이 화면은 백라이트도 정상입니다." AS센터에 가서 내가 확인한 것은 기계의 상태가 아니라 내 마음과 육체의 상태였다. 처음부터 그랬었다.

"행복한 하루 되세요."

신주연과 기사가 일어나서 내 등에다 대고 말했다. 나는 마지막 인사를 하기 위해 돌아섰다. 그녀가 하고 있는 검은색 헤어밴드가 눈에 들어왔다.

그녀가 일하는 AS센터로 전화를 걸면 전국 대표 콜센터로 전화가 자동으로 돌아갔다. 노트북 습득 정보를 알려온 곳이었다. 용기를 내어 신주연이 있는 지점 연결을 부탁하면 상담원은 왜 그러냐고 이유를 물었다. 나는 할 말이 없었다. 왜 그녀에게 전화를 걸려고 하는 것인가. 야! 이 기계 같은 여자야! 그런 말이라도 한마디 하려고 그랬던 것일까? 세 번째의 시도에선가 나는 용기를 아주 크게 냈다. 대표 콜센터 상담원에게 ○○지점의 신주연 접수원과 통화를 하고 싶다고 구체적으로 말한 것이었다.

"고객님, 실례지만 무슨 일 때문에 통화를 하려고 하시는지 말씀해주실 수 있나요?"

나는 잠깐 망설였다. 처음의 새벽을 보낸 아침에, 방문은 언제가 편하겠냐고 묻던 상담원과 통화를 할 때도 그랬다. 나는 내 말에 의해서 신주연의 처지가 달라질 수 있다는 느낌을 받았다. 신주연, 네가 아니었으면 나는 영호한테 노트북을 주지도 않았을 것이다. 마치 영호가 노트북을 팔아먹은 돈으로 어학연수를 갔다가 거기의 비행기 사고로 죽고 없는 것처럼 감정이 부풀었다. 나는 말했다.

"고객을 무시했어요. 좀 따져야겠어요."

그러자 이런 물음이 다가왔다.

"죄송합니다, 고객님. 저희 직원이 어떻게 무시를 했나요? 저희가 서비스 개선을 위해서 잠시 설문조사를 드려도 좋을까요?"

나는 그러자고 했다. 긴 통화로 설문조사에 응하면서 나는 센터를 몇 번 이용했고, 불편의 정도가 어떻게 깊어졌는지를 얘기했다. 이상하게도 대화를 하고 있으려니 AS센터에 가는 것은 무척 불편했던 일인 것 같았다. 영호에 대한 분노가 되살아났다. '여자 친구가 쓰던 건데요, 제가 노트북을 새로 선물해줬거든요. 여자가 쓰던 거라 정말 깨끗하고 상태 좋아요. 정든 물건이라 학교 안에서 거래했으면 좋겠네요. 기본 사양에서 제가 많이 업그레이드 시켜놓은 것이고요. 가격은 절충 가능합니다.’ 영호가 온라인 장터에 올린 글이었다. 뻔뻔하게도 그는 내가 검색해보리라는 걸 생각지 않았는지 거래가 종료된 다음에도 글을 지우지 않고 있었다. 계집애가 쓰던 물건이라 깨끗하다고?

나는 아버지 말대로 바닥을 보지 않기 위해서 영호에게 뒤를 묻지 않았다. 영호는 P국엘 다녀온 다음에도 종종 내 원룸에 오고 싶다고 말했다. 그럴 때 나는 돼지갈비집으로 데려가 밥만 배불리 먹여주었다. 바닥을 보면 전쟁이었다. 둘만 있는 만남을 피하기 위해 전공 수업을 함께 들었던 친구들을 내가 끌어들였다. 지긋지긋하게 영호는 내 원룸 앞을 서성거렸다. 가난이란 그런 것이었다. 내가 노트북을 팔아먹은 사실을 알고 있다고 말했어도 영호는 그랬을 것이다. 언젠가는 배반하겠다는 계획을 가지고서 말이다. 나는 본마음을 숨기면서 좋아하는 척해주는 게 예술적인 방식임을 깨달아가고 있었다. 그가 스스로 떠날 때까지 기다리지 않고 내가 먼저 돌아서면 영호는 언젠가 내게 날카로운 것을 꽂을 것이라 생각했다. 그러니 나는 그에게 바닥을 드러내지 말아야 했다. 어차피 졸업을 하고 아버지에게 돌아가 회사에 들어가면 영호와는 자연스럽게 멀어질 것이었다.

1년 동안 나를 스쳐간 사람은 두 사람이었다. 신주연. 송영호. 신주연은 내게 먼저 연락한 적이 한 번도 없었다. 그러나 다가가려고 하면 언제나 거기에 있었다. 성을 팔고 산다는 건 그런 것이었다. 콜

센터의 상담원은 설문조사를 하면서 계속 신주연의 잘못을 더 부풀
릴 수는 없겠냐는 식으로 질문을 유도했다. 나는 "그건 아니고요"를
여러 번 반복하다가 전화를 툭 끊었다. 아버지에게 가지 않을 수 없
는 내 상황을 이야기해야 될 것만 같았다. 밤이 되길 기다렸다. 나는
베란다에 소파를 내놓고 거기서 잠을 자기로 했다. 몸을 누이자 마
치 야외에 텐트를 친 기분이 되었다. 별을 보러 가고 싶었다. 하늘엔
별이 없고 인공위성이 반짝반짝 명징한 빛으로 떠 있었다. 내일이면
아버지 집으로 돌아간다.

해설:
일상을 견인하는 시적 주문

강유정(문학평론가)

1. 소설가의 일상

박금산의 소설을 읽다보면 시적인 제목과 먼저 만나게 된다. 제목들은 대략 이렇다. 「이국종 고양이의 방」, 「17층 아래의 나뭇잎—현기증」, 「누가 피리를 부는가」, 「사라진 것, 없었던 것」 등등 말이다. 이러한 제목들은 소설가 박금산이 일상에서 느낀 어떤 표정에 대한 메타포로 다가온다. 박금산은 사건을 서술하거나 환유하지 않고, 유사한 이미지로 은유한다. 순간, 세상을 바라보던 생활인의 시선은 예술가의 그것으로 교체된다. 작가의 시선을 통해 일상은 메타포로 격상된다. 그리고 일상은 잠시 물음표를 단 채 정지 화면으로 멈춘다. 떨어지던 낙엽이 잠시 화면 정지를 통해 멈추듯이 박금산의 소설 제목들은 일상의 흐름을 정지시킨다. 정지된 순간, 쳇바퀴처럼 돌아가는 일상의 기계적 순환성은 고장 나고 삶은 다른 색으로 전경화된다. 그것은 바로 우리가 문학적 경이 혹은 소설적 일탈이라고 부르는 탈주의 시간이다. 시민이 소설가가 되는 순간, 시민이 예술가로 변신하는 순간을 소설가 박금산은 시적인 은유로 기록한다.

소설가는 예술가이면서 시민이다. 토마스 만은 「토니오 크뢰거」에서 예술가가 시민에 대해 갖는 동경과 자기 연민을 고백한 바 있다. 예술가라면, 자기최면을 통해 유통되지 않을 자족적 쾌감을 즐길 것이라는 예상과는 달리 토니오 크뢰거는 예술가로서의 정체성을 일종의 소외로 받아들인다. 그에게 예술가란 시민이 아니라는 낙인을 이마에 찍고 살아야만 하는 존재이다. 그런데 사실 토마스 만의 이 경멸감은 예술적 자존심의 다른 이름이기도 했다. 예술가의 삶이란 시민의 것과는 구분된다는 의미에서 말이다.

박금산 소설에 등장하는 은유적 제목들은 자존과 자멸 가운데 걸려 있는 소설가로서의 한 남자의 모습을 비춰준다. 「층층계」를 올라 일상과 결별하고 시를 썼던 박목월처럼 박금산은 은유적 제목이라는 주문을 통해 예술의 문을 연다. 반영(反影)이라는 말이 축자적으로 물 위에 비친 그림자라면, 그렇게 생활인 박금산은 소설이라는 물을 들여다봄으로써 그 위에 비친 예술가 박금산을 비춰 본다. 그의 소설에 등장하는 인물들이 약속이나 한 듯, 문득 "외롭다"라고 고백하는 까닭도 여기에 있을 것이다.

'외로움'은 박금산의 소설 전편에 표정을 달리한 채 불쑥불쑥 출현한다. 때로 그것은 외로움이라는 날것으로 등장하기도 하고, 고독이나 쓸쓸함이라는 가면을 쓰고 나타나기도 한다. 문제적인 것은 외로움을 호소하는 그들이 대개 30대 남자라는 사실이다. 스물아홉이거나 서른이거나 혹은 서른다섯이거나, 그들은 '서른'을 일종의 문턱 삼아 그 언저리를 지나가고 있는 중이다. 박금산의 소설에서 서른은 생물학적, 정서적 영향력으로 작용한다. 그들은 서른을 질병처럼 앓는다.

간혹 박금산의 소설 속에서 만나는 남자들은 자신의 수컷으로서의 본능, 마초적 폭력성을 고스란히 드러내 당혹스럽다. 외로움을 호소하면서도 그들은 성을 숫자로 환산하고, 불륜을 오락으로 치장한다. 서양 여자를 이국종 고양이라고 부르고, 자본주의 사회에서 "여성이 남성을 넘을 수 있는 가능성은 없다고 보아야 한다(「나는 아버지에게 간다」)"라고 할 때 당혹감은 배가된다. 중요한 사실은 박금산의 소설집에 등장하는 남성들이 모두 가방끈이 긴, 소위 지식인들이라는 점이다. 그들은 유럽에서 '윤리학'을 공부하고, 경영학을 전공하거나 박사학위 과정을 밟기도 했다. 그들은 마초적 폭력을 전시하고 수컷의 욕망을 노출하지만 엄밀히 말해 그것은 관념 속에서 쌓고 부수는 사상누각에 불과하다. 홍상수 영화에서 자주 목격했던, 시시한 지식인들, 어쩌면 박금산 소설 속의 남자들은 초라한 스스로를 외면하기 위해 마초연하는지도 모른다. 그들은 '문명'의 엄호 아래 겨우 존재할 수 있는, 불쌍한 현대 남성들인 셈이다.

불쌍한, 불상(不詳, 「사라진 것, 없었던 것」), 남자들은 '쿠바'에 가서 맥주를 마시고, '체 게바라'에서 만두를 사 먹는다. 회사에 휴직계를 내고 훌쩍 '캄보디아'에 여행을 가기도 하며, 머리가 복잡해지면

『공산당선언』을 펴놓고 처음부터 끝까지 읽기도 한다. 짐작했겠지만, 이 불쌍한 남자들은 스스로를 제법 윤리적이고 지적이라 여기며 살아가고 있는 우리이다.

2. 익명의 세대, 서론

박금산의 소설에 등장하는 시시한 지식인들은 지금, 이 시간을 30대로 살아가고 있는 세대들의 심장을 관통한다. '우리'라는 명명에 포함될 수 있는 박금산 소설의 30대는 90년대에 대학에 입학해 졸업한 70년대생이라고 볼 수 있다. 이른바 X세대라는 정체불명의 호명을 선사 받았던 '30대'는 80년대를 훈장처럼 달고 떠나간 선배들이 남긴 허무를 열망보다 먼저 배운 세대들이기도 하다. 중요한 것은 혁명과 열정을 차압했던 선배들이 30대의 이미지 역시 386이라는 호소력 강한 브랜드로 선점해버렸다는 사실이다. 그들은 30대의 이미지를 386이라는 이미지로 채색해 이념 상품으로 매각했다. 386은 486이 되었지만 여전히 '30대'의 이미지는 80년대적 정서의 강렬도 안에서 소집된다. 90년대 학번, 70년대생은 바야흐로 최초로 미래의 이미지를 차압당한 세대라고 할 수 있다.

박금산은 이러한 풍경을 이념이 상품화된 현실로 그려낸다. 서른 언저리의 그들은 선배들이 만들어놓은 '쿠바' 술집에 가서 소시지를 먹고 '체 게바라' 분식집에 가서 만두를 먹는다. 작가는 386세대가 잘한 일이라고는 이념을 상품으로 포장해내 판매하는 것뿐이라고 꼬집는다. 문제는 386세대가 이념을 상품으로 포장하는 데 성공했다면 그 이후 부랴부랴 30대가 된 '우리'는 그 상품을 소비하고 있다는 사실이다. 선배가 상품화한 이념을 후배가 소비한다. 이 기이한 역학 관계 안에서 70년대생, 90년대 학번은 호명되지 않은 채 불상의 존재로 배회한다. 호명되지 않는 단자로, 자본과 제도의 거대한 기계 안에서 부품처럼 소모되고 있는 것이다.

박금산에게 30대는 더 이상 "순진(innocence)"이 미덕이 될 수 없는 나이이다. 30대는 자기 스스로를 호명해, 사회적 관계망 가운데서 발견해야 하며 관공서를 비롯한 공공의 업무를 세련되게 처리해야 하는 나이이다. 가령, 임차계약서나 상속세 문제 정도는 너끈히 처리해야 하는 것이다. 「이국종 고양이의 방」에 등장하는 인물, '나'는 외국인 여성을 세입자로 두게 된다. 외국인 여성을 포르노그래피적으로 상상하던 나는 뜻밖에도 임차계약서 및 공증이라는 요구를 받게 된다. 그는 임의대로 작성해 계약서를 건네지만 여자는 "이것은 너무 순진한 양식(This is too innocent form)"이라고 난감해

한다. 그의 말처럼, 30대에 "순진하"다는 말을 듣는다는 것은 무엇인가 중요한 사항을 결격하고 있다는 지적과 다를 바 없다. 이젠, 더 이상 순진한 게 미덕일 수 없는 나이이기 때문이다.

그렇다면 서른은 어떤 나이인가? 순진해서는 안 될 30대는 운전면허를 갱신하기 위해 제 발로 운전면허시험장에 가서 운전을 해도 좋을 만큼의 건강을 스스로 입증해야 한다. 입력하면 출력해야 하는 기계처럼 검시관의 지휘봉이 가리키는 숫자가 1인지 2인지 구별해내야 한다. 박금산이 말하는 30대는 제도 앞에 자발적으로 온순해지는 나이이다. 혁명을 꿈꾸고 법과 제도를 통째로 바꾸고 싶어 했던 열정은 사라진 지 오래이다. 이런 30대에게 있어 공공의 적은 고작 이웃집 남자에 불과하다(「17층 아래의 나뭇잎—현기증」). 독재자, 전범자, 더러운 자본가를 적으로 삼았던 20대들은 나이를 먹고 30대가 돼서 차량 수리비를 떼먹은 이웃집 남자의 차를 못으로 훼손하면서 응징한다. 적이 소루해진 만큼 우리도 초라해진다. 카드를 도난당한 후, 그들은 경찰의 공권력에 의존해 CCTV를 뒤질 도리밖에 없다. 경찰서에 돌을 던지며 구속과 수배를 훈장처럼 여겼던 때는 잊고, 민중의 지팡이인 경찰을 찾는다. 30대란 그런 나이인 것이다. 「사라진 것, 없었던 것」에 그려진 하루가 딱 그렇다.

남자는 술을 엉망진창으로 마셨던 다음 날, 자신의 지갑에 카드가 사라지고 수상한 다른 카드가 대신 꽂혀 있다는 사실을 알게 된다. 전날 밤 남자는 '관훈장 클럽'이라고 부르는 과거 대학 시절의 동창들과 만나 술을 마셨다. 좋아했지만 별다른 사건을 만들지 못했던 '성이'에게 어찌된 일인지 묻고 싶지만 엄두가 나지 않는다. 남자는 이 일을 해결할 방법이라곤 경찰에 가 신고하는 길뿐이라는 것을 알게 된다. 술과 관련된 범죄만을 처리하는 '경제 4팀'에 사고 접수를 하고, 카드사에 분실신고를 하고, CCTV를 확인하기 위해 하루 종일을 허비한다.

표면적으로 보자면, 그는 잃어버린 카드와 현금을 되찾기 위해 하루를 주유하는 것 같지만 정작 그가 잃어버린 것은 20대 시절 가지고 있었던 어떤 감각과 자존감이다. '성이'로 압축된 20대의 추억은 주변부를 맴돌았지만 그래도 일상에 침윤되지 않고, 공공 제도에 스스로를 헌납하지 않았던 한때이다. 그가 잃어버린 것은 바로 그때의 윤리 감각과 그때의 열망인 셈이다. 20대 때 사고는 환상과 상상의 출구가 될 수도 있었지만 30대의 사고는 오히려 삶을 더욱더 공고하게 제도에 묶는 계기가 된다. 사고는 탈주를 매개하지 못하고 단지 '내'가 관료제 안에 필연적으로 귀속되어 있음을 확인해준다.

그들은 한때 시위에 나가 '훈방'이라는 '훈장'을 받았다. 이 훈장은 무엇인가 동시대적 삶에 연루되고 싶었던 강렬한 욕망의 결과

물이라고 할 수 있다. 열망은 그들의 존재 증명이자 연대 의식을 통해 보상받고 싶었던 결핍의 다른 얼굴이기도 하다. 서른이 된 '그들', '우리'는 더 이상 시대와의 연루를 열망하지 않는다. '우리'에게 계층이나 계급은 『자본론』 속 이념이나 단어가 아니라 아파트 평수로 체감된다. 그런 '우리', '30대'에게 가장 큰 적은 바로 제도화된 일상과 관료적 제도 그리고 군살처럼 굳어진 관습이다. 서른이란 법과 제도 앞에 온순해진 현대 사회의 생활인 셈이다.

3. 정언명제와 연애

일상에 매몰된 개인에게 출구가 있다면 그것은 아마도 '사랑'일 것이다. 「17층 아래의 나뭇잎—현기증」에는 사랑에 대한 통찰력 있는 체험이 소개되어 있다. 고소공포증에 시달리는 '나'는 사랑하는 연인의 권유에 따라 비행기에 오르게 된다. 너무도 극심한 공포에 시달리는 '나'는 결국 이륙 직후 바닥으로 내려와 눕고 만다. 연인은 그를 따라 바닥에 내려앉아 자신의 허벅지를 내어준다. 그는 이렇게 말한다.

나는 몸을 돌려 그녀의 무릎을 벴다. 그녀는 부모님을 오랜만에 만난다면서 치마 정장을 입고 있었다. 손을 뻗으면 그녀의 여기저기를 쓰다듬을 수 있었다. 안대를 벗어도 좋을 것 같았다. 나는 그녀에게 안대를 벗겨달라고 했다. 아. 사랑이란 그런 것이었다. 비어 있는 우리 좌석이 보였다. A는 편리와 호화로움을 버리고 나를 위해 낮은 곳으로 내려앉은 것이었다. 나는 비어 있는 우리 좌석을 보면서 A의 무릎을 만지작거렸다. 그녀는 내 이마를 쓰다듬어주었다. 비행기가 하늘을 나는 동안 가끔씩 그녀가 내 손을 끌어가 자기 배를 쓰다듬게 했다. 긴장이 현저히 누그러들었다. 그녀가 임신을 했고, 내가 그녀의 뱃속으로 들어가는 기분이었다.

박금산의 말을 따르자면 사랑이란 상대의 주관적 고통에 동참하는 상호주관적(intersubjective) 체험이다. 이해하지 못할 상대의 고소공포를 같은 수준에서 경험하려 하고, 결코 느껴보지 못한 고통에 다가가려 하는 것이 곧 사랑인 셈이다. 하지만 고통이나 괴로움은 철저히 주관적인 것이기 때문에 생각만큼 쉽게 상호주관적으로 교감될 수 없다. 출국 비행기에서 다리를 내어주며 사랑을 체감케 해준 그녀가 입국 비행기에서 낯선 눈으로 쳐다본다. 사랑의 이상을 체감했다고 믿었지만 그들은 한국에 돌아와 각방을 쓰면서 2년여의 시간을 보낸다. 흥미로운 것은 그들을 다시 사랑하는 연인으로 묶어주는 것은 공범 행위라는 점이다. 두 사람은 옆집 남자의 차를 훼손하고 그 사실을 모르는 체하면서 공범이 되고, 서로의 범죄를 눈감아주면서 연대감을 높인다. 박금산에게 있어 사랑이란 연대 의식을 가장한 공범 행위에 불과할지도 모른다.

오히려 그들은 사랑의 의미를 『공산당선언』의 완벽하도록 이념적인 문장 속에서 찾는다. 그들은 이념화가 불가능한 것마저도 공식으로 환산해야만 최종적으로 안심한다. 문장으로 정의된 것은 세상의 불확실성을 견디는 훌륭한 항생제가 되어준다. 사회주의를 꿈꾸지만 자유주의자의 삶을 견지할 수밖에 없는 30대들에게, 사랑 역시도 환상과 불륜 사이에 걸린 무엇이다. 사실 일상을 살아가는 우리 모두의 삶 자체가 걸린(suspended) 것이기도 하다. 스물아홉 살의 남자가 벤츠나 아우디를 탈 것 같은 여자와 만나 꿈꾼 '사랑'이 '발냄새' 나는 불륜으로 자리 잡는 맥락도 유사할 것이다(「누가 피리를 부는가」).

유럽에서 윤리학을 공부하다가 돌아온 '나'는 아버지의 일을 물려받아 보조기 제조업을 하게 된다. 버스를 타고 병원을 향하던 어느 평범한 날, 나는 버스 요금도 모르는 고급스러운 이미지의 여자를 만난다. 그들은 암묵적 공모 과정을 거쳐 모텔에 들어가 돌발적 섹스를 나눈다. 남자는 버스에서의 일별을 특별한 것으로 만들고 싶어 하지만 모텔에 들어가는 순간 특별함은 휘발되고 만다. 여자의 발에서는 오래 신은 스타킹에서 나는 냄새가 나고 섹스를 끝낸 후 식사는 근사한 레스토랑이 아닌 김치찌개와 육개장으로 대체된다. 일상을 초월하는 색다른 경험이 지상의 그저 그런 불륜으로 평범해 진다. 사실, 모든 만남이란 고유한 일별에서 시작해 그저 그런 범사 로 끝나기 마련이라는 듯 기대는 철저히 무너진다.

그런데 남자는 그렇게 다시 보지 않을 것 같은 여자를 꾸준히 만 나고 급기야 여자를 이 땅에서 떠나게 만든다. 그렇게 남자가 꿈꾸 었던 환상적 사랑은 그저 그런 불륜의 역사가 되어 기록된다. 중요 한 것은 남자가 그 냄새나도록 평범하고 치졸한 불륜이 그리워 간혹 버스를 타고 또 우연한 만남을 기다린다는 것이다. 문장으로 이념화 된 곳에서 사랑은 그토록 어렵지만 어쩌면 세속의 다반사 속에서 사 랑은 그토록 흔하고도 희귀하다.

대개의 경우, 서른 살의 사랑은 「불광동 성당」을 배회하면서 옛 날의 추억이나 곱씹는 '이락'과 '정이'의 모습과 닮아 있다. 취업용 서류를 떼기 위해 동사무소에 들렀던 이락은 대학 시절 애매한 연인 이었던 정이와 재회한다. 드라마에서는 이런 경우 지나간 시간을 보 상하듯 급속도로 불륜의 연정을 불태우지만 현실에 이런 일은 드물 다. 이락과 정이는 늘 점심시간에 만나 국수를 먹는다. 점심은 이성의 시간 그리고 사교적으로 업무를 처리할 수 있는, 이중적 시간이기도 하다. 다시 만났지만, 서른다섯의 그들은 옛날처럼 변죽만 울릴 뿐 일상을 깨고 욕망의 세계로 이탈하지 못한다. 겨우 짬을 내 저녁 식사를 함께하고, 자동차극장을 가지만 잠든 그녀를 성당으로 데려다줄 뿐 별다른 '사건'은 생기지 않는다.

저녁 식사 후 용기를 낸 이락이 연애 시절에 한 번도 주지 않았던 꽃을 포장해 그녀를 찾아가지만, 멀리서 보니 그녀는 남편과 아이들로 보이는 사람들과 함께 서 있다. 이락은 그 사실을 직접 물어 확인하지도 않고 꽃을 들고 되돌아온다. 서른다섯의 사랑이란 그녀와 만나 했던 이야기나 또 하면서 '옛날'을 반추하는 것에 불과하다. 화끈한 일탈도, 머리가 터질 듯한 불륜도 없다. 서른다섯이 된 그들에게 사랑은 일상의 틈바구니에서 휘발된다. 연애를 하면서 확인하는 것은 우리가 '외롭다'는 사실뿐이다. 언제나 사건 주변을 맴도는 박금산 소설 속의 인물들은 특별하고도, 위대한 존재이기를 바라지만 조금씩 마모되어가는 시민의 삶을 떠올리게 한다. 우리는 그렇게 시민으로 살아가며 열망과 욕망을 일상의 괄호에 넣은 채 지낸다. 이념을 상품으로 소비하듯, 연애의 이상을 환상으로 소모하고 살아가는 것이다.

4. 격상의 시간, 소설

연애도, 추억도 30대의 우리에게 탈주가 될 수 없다면 과연 무엇이
우리를 일상으로부터 벗어나게 해줄까? 박금산의 대답은 바로 예술
이다. 가령 「라디오와 사랑할 때」의 인물이 어느 날 갑자기 회사를
관두고 화실을 차리게 되듯이, 일탈은 한순간의 시선의 교차로 가능
해진다. 그리고 소설가 박금산에게 있어 그 교차의 순간이 바로 소
설을 쓰는 때이다. 그는 소설을 써서 일상을 예술로 격상시키고, 이
지리멸렬한 30대의 삶을 공고한 관료제로부터 떼어놓는다. 소설이
란, 우리를 인간답게 살 수 있게 하는 탈주의 매개이다.

소설집 『그녀는 나의 발가락을 보았을까』에서 가장 인상적인 작
품 중 하나인 「라디오와 사랑할 때」는 문학적 고양의 뇌관이 일상에
잠복하고 있음을 잘 보여준다. 우리는 그저 '쿠바'나 '체 게바라' 같
은 이름을 가진 술집에 가서 우리가 꿈꾸었던 이념을 소비함으로써
일상에서 벗어난다고 믿는다. 하지만 그것은 그저 상품의 소비에 불
과하다. 작가 박금산이 말하는 진정한 이탈은 부지불식간에 찾아온
다. 매일 듣던 라디오를 듣다가 문득, 탈주한 이 사내처럼 말이다.

그는 언젠가 쿠바로 가는 것을 꿈꾸는 30대의 평범한 직장인이
다. 평범한 30대 남자에게 쿠바는 지겨운 일상과 공간적으로 가장

멀리 떨어져 있는 낭만적 휴식의 공간이자 혁명이 존재했던 이상의 공간이다. 하지만 현실적으로 그가 할 수 있는 일이라고는 고작 술집 '쿠바'에 가서 소시지와 맥주를 마시며 잠깐 일상을 잊어볼 뿐이다. 맥주나 소시지로 채워지지 않는 헛헛함을, 그는 고독이라고 부른다.

그러던 어느 날, 그는 사라진 'K'는 어디로 갔을까 궁리하며 아나운서 정세진이 진행하는 라디오 프로그램을 듣는다. 아나운서는 어느 날 갑자기 김동인의 「광화사」를 꺼내 읽고 회사를 관둔 남자의 이야기를 들려준다. 피곤이 사직의 이유가 될 수 있다는 제법 유혹적 말도 건넨다. 남자는 방송을 듣다가 회사를 관두고 화실을 차리겠다고 마음먹는다. 사실, 그렇다. 사람들은 '쿠바'와 같은 꿈을 마음 한켠에 두고 소시지 안주를 곁들인 맥주를 마시며 조금씩 자라나는 이탈의 욕망을 잠재운다. 하지만 어느 날, 시선을 조금만 돌려 그 욕망을 독려한다면 삶은 궤도를 이탈한다. 이탈을 겁내지 않는다면 욕망은 예술적 태도로 껑충 뛰어오르게 된다.

영혼이 궤도를 이탈하는 순간, 그 순간은 한편 소설이 일상을 침투하는 순간이기도 하다. 서른, 일상이 피로와 피곤에 침윤될 때, 작가 박금산은 이 고루한 궤도로부터 벗어나는 길은 곧 소설을 읽는 때라고 말한다. 아마도 생활인 박금산의 삶 역시 소설가의 가면을 통해 예술로 격상될 것이다. 박금산의 소설에 놓인 소제목을 따라 메타포의 결을 읽어나갈 때, 시민은 예술과 만난다. 그렇게 일상은 문학적으로 고양된다. 작가 박금산은 이 고루한 궤도로부터 벗어나는 길은 소설이라고 말한다. 어두침침한 동굴을 채우는「광화사」솔거의 이야기처럼 일상 한가운데 나 있는 커다란 구멍은 소설적 체험을 통해 메워진다. 그 구멍은 나이 서른쯤 되면 어느 새 의미를 알게 되는 결핍, 결락과도 같은 것일 테다. 영원히 그 구멍을 메울 수는 없지만 소설은 간혹 그 구멍 역시 삶의 아름다운 상처임을 알게 해준다. 소설은 구멍을 채울 거짓 환상이 아니라 결핍이 있어 지속되는 삶의 원리를 깨닫게 해준다. 생활인 박금산이 스스로를 견인하는 순간도 바로 소설을 쓰는 그 순간일 테다. 일상이 시적으로 변신하고 결핍이 아름다운 삶의 기제로 느껴질 때, 일상은 비유가 된다. 은유란 세상을 바라보는 작가의 시선이기에 박금산의 소설에 놓인 은유들은 박금산이 바라보는 삶의 결을 보여준다. 그로 인해, 우리는 그의 안내에 따라 잠시 일상을 벗어나 예술적 삶과 조우한다. 한 남자가「광화사」를 읽고 그랬듯이, 한 남자가 라디오 방송을 듣다가 그랬듯이, 우리는 박금산을 통해 다른 삶을 발견하게 된다. 그리고 마침내 시민은 예술과 만난다. 이는 소설이 세속의 이야기이면서 세속을 초월하는 이야기가 될 수 있는 까닭이기도 하다.

작가의 말

소설을 어디에서 쓰냐는 물음을 듣곤 한다. 그럴 때마다 나는 길거리에서 쓴다고 대답을 한다. 도시가 나의 작업실인 셈이다. 나는 지하철에서도 쓰고 공원의 벤치에서도 쓰고 도서관 서고에서도 소설을 쓴다. 고층 건물의 로비에서도 쓴다. 고요가 필요하다고 느껴질 때는 고즈넉한 산사나 정원 넓은 카페를 떠올릴 때도 있는데 무엇인가 나를 그곳으로 가지 못하게 막는 것이 있다. 그것이 무엇인지는 나도 모르겠다. 나는 길거리에 있어야 마음이 편하다. 건달이 되고 싶어서 작가의 길을 선택했던 애초의 마음이 있어서 그런 것이 아닌가 생각한다.

상실을 이야기할 때 우리는 저마다의 방법으로 과장을 하게 된다. 옛사랑을 이야기하는 사람은 의도적으로 당시에 느꼈던 누추함을 누락시켜 말하려고 한다. 우정을 공개하려고 하는 사람은 당시에 만들어 가지고 싶었으나 그렇게 하지 못했던 영웅담을 추가하려고 한다. 둘 다 과장이다. 있었던 것을 없었다고 말하는 것과 없었던 것을 있었다고 말하는 것은 과장이라는 점에서 같은 거짓이다.

상실을 이야기하면서 우리는 무너진 꿈에 대해서도 이야기한다. 꿈은 이루려고 했던 것이지 실제로 있었던 것이 아니다. 그래서 무너진 꿈을 상실에 넣어 말하는 것은 없었던 것을 잃었다고 말하는 격이 된다. 그것은 거짓이다. 가지고 있지 않았던 무언가를 어떻게 잃었을 수가 있겠는가. 내게 없는 것은 남이 빼앗아 갈 수도 없다. 하지만 뭐랄까. 조금 이상하다. 꿈을 제해놓고 상실을 이야기할 수 있는 사람이 있다면 그는 살아 있는 사람이 아닐 것 같은 느낌이다. 과장이 되더라도 꿈을 넣어 이야기를 해야 제대로 된 상실이라는 느낌이 오는 것이다.

사랑 아닌 것들은 진짜인 사랑을 위협하고, 상실에 대한 이야기는 우리 꿈의 모습을 부각시킨다. 그래서 우리는 상실을 이야기하는 것이며, 그것에서 살아갈 힘을 얻는 것이다. 미래가 없다면 상실에 대한 이야기 또한 불필요할 것이다.

세 번째 책을 낸다. 일곱 편의 소설을 모았다. 여기에 등장하는 일곱 명의 '나'는 제각각의 감정을 가지고 살아간다. 치졸하기도 하고 답답하기도 하고 뻔뻔하기도 하다. 이룬 것은 없으나 잃은 것이 많다고 생각하는 인물들이기 때문에 낯선 슬픔을 가지고 있는 것처럼 보이기도 할 것이다. 그들은 외로운 남자들이다. 나는 내 안에 들어 있는 연약함에서부터 능지처참해서 흔적 없이 분산시키고 싶은,

짐승으로서의 내가 가진 욕구와 욕망까지를 솔직하게 털어놓았다고
생각한다. 건너편에 여자가 있다. 솔직? 그렇다. 이만큼이면 소설적
으로 솔직한 것이라 말할 수 있다.

상실을 대하는 일곱의 '나'와 함께 호흡을 하면서 나는 성숙의
의미에 대해 깨닫게 되었다. 성숙이란 상실 앞에서 솔직해지고, 그
것에서 꿈을 캐내는 작업을 하려고 할 때에 이루어지기 시작하는 것
인 듯하다. 여성이 내 안에서 점점 더 크게 자라나고 있는 것을 느낀
다. 제목을 오래 고민하다가 사랑 대신 발가락을 넣기로 했다. 민망
하지만 나는 남자인 것이다. 왜 남자인 것이 나는 민망할까. 건달의
꿈은 요원하다. 춤추는 데에 가고 싶다.

2009년 가을 박금산

수록작품 발표지면